KB246456

대중문화와 문학

Mass Culture and Literature

대중문화와 문학

Mass Culture and Literature

강현구

보고사

강현구

1959년생 고려대학교 국어교육과 및
동대학원 국어국문학과 졸업(문학박사)
현재 호서대학교 어문학부 교수

저서 및 논문
『대중문화와 뉴미디어』(월인출판사)
「대중문화시대의 대중소설」
「대중소설에 나타난 굿·배드·맨과 변사의 목소리」
「대중문화시대의 영화소설」

머리말

　최근에 대중문화와 문화산업에 대한 관심이 크게 고조되고 있다. 영화, 애니메이션, 게임, 만화, 대중소설 등은 그 시장규모도 눈부시게 커졌으며, 대중들의 삶에 미치는 영향도 지대해졌다. 한국의 경우만 해도 300만 명 이상의 관객을 동원하는 영화가 속출하고 있으며, 50만 권 이상의 간행부수를 보이는 판타지 문학이 계속 출간되고 있다. 이런 현실을 두고 대중문화나 문화산업에 대해 맹목적인 추수주의에 빠지는 것도 경계할 일이지만 반대로 저급하다거나 비윤리적이라는 혐의를 두고 백안시하는 것도 바람직한 일이 아니다. 특히 진실탐구나 도덕적 가치 추구라는 명제를 지속적으로 지켜 온 문학의 경우에는 한층 더 그런 유혹을 받기 쉽다.

　그러나 문화산업이 확장되고, 대중이 문화를 생산, 소비하는 데 적극적으로 참여하며 대중들의 문화가 대량생산·소비되는 대중문화의 시대는 여전히 지속될 것이며, 대중들의 대중문화에 대한 관심과 기호는 커져만 갈 것이다. 바로 그런 점에서 문학은 대중문화 시대라는 현실을 인식해야 하고, 대중문화 혹은 문화산업의 다른 영역들과 끊임없이 상호교류할 수밖에 없으며, 한편으로는 경쟁해야 한다는 사실을 염두에 두어야 한다. 물론 우리가 현재 상정하고 있는 문학, 즉 한적한 사적 공간과 시간 속에서 안온한 느낌을 주는 책향기를 맡으며 독서하게 되는 서적형태의 문학은 여전히 그 의미와 가치를 지키며 지속될 것이다. 깊이 있는 사유와 추상적 사고를 마음대로 펼칠 수 있는 종이 위의 문자로 된 문학은 다른 장르들이 쉽게 범접할 수 있는 영역이 아니다. 또한 인간 삶의 궁극적 의미를 정제된 언어표현으로 그리려는 문학의 의미와 가치도 퇴색할 수 있는 유약한 존재가 아니다. 하지만 우리는 새로운 대중문화의 시대, 뉴미디어의 시대에 걸맞게 변용하려는 노력도 아울러 갖춰야 한다. 대중문학의 대중적 기호를 문학의 중요한 가능성으로 인정해야 하고, 다른 문화장르들의 기법이나 미적 특질들을 수용하는 열린 자세도 보여야 하며, 애니메이션, 게임, 영화 등에서 좋은 시나리오가 성공의 관건인 데서 볼 수 있듯이 문학은 대중문화의 질적 성장을 위한 토양도 제공해야 한다. 또한 새로운 기술적 진보에 따라 가능해진 문학적 표현의 새로운 가능성도 적극적으로 키워가야 한다. 이 책은 앞서의 문제들을 두루 탐구하기 위해 쓰여졌는데, 특히 대중문화가 크게 성행하기 시작했고, 대중문화와 문학의 상호관련성이 두드러지게 나타난 1920~1930년대를 2000년 전후시기와 함께 주목하고자 한다.

구체적으로 제1부 「대중문화시대의 대중소설」은 우리나라에 대중문화가 성행하기 시작한 1920~1930년대에 새로이 등장한 대중소설이 대중들의 기호를 얻기 위해 도입했던 문학적 새로움은 무엇인지, 영화장르로부터 차용한 새로운 시각과 기법은 무엇인지를 규명한다. 제2부 「대중소설에 나타난 굿·배드·맨과 변사의 목소리」에서는 1920~1930년대 대중소설이 창출한 새로운 인물형과 극장체험의 소설적 반영을 다루었다. 제3부 「대중문화 시대의 영화소설」에서는 영화적 시각과 기법을 소설에 수용한 새로운 문학장르인 영화소설을 대상으로 영화와 소설의 관계를 규명했는데, 구체적으로는 극장체험, 여성용영화와 서부극, 그리고 영상적 이미지의 소설적 수용을 살펴보았다. 제4부「최독견의 승방비곡에 나타난 영화의 영향」에서는 소설「승방비곡」에 나타난 영화적 지각, 영화 모티프의 차용, 영화기법의 수용을 논함으로써 당대에 문학이 영화와 주고받았던 영향관계를 규명한다. 제5부「유성기 음반 속의 영화적 서사」에서는 1930년대에 대중의 기호물로 성장한 유성기 음반을 대상으로 유성기 음반 속에 담긴 서사물의 성격을 살펴본다. 그것은 시대의 의미와 대중적 기호를 새로운 매체에 수용하는 효과적인 방식에 대한 탐색이기도 하며 한편으로는 소리매체의 문학적 활용에 대한 암시를 줄 수도 있을 것이다. 제6부「영화소설과 영화적 상상력」에서는 영화가 크게 번성했던 1920~1930년대, 1960년대, 2000년대를 중심으로 영화소설의 시대별 특징을 살펴보려 한다. 이 작업은 문학사를 내실 있게 꾸미는 데도 도움이 되겠지만 한편으로는 소설적 표현의 새로운 가능성, 영상매체와 문자매체의 상호 교류 가능성을 탐색하는 데에도 기여할 것이다. 마지막으로 제7부「오디오북과 문학」에서는 최근 인기 있는 매체로 부상하고 있는 오디오북의 문학적 가능성을 살펴보려 한다. 소리매체로 된 문학물의 매력과 특징, 경쟁력 있는 오디오북 문학물의 산출을 위한 방안 등을 밝혀보려 한다.

결국 이 모든 논의는 대중문화와 문학의 관련성을 밝힘에 따라 대중소설, 영화소설, 유성기 음반 속의 서사물, 오디오북 문학물 등의 실체를 분명하게 파악하는 계기를 마련해 줄 뿐만 아니라 문학의 새로운 가능성에 대한 진지한 모색의 계기도 마련해 줄 수 있을 것이다. 대중문화의 시대, 새로운 미디어의 시대에 문학이 건강한 생명력을 계속 유지하려면, 또한 대중문화와 문화산업에 대한 발전적 기여를 계속하려면 대중문화와 문학 사이에서 자유롭게 영향을 주고받는 개방적 태도를 견지해야 하

며 기술적 진보나 대중의 의식변화에 따른 문학의, 대중문화의 새로운
가능성을 늘 탐구해야 한다. 이 책이 그러한 모든 가능성과 기회를 헤쳐
나가는 데 조그마한 기여라도 했으면 하는 바람이다.

2004년 겨울
천안 태조산 기슭에서
저자 씀

차례

1부
대중문화 시대의 대중소설

1. 대중소설의 부각

1920년대 후반에서부터 조선은 대중문화의 시대를 맞는다. 이 시기는 신문, 잡지, 영화, 방송 등 매체의 확산에 따라 불특정 다수를 향한 문화가 왕성하게 생산되고 소비된 시기이다. 또 그 문화를 적극적으로 수용하여 삶의 양식을 형성하는 대중이 존재한 시기이다. 영화관객은 날로 증가했고, 스포츠행사나 박람회장에는 관객이 넘쳤으며, 유행가를 담은 레코드가 끊임없이 제작되었다. 사람들은 대중문화가 주는 재미와 흥분에 매료되었고, 그 속의 문화코드들을 의상이나 행동이나 사고 속에 적극적으로 수용하였다. 대중문화를 만드는 측이나 수용하는 측이나 날로 성장하는 대중문화의 힘과 영향력에 거는 기대와 관심은 매일반 컸다. 도시화가 진전되고, 과학기술이 발전했으며, 대중문화가 산업화하는 1920, 30년대는 필연적으로 대중문화의 전성기를 맞이한 것이다. 1920, 30년대의 대중소설도 이런 흐름 속에서 탄생한 것이다. 대중문화가 당대의 핵심적 주류로 떠오른 시기에 탄생한 한 산출물인 것이다. 이런 점을 강조하는 것은 1920, 30년대 대중소설을 살펴 볼 때 1920, 30년대가 대중문화의 성행기란 점, 때문에 대중소설은 영화와 같은 다른 대중문화 장르와 상호의존적 혹은 경쟁적 관계에 섰다는 점 등을 우선적으로 고려해야 된다는 생각 때문이다. 대중의 기호와 흥미를 두고 각축을 벌이며 새로이 부상한 대중문화의 큰 지형 속에서 대중소설은 다른 대중문화들을 끊임없이 의식하고 탐색할 수밖에 없었을 것이다.

그러나 대중소설에 대한 기존의 논의들은 대중소설을 문학이라는 테두리 속에서만, 정확히 말해 순문예소설, 예술소설, 순수문학1)과 대비된 변별점 찾기에만 주안점을 두었다. 자연히 그것은 비판이나 옹호의 한 지점에 서는 가치평가적 논의로 흐를 수밖에 없었다. 임화를 비롯한 많은 논자들이 대중소설을 주로 통속소설이라 칭하면서, 일제말의 억압적 정치상황에 따른 도피주의적 태도, 신문의 상업주의에 편승한 처세에 따라 선정성에의 몰두, 도식적 구조, 우연의 남발에 침윤하게 되었다고 비판2)하였다. 특히 최원식은 "장한몽과 위안으로서의 문학"이라는 글3)에서 일본 요미우리 신문에 1897년부터 1903년까지 연재된 오자끼 고오요오의 금색야차(金色夜叉)가 매일신보에 「장한몽」이라는 제목으로 번안되면서 '사랑이냐 돈이냐'

---

1) 순문예소설은 윤백남이 「대중소설의 사견」(삼천리, 1936.2)에서, 예술소설은 임화가 「통속소설론」(『문학의 논리』, 학예사, 1940)에서, 순수문학은 김래성이 「대중문학과 순수문학」(경향신문, 1948.11.9)에서 언급한 명칭이다.

2) 임화, 「통속소설론」, 『문학의 논리』, 학예사, 1940.
   이원조, 「신문소설분화론」, 『조광』, 1938. 2.

3) 최원식, 「장한몽과 위안으로서의 문학」, 『한국문학의 현단계』, 창작과비평사, 1982.

하는 통속적 구도를 이광수의 「무정」을 비롯한 많은 소설 특히 통속소설에 전이시켰다고 비판하였다. 반대로 대중소설을 옹호하고자 하는 논의들도 순수소설과의 대립축이라는 관점으로부터 자유롭지 못한 채 당대 대중들의 열띤 호응을 통속적이라 비난해서는 안된다는 선언적 수준에 머무르고 있다.

따라서 앞서 지적했듯이 1920, 30년대 대중소설을 균형있게 논의하기 위해서는 당대가 대중문화 번성기란 점을 중심에 두고 대중소설이 당대 대중들의 열띤 관심과 호응을 불러온 이유가 무엇인지, 기존 소설이 결핍했던 어떤 점들을 넘어서며 새로운 의미를 갖고 다가왔는지, 또 당대 다른 대중문화 장르들과 어떤 영향관계를 갖는지 등을 살펴야 할 것이다. 여기에서는 그러한 사실들을 1920, 30년대 대중소설 중 대중의 호응이 가장 컸던 최독견의 「승방비곡」, 김말봉의 「찔레꽃」, 박계주의 「순애보」[4] 등을 중심으로 살펴보려 하다.

2. 추리물과 멜로드라마

이광수는 자신의 소설 「재생」 등이 통속소설 시비에 휘말리자 윤리적인 주제를 가진 작품은 통속소설이 아니라고 극구 부인했다. 자신의 소설에 기독교적 희생정신 같은 고결한 윤리의식이 드러나고 중심인물들이 '애욕'이냐 '순정'이냐의 갈등에서 '애욕'보다는 '순정'을 택하지 않았느냐는 설명이다. 그만큼 당대의 많은 작가들은 이른바

---

4) 최독견의 「승방비곡」은 1927년 조선일보에, 김말봉의 「찔레꽃」은 1937년 조선일보에, 박계주의 「순애보」는 1939년 매일신보에 발표되었다.

순문예소설을 써야 한다는 입장을 내세우려 했으며, 설령 '돈'과 '사랑' 사이의 갈등을 대중의 흥미를 좇아 썼더라도 그것이 통속소설로 규정되는 데엔 거부감을 드러냈다.

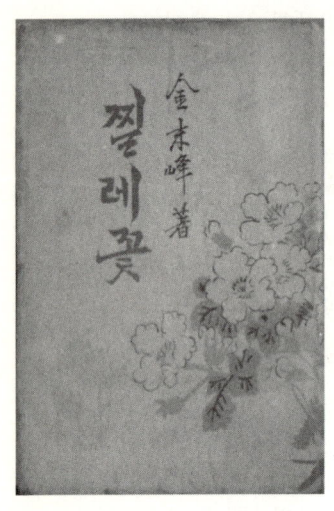

1937년 조선일보에 연재된 후 단행본으로 출간된 김말봉의 「찔레꽃」

하지만 최독견, 김말봉, 박계주 등 이른바 대중소설의 대표적 작가들은 통속소설가로서의 자신의 위상을 거부하지 않았으며, 비교적 자신의 소설들을 교훈성이나 계몽성의 틀로 묶으려 하지 않았다. 즉 이광수류의 계몽주의 소설이나 프로문학이 내세우는 정신개조나 사회개혁의 교훈성이나 계몽성에 별반 부담을 느끼지 않았다. 김말봉의 「찔레꽃」에는 이광수의 「무정」의 주인공인 이형식과 비슷한 중심인물로 이민수와 조경구가 등장한다. 이민수가 지주에서 소작인으로 퇴락한 집안의 아들이고 조경구가 대부호의 아들이라는 경제적 신분상의 차이를 빼고는 둘 다 명문대 출신이고 도덕적으로도 고결하다. 하지만 「무정」의 형식이 선구자적 의식으로 사회개혁을 주장하고 실천하는 것과는 달리, 또 작품 속에서 그것을 역사적 소명인 듯이 강조하고 있는 것과는 달리 「찔레꽃」에서 주인공 이민수는 그러한 선구자적 의식을 공허한 것으로 치부해 버린다. 동경에서 유학을 마치고 돌아온 조경구는 산업화 과정에서 농촌이 붕괴되고 도회로 쫓겨온 농민들이 비참한 상황에 처하게 된다고 생각한다. 따라서 자신은 그들에게 생계의 터전을 마련하여 농촌으로 복귀시켜야 한다고 다짐한다. 농촌계몽 운동에 나서려는 조경구가 선언문을 등사하는 장면을 보면 "오라! 뜻이 같은 젊은이들이여. 우리는 이제까지 생각하고 번민만 하는 시절은 지나갔다. 산과 들은 바야흐로 우리들의 계획을 손들어 부르고 있지 아니하냐"처럼 사명감에 들떠 감격벽에 사로잡힌 모습이나 조경구에 대한 일방적인 존경심으로 "정순은 눈시울이 뜨거워졌다. 그는 솟아 오르는 감격 때문에 한참동안 그대로 섰다가 놀란 듯이 등사판의 손잡이를 잡았다. 그렇다. 오오 그렇다!"에서 보는 것처럼 인간관계가 교육을 주고받는 사제관계5)로 나타나는 점이 이광수의 「무정」과 다를 바가 없다. 하지만 그것들은 「찔레꽃」에서 더 이상 의미있는 사실로 확산되지 못한다. 그것은 실천되지도 인정받지도 못한다.

  그 캐캐묵은 곰팡냄새 나는 등사판 설교에는 조선사람도 어지간히 넌더리를 내고 있다구 …… 알아 들었습니까? ……
  그리고 말입니다. 정말 농촌을 사랑히고 농촌을 위하여 걱정하는 맘이 있거든 조만호의 장자로서 상속비를 몇천원, 몇십만원을 턱 내놓으라고 일러 주시우. 세상은 실탄(實彈) 시대니까요. 황금없는 빈 말 뿐으로는 외 손바닥처럼 아무런 반응이 없다구. 좀 똑똑히 일러주시우.6)

---

 5) 김윤식, 『이광수와 그의시대』, 한길사, 1986, p.544.
  가르치고 배우는 일만이 순수하고, 그 관계만이 진정한 관계이며, 그것만이 민족과 시대의 운명이며 또한 개인의 운명조차 된다는 사상, 이것이 무정이 가지는 힘 중의 힘이다. 그리고 그 관계는 언제나 이형식 내지 작가 춘원이 우위를 유지함으로써 달성된다. 당시의 독자들이 대체로 신교육에 눈떴거나 눈뜨려하는 상승계층이어서 교사 - 학생관계가 자동적으로 형성되어 있었기에 이 구조는 견고하고 두터운 층을 이루었던 것으로 파악된다.
 6) 김말봉, 『찔레꽃』, 대일출판사, 1978. p.223.

고결한 이상과 희생정신을 가졌다고 자부하는 엘리트들의 사회개혁 계획은 이제 더 이상 설 땅이 없는 허황된 '등사판 설교'라고 폄하되며, 중요한 것은 농민의 실생활에 보탬이 되는 돈이라는 것이다. 그것도 조선사람 모두가 그 사실을 알고 있다는 것이다. 그런데 그 주장이 고결한 윤리의식과 지식을 갖춘 주인공 이민수의 입을 통해서 나온다. 이제 이 자리까지 오게 되면 「찔레꽃」과 같은 대중소설들은 비슷한 내용 – 신교육을 받은 신청년, 신여성의 사랑과 사회개혁운동 – 을 보이는 이전 소설들과 확연히 달라진다. 즉 이전의 소설들이 손쉽게 그들 독자의 취향에 맞춰 신교육을 받은 새로운 세대의 사랑을 그리면서도 그들의 선각자적 자부심에 맞는 교훈성과 계몽성을 덧칠하는 편한 방식이 어렵게 된 것이다. 교훈성과 계몽성 자체가 독자의 감동과 흥분을 주는 시대가 지났으니, 새로운 대중소설의 작가들은 달라진 독자들의 시대의식을 위해서도 또 더욱 층이 넓어진 독자계층을 위해서도 새로운 전략이 필요했던 것이다. 아울러 새로운 서사구조의 필요성은 이전 소설들이 즐겨 사용했던 사랑의 삼각관계가 벽에 부딪힌 사실에서도 기인한다. 이미 1910년대부터 근대소설은 대부분 새로운 교육제도를 거친 신청년, 신여성을 중심인물로 설정하였으며, 그들의 사랑에 이야기의 초점을 맞추었다. 그런데 그들 사이의 사랑은 대부분 질투와 갈등이 반복되는 아기자기한 재미를 위해 삼각관계로 설정된다. '사랑'이냐 '돈'이냐, '순정'이냐 '애욕'이냐 하는 단순하고 분명한 대립구도로 이야기를 이끌어 갔다. 즉 '사랑'이냐 '돈'이냐, '순정'이냐 '애욕'이냐 하는 사랑의 삼각관계가 서사구조의 핵심인 것이다. 이광수의 「재생」, 「애욕의 피안」, 나도향

의 「환희」, 염상섭의 「모란꽃 필때」 등 많은 작품이
그 예이다. 이들 소설은 분명한 선악 대립의 구도 속
에서 끝내 선의 가치들이 승리하는 안락한 행복감으로
독자들을 이끌어 갔다. 그런데 「승방비곡」, 「찔레꽃」,
「순애보」 등 이른바 스스로 대중소설 작가임을 자임
한 작가의 소설, 또 대중적 인기를 크게 받은 소설은
이 단순한 구도에 더 이상 머물지 않는다.7) 그 단순한
대립구도가 많은 소설에서 동어반복적으로 제시되어
식상하기도 했고, 당대인들의 현실인식에도 맞지 않는
다고 판단한 것이다.8) 두 가치는 양자택일의 문제도

1934년 매일신보에 연재된 후 단
행본으로 출간된 염상섭의 『모란
꽃 필때』. 두 여고 졸업생의 엇갈
린 사랑의 행로를 그린 연애소설.

---

7) 「승방비곡」에서는 김은숙을 둘러싸고 동경불교대학생인 최영일과 대부호
인 이필수가 대립한다. 하지만 동경음악학교 출신인 성악가 김은숙은 애초
부터 필수에게는 혐오감을 느끼고 있으며, 최승일에게만 연정을 느낀다. 또
「찔레꽃」에선 경대생인 이민수와 대지주인 요영환이 동경에서 미술을 공부
하고 돌아온 조경애와 삼각관계를 이루지만 조경애 역시 대부호의 딸이어서
돈이냐 사랑이냐 하는 질문은 의미를 갖지 못한다. 또 다른 사랑의 삼각관
계 즉 가정교사인 안정순을 둘러싸고 이민수와 조경구가 벌이는 애정관계에
서도 안정순은 이민수에게로 분명한 애정의 편향을 보인다. 아울러 「순애보」
에선 최문선을 사랑하는 이화여전 출신의 윤명희와 유치원 보모인 인순이
등장하지만 돈과 사랑, 애욕과 순정으로 갈라질 만큼 경제적으로나 성격상
으로나 차이가 없다. 특히 인순이 소설의 도입부에서 살인극에 휘말려 살해
당함으로써 일찌감치 사랑의 삼각관계가 깨진다. 다만 도식적인 삼각관계가
주는 멜로드라마적 재미를 위해 또 그것에 익숙해진 독자계층의 욕구를 위
해 사랑과 돈, 순정과 애욕의 드라마는 주변부 인물들에게서 나타나기도 한
다. 「순애보」에서 철진은 순정형인 혜순을 버리고 애욕형인 옥련과 사랑을
나누지만 끝내는 옥련의 방탕함에 환멸을 느끼고 자신의 행동을 뼈아프게
뉘우친다. 애욕이 처음에는 우세한 것 같으나 끝내는 순정이 이긴다는 도식
이 그대로 드러난다.

아니고 우열을 가릴 수도 없는 것이었다. '돈'과 '애욕'은 '사랑'과 '순정'과 결리될 수밖에 없는 이율배반적인 것이 아니었고, 상대적으로 부도덕하거나 저급한 것도 아닌 것이다. '사랑'과 '순정'에 대비된 '돈'과 '애욕'이 더 이상 타기되어야할 악의 가치로부터 벗어나 삶의 자연스럽고 의미 있는 한 단면이자 가치로 상승한 데는 나름대로의 중요한 이유가 있다. 1920년대 말부터 30년대에 이르는 시기가 비록 그것이 일본의 국가적 이익에 의한 것이었다 하더라도 산업화, 도시화가 상당한 수준으로 진전되어 새로운 물질과 물건이 범람하였고 자본주의적 소비행위가 광고나 백화점의 번창에서 보듯 성행한 점, 당대인의 가장 중요한 기호거리가 된 영화가 주는 일상적 삶에 대한 압도적 영향 등으로 당대인들은 '돈'과 '애욕'에 대한 개방적, 집착적 사고를 가졌고, 그것은 필연적인 것이기도 했다. 때문에 이전의 계몽적 이상주의 소설이나 이른바 순문학 작가들의 어설픈 통속소설이 즐겨 차용했던 이분법적 사랑의 삼각관계를 통한 서사구조는 더 이상 독자들의 관심을 끌 수 없었다. '돈'과 '애욕'을 버리고 '사랑'과 '순정'을 단호히 택한다는 줄거리는 독자들에게 비현실적이거나 오히려 안타까운 것이었다. 독자들의 기호와 정서를 적극 수용하겠다고 자

---

8) 본고의 논의 대상이 된 대중소설의 서사구조에 대해 1930년대가 일제의 정치적 억압이 강화됨으로써 이념과 전망이 부재한 시기이기 때문에 이들 대중소설들은 우연이나 운명 그리고 장식적인 심리묘사로 사건을 전개시키는 퇴행적 서사구조를 갖는다고 지적한 논의들이 있다. 하지만 이런 논의들은 일면적 진실에도 불구하고 대중소설의 서사구조의 새로움이라는 다양한 측면을 간과하고 있다.
서영채, 「1930년대 통속소설의 존재방식과 그 의미」, 『민족문학사연구』4, 1993. 참조.

처하고 나선 대중소설가들에게 선/악 이분법적 사랑의 삼각관계가 반복되기는 어려웠다. 그렇다면 앞서 지적했듯이 선/악 혹은 고결/저속의 이분법적 대립 구도 속에서 선과 고결의 가치가 온갖 고난을 겪다가 끝내 승리한다는 익숙한 안락감과 재미를 포기한 자리에 들어서는 새로운 서사전략이란 무엇인가? 독자의 흥미나 기호를 가장 중시하는 대중소설가들에게 그것은 가장 중요한 고민거리였을 것이다.

먼저 그것은 다른 대중문화 장르의 서사구조 차용으로 나타난다. 당대에 새롭게 등장했으면서도 대중적 인기를 끈 대중문화 장르는 영화와 추리소설이다. 영화는 1927년 260만 명 선이었던 관객수가 매년 100만 명 정도 상승하는 가파른 성장을 보였으며, 추리소설은 에드가 알렌 포우 등 외국의 유명 소설가의 작품이 소개되고, 김래성 등의 추리소설가가 탄생하는 등 큰 관심을 끌게 된다. 그런데 1925년에 이미 2,000여 편을 넘겨버린 수입외화 중 상당수는 활극류였으며, 또 그 중 여러 편이 당시의 전형적 흥행장르인 여인납치극이라는 서사구조를 갖고 있다. 또한 1927년에는 조선최초의 탐정영화인 〈怪人의 正體〉가 상영된다. 범죄자인 괴인을 뒤쫓는 민완기자와 형사가 추리와 미행 등 온갖 모험 끝에 사건을 해결하는 이야기이다. 활극적인 긴박감을 살려 흥행에도 대성공을 거두었는데, 같은 시기에 만들어진 홍련비련(紅戀悲戀)과 불망곡(不忘曲)이 흥행

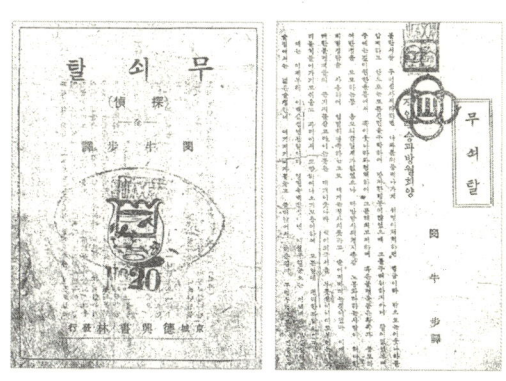

1920년대 초에 발표된 소설 「무쇠탈」은 표지에 탐정소설임을 강조하고 있어, 이 장르가 당대인들의 기호물임을 알 수 있다.

에 실패한 점을 감안하면 당시 조선 사람들의 추리물에 대한 큰 관심을 엿볼 수 있다.[9] 이런 영화들의 서사구조와 추리소설의 서사구조의 공통점을 추려보면 악행 - 사건조사 - 사건해결이다. 우리가 다루려하는 3편의 당대 대중소설이 추리소설은 아니니 탐정이 등장하여 미스테리를 풀어가는 과정이 주가 될 수는 없으며, 또 영화가 아니니 여인구출 과정에서 벌어지는 격렬한 투쟁씬과 같은 활극만 그릴 수도 없다. 하지만 이들 소설은 앞서 지적한 대로 독자의 흥미를 끌 수 있는 활극류 혹은 탐정류 영화와 탐정소설의 서사구조를 수용하였다. 「승방비곡」에는 여인납치극이, 「순애보」에는 살인극이 소설의 서사구조의 중요한 축으로 등장한다. 또 삽화적 형식으로 「찔레꽃」에도 살인극이 등장한다. 승방비곡에서 가장 박진감이 넘치고 흥미 있는 사건은 끈질긴 노력에도 불구하고 사랑을 외면당한 이필수가 김은숙을 납치하는 사건인데, 이는 서구영화나 서구영화로부터 영향을 받은 일본 신파극의 대표적 흥행장르이다. 이필수의 지인인 박인환은 자신이 주도하여 납치극을 꾸미고 나중에 이필수가 나타나 김은숙을 구하게 하는 음모를 꾸민다. 이필수를 김은숙의 생명의 은인으로 꾸며 사랑을 이루게 한다는 간계이다. 납치하는 장면, 이필수의 위장구출극 등이 어우러져 긴박감을 자아내는데, 급기야는 납치의 대가로 김은숙의 父인 김창호가 범인에게 건넨 거금 5,000원을 범인 중 한명이 착복하면서 사건이 복잡하게 얽힌다. 이 사건을 최영일과 우연히 알게 되어 영일이 주지로 있는 운외사에 머물던 한명진이 해결하게 된다. 예의 추리물에 나타나는 사건해결자이다. 한명진은 이

---

9) 안종화, 『韓國映畵側面秘史』, 현대미학사, 1998, pp.130-131.

필수와 원한관계이기도 한데 바로 한명진의 애인인 음전이 이필수의 부친인 이준식의 음험한 간계 때문에 자살하게 되자 그의 집에 방화하고 실형을 살고 나온 인물이다. 한명진은 이필수의 과거행적을 반추해 볼 때 납치범들이 요구한 돈 5,000원을 대신 내어준다는 것에 의심을 품고 범인 뒤를 미행하며, 범인 중 한명이 혼자 착복하려 숨기는 돈 5,000원을 단서로 하여 사건을 해결해 간다. 추리물의 서사구조 즉 범죄의 발생 - 단서 파악과 추적의 과정이 전개된다. 남들은 모르는 단서를 치밀한 지략과 행동으로 파악하고 추적에 나서며(a), 비밀의 전모를 파악해 범인을 압도한다(b)

선생님 아무래도 은숙씨의 일은 필수놈의 짓일 것 같습니다. 저는 이제로 곧 가서 은숙씨를 차아보아야 하겠읍니다. 은숙씨 신상에 무슨 불행한 일이 있을지 모르니까요 …… 어떻게 있는 것을 알 수가 있겠오.

찾는 수는 있겠지요. …… 선생님 이것을 보십시오.

명진은 품 속에서 신문지에 꾸린 것을 영일에게 펼쳐 보였다.

그것은 현금 오천원이었다.

그것 웬것이오. 영일은 눈을 크게 뜨고 물었다.

이것이 필경 필수에게서 나온 돈일 게입니다. **이것을 단서로 하여 이 일의 내막을 알 수 있겠지요.** 자세한 것은 이따 말씀하고 우선 저는 은숙씨 있는 곳을 찾아 나갑니다.

명진은 이렇게 말하고 일어서서 급히 밖으로 나갔다.(a) 10)

여보 내가 다 알고 묻는 게니 숨겨도 소용 없오. 그 돈 오천원은 웬 것이오.

네 오천원 그것을 당신이 어떻게 아십니까?

---

10) 최독견, 『승방비곡』, 민중서관, 1959, pp.420-421.

그것보다도 지금 은숙이라는 여자가 어데 있소. 그것부터 일러주시요.

은숙이요?

모든 자기들의 비밀을 꿰뚫고 있는 듯한 명진의 말에 태규는 놀라지 않을 수 없었다.(b)(p.422)

결국 명진은 이들의 자백을 토대로 납치된 현장을 급습하여 김은숙을 구하고 사건을 해결한다. 물론 이 과정에서도 독자의 흥미를 위하여 권총을 두고 실랑이가 벌어지며 이필수는 치명상을 입고 체포되는 활극을 집어넣었다. 또한 「순애보」에서는 주인공 최문선을 사랑했던 인순이 강도에게 살해를 당하고 그 죄를 최문선이 뒤집어 씀으로써 벌어지는 기막힌 인생유전의 드라마가 펼쳐진다. 인순의 초대로 밤늦게 인숙의 숙소를 찾은 문선은 인순의 비명소리를 듣고 곧바로 방안으로 뛰쳐 들어가나 곧 흉기에 맞아 의식을 잃고 쓰러진다. 이미 인순은 칼에 맞아 살해당한 후이고 문선은 두 눈을 실명한다. 범인은 오리무중이고 문선은 교육자이면서도 강간미수 살인을 저지른 파렴치한으로 체포된다. 치료를 위해 병원에 있는 동안 낯선 인물의 방문을 받고 그와 죄와 벌, 그리고 용서에 대해 묻고 답하는 과정에서 기독교적 사랑의 의미를 강조한다.11) 급기야 그 인물이 자신이 범인임을 털어 놓지만 문선은 고민

1939년에 매일신보에 연재된 후 단행본으로 출간된 박계주의 「순애보」

11) 홍정선은 「한국대중소설의 흐름」에서 『순애보』에 나타난 박애정신이 이광수의 『개척자』나 『사랑』에 나타난 박애정신의 맥을 잇는 것으로 『순애보』

끝에 그 죄를 자신이 뒤집어쓰며, 사형선고를 받는 순간에도 범인을 밀고하는 것이 기독교적 정신에 맞지 않는다고 생각하여 침묵한다. 때문에 「순애보」는 탐정 중심으로 범인을 찾아가는 탐정소설류이기보다는 범죄가 지닌 본질적 문제와 인간과 범죄와의 관계를 주목하고, 범죄의 과정과 그 범죄가 해결되는 과정을 통해 작가의 세계관이 제시되는 도스토예프스키의 「죄와 벌」과 같은 범죄소설류에 가깝다 하겠다. 하지만 「순애보」 역시 최문선의 희생정신과 범인의 교화를 통한 선의 실현이라는 휴머니티의 고양보다는 범죄에서 누명, 사형선고, 진범의 자수, 누명벗기까지의 숨가쁜 사건전개, 활극류 영화와 추리소설의 범죄발생에서 범죄해결까지의 긴박감 있는 사건 전개가 주는 흥미에 의존하고 있다.

물론 이미 암시되었지만 두 작품 사이의 차이도 있어 『僧房悲曲』이 활극류 혹은 탐정류 영화에 보다 더 영향을 받았다면 『순애보』는 추리소설에 좀 더 관련되었다 하겠다. 『僧房悲曲』이 사건발생에서 사건해결까지의 추리물 서사구조에서 보다 더 자동차와 오토바이가 동원된 납치극, 권총을 두고 벌어지는 격투씬 등의 격렬하고 빠른 동적 움직임의 영상화에 치중했다면, 『순애보』는 긴박감 있는 사건전개가 주는 재미와 함께 최문선의 윤리적 선택을 두고 벌어지는 진지한 고민이 부각되는 소설 특유의 사색적인 특징이 부각되고 있다. 둘째로는 독자들의 흥미를 위해 멜로드라마적 비극성을 고조

의 대중적 성공을 보장했지만 한편으로는 '어떠한 불행이 와도 박애정신만 있다면 누구나 행복해질 수 있다는 허황된 꿈'을 독자들에게 심어 주었다고 비판한다.

홍정선, 「한국대중소설의 흐름」, 『한신대논문집』 2, 1985. 참조.

시킨 것을 들 수 있다. 조선인이 멜로드라마를 경험한 것은 서구영화와 일본신파 그리고 그것들을 수용한 조선영화와 조선연극을 통해서이다. 중세기사들의 모험과 사랑을 다룬 기사도 이야기에서 출발한 멜로드라마는 19세기 전반에 이르러 절정을 이루지만 이후로도 서구의 서사물들 속에서 지속적인 생명력을 과시한다. 1910년대에 절정을 이루었던 일본의 신파도 비록 일본인 특유의 전통과 정서가 짙게 반영되고는 있지만 두 장르 모두 무르녹는 연애, 폭력을 동반하는 격렬한 행동과 과잉된 정서, 도식적인 인물구도, 극적인 사건의 전개, 감상과 체념의 정서, 눈물에의 호소 등에서 일치점을 갖는다. 멜로드라마나 일본신파는 매년 수천 편씩 수입 상영되던 서구영화나 일본영화를 통해 또 이미 1910년대부터 조선에서 공연했던 「京城座」 등의 공연을 통해 소개되었으며, 이에 영향을 받아 조선키네마의 「해의 비곡」(1924년) 등의 신파영화가 상영되었으며, 임성구의 혁신단 등이 신파연극을 무대에 올렸다. 멜로드라마적인 영화나 신파가 인기를 끈 가장 큰 원인은 멜로드라마가 가지고 있는 체념과 눈물의 정서가 당대 조선의 고통스러운 현실이나 한국인 특유의 한의 정서 등과 맞물리면서 상승작용을 일으켰기 때문이다. 물론 당대 대중소설에서 멜로드라마적 성격은 「승방비곡」의 한명숙, 「찔레꽃」의 안정순, 「순애보」의 혜순을 통해 열악한 위치에 있는 여성이 어려움과 박해 속에서도 순정과 희생을 통해 행복을 이룬다는 서사구조의 설정에서도 드러나고 있지만, 여기서 주목하고자 하는 것은 사랑의 삼각관계에 설정된 멜로드라마적 비극성이다. 「승방비곡」은 앞서 지적했듯이 종국에 가서야 숨은 비밀이 풀리는 추리물의 특징을 보이고 있다. 절에 버려진 고아출신으로 동경 유학을 마친 후 자신을 길러준 운외사 주지의 뒤를 이어 주지가 된 최승일과 동경음악학교를 마치고 이화학당에서 교편을 잡고 있는 김은숙은 서로를 애틋하게 사랑하게 된다. 이필수의 음모와, 승려라는 자신의 신분적 한계, 또 여자를 멀리하고 종교에 전념할 것을 간절하게 부탁한 운외사 주지의 유언 등으로 어려움을 겪지만 둘 사이의 애정은 깊어만 가고 급기야는 사랑이 어느덧 애욕의 지경까지 이르지만 아슬아슬한 고비를 넘기며 선을 넘지는 않는다. 하지만 사랑이 깊어진 최승일은 환속을 하고 은숙과의 결혼을 서두르는데 유독 은숙의 어머니는 결혼을 끝까지 반대한다. 결국 결혼식날 은숙의 어머니는 자살을 하게 되고 유서를 통해 자신과 운외사 주지의 사랑, 그리고 그들 사이에 태어난 아이가 최승일임을 고백한다. 결국 최승일과 김은숙은 이부남매이니 그들의 결혼이란 용납될 수 없는 저주받은 혼례가 될 뻔한 셈이다. 결혼식은 취소되고 은숙모는 자살을 하고 사랑하는 두 연인은 헤어지게 되니 운명을 저주하며 비통에 잠길 수밖에 없다. 멜로드라마의 슬픔과 체념의 감정을 극한까지 밀고 간 셈인데 두 연인의 같은 어머니인 은숙모를 매장하고 '죽기보다 애달픈 이별'을 하는 「승방비곡」의 마지막 장면이 극적으로 그것을 보여주고 있다. 눈물과 한숨으로 상징되는 멜로드라마적 비극성이 당대인의 기호적 정서가 된 상황에서, 사랑의 삼각관계를 혈연이라는 인간의 숙명적 한계와 얽히게 함으로써 멜로드라마적 비극성을 그 한계치까지 고조시켰다는 것은 곧 바로 그 소설의 대중문화적 경쟁력을 말해주는 것이다.

이런 방식 - 사랑의 삼각관계를 혈연이라는 인간의 숙명적 한계와 얽히게 함으로써 멜로드라마적 비극성을 그 한계치까지 고조시키는 방식 - 은 「찔레꽃」이나 「순애보」에서도 마찬가지이다. 「찔레꽃」에선 사랑하는 사이인 이민수와 안정순이 남매인 조경구, 조경애와 사랑으로 얽히게 하는 복잡한 사랑의 삼각관계를 만든다. 즉 조경애 - 이민수 - 안정순, 이민수 - 안정순 - 조경구의 사랑의 삼각관계가 그것인데, 이 관계는 끊임없이 질투와 같은 본능을 들끓게 하고, 남매가 원하는 대로 사랑이 이루어지면 사회적 윤리 때문에 곤경에 처하게 되어 사랑과 윤리, 본능과 사회의 관습이 충돌하는 아슬아슬한 묘미를 불러온다. 또 「찔레꽃」에는 父子가 동시에 한 여인을 사랑하게 되는 운명적인 비극과 안타까움을 자아내게 만들었다. 은행두취인 조만호와 그의 아들 조경구가 가정교사인 안정순을 동시에 사랑하게 되는데, 조만호가 조경구에게 안정순과의 결혼을 고백하는 장면은 당시로서는 소설로서도 감당하기 버거운 윤리적 용인의 한계를 넘어서면서까지 작가가 고민했던 혈연의 숙명적인 한계에 부딪힌 사랑이 주는 멜로드라마적 비극성의 고조, 혹은 그러한 자극적인 사건설정의 욕구를 느낄 수 있다.

「그럼 아버지 그 사람은 대체 누구란 말입니까?」하고 반문하는 그의 어금니가 딱딱 마주치도록 전신이 떨리기 시작하였다. 「나이는 좀 어릴지 모르겠다만 …… 아이들이 그렇게 따를 수가 없단말야 …… 너도 물론 찬성할 줄 안다만 …… 안정순이다. 어떠냐?」……
잠자코 앉았던 경구는, 「아버지께서 단지 약혼을 하시겠다고 생각을 하고 계시다는 말씀이죠? 물론 약혼은 아직 되진 않았겠죠?」

하고 무서운 선고나 기다리는 듯이 살기 찬 눈으로 아버지의 입을 지켰다.

「아아니 벌써 정했어. 인제 곧 결혼식을 할테다. 훗달 …… 그렇다. 훗달 초승쯤 하려고 생각을 하는데 어떠냐?」 경구는 달겨 들어 아버지의 멱살을 나꿔채고 싶은 충동에 몸을 떨면서 미친사람 모양으로 허둥지둥 복도로 뛰어 나갔다.

어떻게 걸어서 자기 방까지 갔는지 경구는 방으로 들어가자마자 부들부들 떨리는 손으로 잠을쇠로 문을 잠궈 버렸다.[12]

3. 성과 본능의 세계

1920년대 말에서 30년대에 걸쳐 조선은 도시화가 진전되고 신교육을 받은 계층과, 서구 및 일본 유학생이 증가하며, 특히 외국영화의 영향으로 성과 본능의 세계에 대한 새로운 자각이 열린다. 여기서 새로운 자각이라 표현한 것은 성과 본능에 대한 자각이 이전처럼 관념적이고 추상적 차원에서 이뤄지는 것이 아니라 서구나 일본의 그것에 대해 구체적이고 일상적인 삶의 차원에서 보고 들을 수 있는 즉 자각할 수 있는 기회가 열렸기 때문이다. 성과 본능에 대한 의식이나 태도가 구체적인 전범(동경의 대상인 서구나 일본의 구체적이고 일상적인 삶에서 확인된 것이라는 차원에서)을 갖춘 채 새로운 변화를 겪게 되는 것이다. 대중소설이 갖는 의미 중에서 가장 중요한 것 중의 하나가 바로 성과 본능에 대한 새로운 시각을 보여주었다는 점일 것이다. 1920년대 말에서 특히 1930년대에 이르는 기간 동안 성과

---

12) 김말봉, 『찔레꽃』, 대일출판사, 1978, pp.370-371.

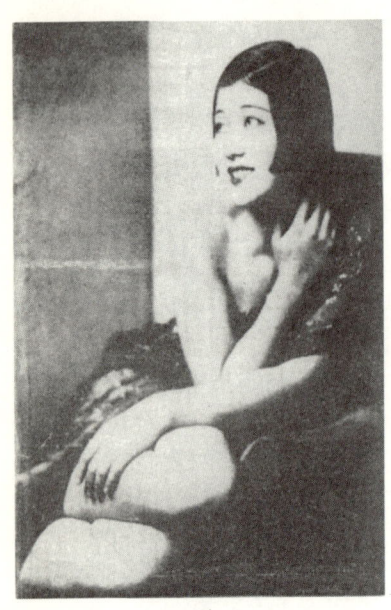

잡지에 실린 무용가 최승희의 사진. 서구적 외모와 신체, 선정적인 포즈 등에서 변화된 성의식, 육체관을 엿볼 수 있다.

육체에 대한 관심은 그것이 비판적 입장이든 수용적 입장이든 폭발적으로 확장된다. 당대인들의 많은 글에서 특히 소설과 비평문 속에서 성과 육체에 대한 관심은 압도적이다. 물론 많은 경우는 이런 흐름을 성적인 문란과 퇴폐적 징후로 보았는데, 그것은 서구문화와 일본문화의 유입으로 이질적인 문화에 의한 가치관의 충돌이 일어났고, 그런 가치관의 충돌은 육체를 둘러싼 담론에서 가장 첨예하게 대립된다는 점[13)]에서 이해할 만하다. 하지만 대중소설은 성과 육체에 대한 새로운 시각을 보여준다는 점에서 살펴볼 만하다.

먼저 「찔레꽃」에서 볼 수 있는 것처럼 육체는 감추거나 부끄러워해야 할 것이 아니라 드러내어 매력을 나타낼 수 있는 떳떳한 것이며, 가꾸어야할 대상으로 변화한다. 이미 신문, 잡지, 영화 등의 대중매체에서 육체는 아름다움의 과시의 대상이며, 육체의 노출은 자랑스러운 것이라는 또 서구화된 육체를 지향하는 이미지와 표현들이 난무하였다.

"아가씨 여러분들은 활동사진에 나오는 꽃같은 서양 여배우의 날씬한 몸맵씨와 그 미끈한 다리를 탐내실 줄 압니다. …… 저 서양영

---

13) 김진송, 『현대성의 형성 : 서울에 딴스홀을 허하라』, 현실문화연구, 1998, p.290.

화에 나오는 〈거리의 천사〉의 디 - 트리히를 보십시오. …… 검정양
말을 넙적다리까지 치켜올리신데는 무엇이라고 말할 수 없는 매력
이 있지 않습니까?" 14)

이런 의식은 찔레꽃에서 그대로 드러난다. 동경음악학교 출신인
조경애가 사랑하는 이민수의 방문을 앞두고 치장하는 모습을 보면
육체의 노출에 대한 개방적 사고, 육체를 가꾸어야할 대상으로 보는
서구적 육체관 등을 볼 수 있다.

경애는 옷을 안고 자기 침실로 들어가서 본격적으로 몸치장을 시
작하였다. 이브닝 드레스를 입으면 으레히 노출(露出)하는 가슴, 등
어리, 두 팔에 별 수 없이 화장을 하지 않으면 안되는 것이다. 경애
는 암만해도 조수(助手)가 필요하였다. 방금 오늘 저녁 여흥의 한대
목인 유희를 아이들에게 가르치고 있던 정순이 경애의 방으로 불려
왔다. 정순은 경애가 시키는 대로 경애의 등어리에다 콜드크림을
발라 맛자지를 하고 그리고 가아제로 그것을 닦아낸 다음에 폼피아
맛사지 크림으로 또 한번 등과 어깨를 마찰하고 그리고 가아제로
닦아낸 뒤 더운 물수건과 찬 물수건으로 몇 번이나 경애의 팔과 등
어리를 싸고 …… 화장수, 베니싱 크림, 물분, 가루분, 연지.
(pp180-181)

아울러 자유연애 사상의 만연, 서구화된 육체관, 자본주의적 성문
화의 확산, 호색적인 일본문화의 영향, 데카당적 사조의 유입 등으
로 성의식, 성문화 또한 바뀐다. 「찔레꽃」에서 주인공인 이민수는
예의 근대 지식청년을 주인공으로 한 많은 소설에서처럼 지적이고

14) 「어엽분 아가씨네들 양말 신는 법 연구」, 『예술』, 1935년 1월호.

용모도 준수하고 인격적으로도 고결하다. 또 조경애도 돈보다는 사랑을 고집하는 순정형 인물에 가깝다. 하지만 그것과는 별도로 그들의 성의식은 개방적이다. 성은 정조관념 속에 묶인 금기의 대상이 아니라 사랑의 자연스러운 한 표현인 것이다. 일본소설「금색야차」에서 여주인공 미야가 약혼자 강이찌를 버리고 금융가의 아들 도미야마 다다쯔구와 결혼해 그의 아이를 낳는 것과는 달리 그것의 번안소설인「장한몽」의 심순애는 김중배와 끝내 정사를 벌이지 않게 설정하고, 이광수가 그의 1933년작「유정」이나 1936년작「애욕의 피안」에서 주인공이 아무런 성적 접촉 없이 순정이나 순결을 지켰으니 고결하다고 상찬하는 것과는 너무도 큰 간격을 보이게 된다.

　　만약에 말입니다. 경애씨! 내가 만약 결혼식 전에 당신을 요구한다면 어쩌실테요.
하고 민수는 타는 듯 빛나는 눈으로 경애를 바라 보았다.
　　글쎄요 결혼식이라는게 무얼까요. 난 결혼식이라는 것은 다른 사람에게 광고하는 것이라고 해석을 하고 싶습니다. 참 결혼은 벌써 두 사람의 의사가 합하게 될 때 이루어진 것이 아닐까요. …… 결혼식이라는 형식이 두 사람을 결합시킨다는 것은 나로서는 이해할 수 없어요. 경애의 이 엄청나게 개명한 결혼관을 듣자 물론입니다. 물론 그렇죠. 하고 울부짖는 민수의 얼굴에는 일순 악마의 웃음이 흘렀갔다. 그래 그 몸을 말입니다. 민수는 현관 앞에서 자동차를 내리며 경애의 귀에 속삭였다. 내가 만약에 말입니다. 경애씨 몸을 요구한다면 어떡하실 테야요? 하고 경애의 팔을 끼었다. 그럼 지금은 드리지 않았나요? 민수씨는 자꾸만 몸 몸 하시는데 이 것은 제 몸이 아니고 무어야요.(p.365)

성과 육체에 대한 개방적 태도와 함께 대중소설은 새로운 변화를 일으키며 당대인의 삶을 지배하는, 한걸음 더 나아가 인간의 근원적 속성 중의 하나이면서도 이전 소설들에서 소홀히 다루어져왔던 새로운 영역을 개척하게 된다. 1920년대 말에서 특히 1930년대에 이르러 산업화의 진전에 따라 새로운 물질과 물건은 우리의 일상에 범람하게 되고 그것을 향유하는 것이 곧 모던한 삶, 행복한 삶의 표징으로 다가선다. 축음기, 사진기, 피아노, 자동차 등은 계층에 상관없이 동경의 시선을 자아낸다. 또 자본주의화, 도시화의 진전에 따라 상업적 광고는 당대인의 눈길이 가는 곳마다 자본의 향기를 발라두며 도시전체를 물질에 대한 욕구로 부유하게 만든다. 도시의 대중들은 넋을 잃은 채 자본주의가 창출한 물질과 물건의 풍요로움에 빠지게 되는데, 1920년대 말에 서울거리에 등장한 화려한 네온사인이나 쇼우윈도는 절정의 상징물[15]들이었다. 때문에 당대인들은 물질에 대한 본능적 욕구를 분출할 수밖에 없었으며, 그것은 집착에 가까운 것이었다. 당연히 당대의 도시적 삶은 물질을 소유할 수 있는 돈에 의하여 매개되고 또 돈이 주는 교환가치에 의해 규정될 수밖에 없었다. 아울러 현대도시의 수많은 물질과 물건, 공간 등은 도시문명의 새롭고 신선한 감각을 열어 주었고, 이에 따라 당대인은 확장되고 예민한 감각을 지속적으로 키울 수 있었고, 한편으로는 그것을 개발할 수밖에 없었다.

---

15) 최영수, 「만추가두풍경」, 『여성』, 1937년 11월호.
　　이 진열장 앞을 오기만 하면 이 유행균의 무서운 유혹에 황홀하여 걸음 걷기를 잊고 정신이 몽롱화 하여 다 각각 자기의 유행세계를 설계하려 든다.

이와 함께 서구의 영화나 일본의 신파조 연극은 감정표출에 익숙치 못했던 우리들에게 노골적인 혹은 다소간 과장적이기까지 한 감정표출의 솔직함과 재미를 주었다. 가부장적 전통, 효중심의 문화, 근대의 계몽주의적 사고 등으로 인해 억눌려 왔던 감정의 세계 혹은 감정 표출이 일상인의 삶에서 그리고 그 적극적 반영인 대중소설의 문면에서 분출된 것이다. 슬픔과 분노, 욕정의 감정 등이 억눌림 없이 적극적으로 노출되는데, 그것은 당대인의 변화된 삶에 대한 반영이기도 했고, 시대고와 욕구의 분출이 억압된 젊은층의 소망적 사고를 반영한 것이기도 했다. 감정표출의 적극성을 가장 극적으로 보여주는 장면은 『찔레꽃』에서 조경애가 失戀과 혐오하는 사람과의 혼담으로 인해 쌓였던 분노가 폭발하는 장면이다. 대부호의 딸이자 동경유학생 출신인 조경애는 '어디서 배상해 올 수도 없는 잃어버린 청춘의 울분을 실은 채 꿈속 같이 아늑하게 뻗친 아스팔트 위를 말을 타고 바람같이' 달리는데, 명문가의 규수로 그려진 처녀가 청춘의 울분을 참다못해 말을 타고 서울거리 한복판을 내달리는 장면은 이전 소설에서는 상상하기조차 힘든 극적 장면이다. 말을 타고 달리는 모습과 심리가 세밀하고도 인상적으로 그려진 이런 장면들에서 신청년, 신여성 등이 주축이 되었을 독자들은 벅찬 희열을 함께 느꼈을 것인데, 특히 당대 대중문화의 주소비층인 여성들은 그 정서적 희열감이 한층 더 했을 것이다.

이런 점들을 정리해 보면 이 시기의 대중들은 본능적 욕구 특히 물질에 대한 본능적 욕구가 집착에 가까울 만큼 강하였으며, 확장되고 예민한 감각을 소유하였고, 감정을 표출하는 데 더욱 적극적이

되었다. 당대 대중소설 작가들은 이 변모된 인간상을 그리는 데 소홀함이 없었고, 이것은 이성과 계몽에 익숙한 작가들이 따라올 수 있는 영역이 아니었다. 대중소설의 인물들은 질투나 정욕 같은 원초적인 본능이 강하고, 신념이나 이성과 함께 물질에 대한 본능적 욕구에 사로 잡혀 있다. 또 감각의 세계에 예민하게 반응하고 감정의 표출에 적극적이다. 당대의 독자들은 이런 인물들 또 그들이 그려가는 소설 속 세계를 신선하게 받아들였으며, 그것은 그들의 삶에 가장 부합되는 진실한 것이기도 했다.

　「찔레꽃」에서 이민수와 안정순은 사랑하는 사이이며 세속적 가치보다는 사랑을 중시하는 순정형 인물에 가깝다. 하지만 그럼에도 둘 다 의지나 신념을 갖고 맹목적이고 기계적으로 순정에 집착하지는 않는다. 「찔레꽃」에는 이런 사실들을 확인할 수 있는 삽화들이 많다. 이민수는 타고 있던 말이 날뛰어 곤경에 처한 조경애를 구사일생으로 구하게 된다. 당연히 조경애를 사랑하는 재산가 윤영환이 제안한 오천원을 받을 수 있었지만 단호하게 거절한다. 부친의 농토가 경매로 남의 손에 넘어가 곤궁해진 이민수의 입장에서 아쉬울 만한데 이민수는 당당하게 거절한다. 하지만 취직도 어렵고 당장 하숙비 마련이 급해지자 이민수는 곧 오천원을 거절한 것을 자책하기도 하고 한편으론 그런 자신에 대해 자조하기도 하는 등 복잡한 심리에 쌓인다. 또 자기집안의 논을 경매에 부친 은행두취 조만호에 대한 반감으로 그의 딸 조경애를 농락하고픈 생각을 갖는 등 때로는 비윤리적이기도 하고 때로는 유치한 모습을 보이기도 한다. 즉 감정적 격정에 사로잡혀 이성적 판단을 그르치기도 하고 고통 속에 쉽게 좌절하여 윤리감각이 마비되기도 한다. 아울러 안정순도 이민수를 사랑하며 그의 재기를 위해 경매에 넘어갈 위기에 처한 논을 찾기 위해 온갖 수치심을 무릅 쓰고 은행 두취인 조만호에게 눈물로써 경매를 연기해 줄 것을 호소하기도 한다. 이민수에게 순정을 다하는 것이다. 하지만 그런 태도는 이민수가 자신을 오해하자 곧 흔들리며, 자신이 가정교사로 있는 집의 침모가 혼처자리를 제안하자 적극적으로 관심을 보인다. 즉 침모가 조만호의 부탁으로 만석꾼인 대부호의 후처자리를 넌지시 제안하자 부자가 되고 싶은 본능적 욕구를 감추지 않는다.

> 정말 부자라면 가볼까? 호호호. 호강만 시켜준다면 말야요. 호호호. 정순은 간드러지게 웃고, 난 정말예요. 가난한 집에서 자란 탓인지 정말 한번 으리으리하게 살아 보았으면 싶어요. 박씨는 무릎을 치면서 다 이를 말씀이요? 이 설움 저 설움 가난한 설움이 제일 설다는 게야요. 하고 그는 자기의 사명이 거의 성취나 된 듯이 조만호씨가 약속한 지전 뭉텅이가 방금 곧 자기 주머니 속으로 굴러 들어오는 듯 어깨가 으쓱하여졌다. 만석 추수! 백만장자의 젊고 아름다운 신부인(新夫人)으로 그보다도 민수와 같이 가난한 서생을 발아래 강아지처럼 업신여길 수 있는 경우가 네 하는 대답 한번으로 될 수 있는 것이다.(pp.270-271)

사랑하는 사람을 위해 헌신하는 순정형 인물도 질투로 인한 복수심에 떨기도 하고 부자가 되고 싶은 본능적 요구에 흔들리기도 한다. 또 선각자연 하는 지적 엘리트도 유치한 고민에 휩싸이거나 감정적 격정에 휘둘리기도 한다. 아울러 사랑을 두고도 사소한 일로 격정적 질투를 보이기도 하고 감정을 거침없이 드러낸다. 대중소설은 인간이 가진 본능적 욕구와 감정의 혼돈을 자연스러운 것으로 보고 적극적으로 드러내려 했으며, 특히 당대인들에게 그것은 더욱 절실한 문제라고 보았다. 또 이미 당대인에게서 성과 육체에 대한 개방적 태도와 감정표출의 적극성을 보았으며, 그것을 잘 드러내는 것이야말로 당대를 가장 핍진하게 드러내는 것이라고 생각했던 것이다.

4. 영화의 영향

1900년대초 조선에는 서구열강과 일본에 의해 영화가 수입된다. 처음에는 주로 물품의 판매촉진용이나 흥행용으로 이야기도 주제도 없는 짧은 길이의 필름을 들여와 상영했지만, 1910년대에 들어 에피소드와 극적 성격을 갖춘 예술적 깅르로서의 영화가 소개된다. 특히 1920년대에 들어 미국과 유럽 및 일본의 영화가 대거 수입[16]되고, 1927년 기념비적인 나운규의 「아리랑」의 흥행이 말해 주듯 조선영화의 창작이 활발해지면서 세인들의 관심은 폭발적으로 확대된다. 1920년대와 30년대의 영화 관람객을 보면 260만 명(1927년), 390만 명(1928년), 410만 명(1929년), 510만 명(1930년), 530만 명(1931년), 570만 명(1932년), 590만 명(1933년), 650만 명(1934년), 880만 명(1935년)으로 해마다 100만 명씩 증가하는데 이는 당시 총 인구가 2400만 명이었음을 감안하면 1935년의 경우 인구의 3분의 1이 극장을 찾았

---

16) 일례로 1925년의 경우를 보면 미국영화가 2130편, 유럽영화가 124편 수입되었다.

다는 계산이 된다.[17] 영화는 비교적 저렴한 이용료, 스펙터클한 장면, 빠른 사건전개, 동경의 대상인 서구문물의 소개 등으로 당대 대중문화의 총아로 성장한다.

오십전五十錢 혹은 삼사십전三四十錢으로 세시간동안 어여쁜 여배우의 교태와 소름끼치는 자극刺戟과 노래와 음악과 춤을 실토록 맛보고 게다가 서양원판西洋原版 예술을 풍성하게 감상할 수 있으니까 예서 더 바랄 것이 없다.[18]

그런데 영화가 동시대의 가장 중요한 오락 혹은 기호거리로 등장했다는 점은 중요한 한가지 사실을 내포하고 있는데, 그것은 바로 영화가 당대인의 일상적 의식과 생활을 지배하게 되었다는 점이다. 영화에서 삶의 패턴을 모방하려는 대중적 감수성의 집단화 현상이 나타났으며, 다수의 대중들에 대한 감화력 때문에 로이드 안경, 히틀러 수염(채플린 수염), 맥고 모자, 케리쿠퍼의 외투, 로오웰 새아만의 모자, 로버트 몽고메리의 넥타이, 윌리암 포웰의 바지, 클라이브 쁘룩의 구두를 사람들의 뇌리에 심어 놓았다.[19] 사람들은 영화에 나오는 삶의 방식을 적극적으로 수용하였고, 영화적 상상력을 동경하였다. 이제 작가는 자신의 소설에서 당대인들의 삶을 적극적으로 반영해야 된다는 점에서든 작자 자신도 영화관객의 하나였다는 점에

---

17) 이중거, 「한국영화사연구」, 중앙대논문집 1973년 p.225에서 재인용. 이는 1936년 10월에 창간호이자 종간호인 조선영화에 실린 집계라고 한다.

18) 하소夏蘇, 「영화가 백면상」, 『조광』, 1937년 12월호.

19) 김진송, 앞의 책, pp.173-174

서든 영화로부터 영향을 받을 수밖에 없었다. 우리는 그러한 사실들을 1920, 30년대 작가나 창작물 속에서 어렵지 않게 발견할 수 있다. 일례로 1930년대 도회의 일상을 다룬 박태원의 「愛慾」의 한 장면을 보자.

포트랩을 단숨에 들이킨 자는 레지놀드 데니가티 생겼다고 하면 응당 만족해 할께다. …… 양장은 신통치 않아도 그 둥글고 여유 있는 것이 어덴지몰으게 복스러워 보이는 얼골은 콘스텐스 베넷트 비슷하다. …… 참말 몰으겠다는 표정을 하고 그 중 구석에 앉은 자는 시멘트 바닥에다 침을 뱉고 그것을 구두 바닥으로 문질렀다. 엽 얼굴이 구태여 말하자면 조-즈 랩트 비슷하나 ……20)

등장인물의 묘사까지도 외국 유명 영화 배우들을 자유로이 인용할 수 있다는 것은 영화 이해의 수준이 만만치 않음을 보여줄 뿐만 아니라, 당대인들이 영화로 세상을 들여다보고 영화로 상상한다는 것을 보여준 것이다. 영화적 상상력 혹은 영화적 지각은 대중소설의 경우 더욱 두드러진다. 「찔레꽃」에서 그러한 사실을 보여주는 장면을 보자. 은행두취 조만호의 딸인 동경음악학교 출신 조경애는 동경에서의 실연과 경멸하는 윤영환과의 혼담으로 울분에 싸여 말을 탄 채 서울시내를 달린다. 그런데 그 장면은 영화가 주는 웅장하고 격렬한 움직임에 대한 감수성이 없었다면 상상할 수 없는 장면이다. '어디서 배상해 울수도 없는 잃어버린 청춘의 울분을 실은 채 경애는 꿈속 같이 아늑하게 뻗친 아스팔트 위를 바람같이 달리'는데, '뚜

20) 박태원, 「愛慾」박태원 작품집 『李箱의 悲戀』, 깊은샘, 1991, pp.60-61.

벅뚜벅 발굽소리와 함께 휙휙 찬바람이 얼굴을 스쳐가고 양편으로 날아가는 경물(景物)이 어떻게 변해가던지 경애에게는 상관이 없었다'. 자극적인 소리와 빠른 동적 움직임이 어우러지는 영상적 이미지가 펼쳐진다. 특히 조경애가 탄 말이 제멋대로 날뛰기 시작하면서 벌어지는 장면은 숨막힐 듯한 긴장감과 격렬한 움직임으로 계속 이어진다. 허공을 향해 몸을 치솟고 몸을 몇바퀴나 돌리다가 앞으로 돌진하는데, 역구내로 뛰어들어 화단을 짓이기고 사람들 사이로 뛰어들기도 하며 급기야는 달려오는 기차로 돌진한다. 그 위기일발의 순간에 이민수가 탄 말이 근접하고 기차와 말이 충돌하는 순간 조경애가 구출된다.

빼잉 요호옹 소리를 지르며 달아나는 말은 어느덧 노량진(鷺梁津) 역구내(驛構內)로 들어섰다. 한창 피어있는 백합장미들이 무참히도 말 발굽에 으깨어지고 구내에서 일하던 사람들은 말을 피하기에 정신을 잃었다. 어느덧 말은 철로 선로 안으로 들어섰다. 폭양에 작열(灼熱) 되어 있는 레일이 성난 뱀 같이 이글이글 야릇한 광채를 내며 길게 누워 있는 위로 미친 말은 경애를 싣고 함부로 뛰어가는 것이다. **아아! 저편에서 들려오는 기적소리! 방금 시꺼먼 연기를 뿜으며 헐떡이고 오는 기차는 아침에 부산서 떠난 노조미가 아니냐?** 경애를 향하여 달려오는 기차, 경애는 절대절명으로 말고삐를 돌리려 하였으나, 여전히 구르듯 선로 위로만 달리는 것이다.

갑자기 와 하는 사람들의 부르짖음과 함께 손뼉소리가 다시 들려온다. 청년의 탄 말이 경애의 말에 육박한 것이다. 말과 말은 드디어 나란히 기차를 향해 달리기 시작하였다. 군중은 또 다시 소리를 쳤다. 그러나 그 다음 순간 「앗!」 영환은 두 손으로 눈을 가리어 버렸다. 맥진(驀進)하여 오는 기관차에게 무참히도 떠다 받치어 이십 미터나 되는 거리로 나가 떨어졌다. **경애의 말일까? 그렇지 않으면 청년의 말일까?** 드르르릉우 …… 하고 처참한 소리를 남긴 채 승전한 괴물은 유유히 그리고 눈깜짝할 사이에 한강 철교 속으로 들어가 버렸다. (pp.153-155)

상당히 길게 서술된 이 장면은 오로지 격렬하고 빠른 움직임의 포착만으로 그려지고, 독자의 관심 또한 동적 움직임에의 몰입이 주는 재미와 흥분으로 빠지게 된다. 이것은 영화보다 비교적 사색적인 소설에서는 상상하기 힘든 장면으로, 영화적 감수성이나 상상력이 동원된 결과이다. 실제로 1920년대와 30년대 수입영화 중 상당수가 활극류[21]였으며, 빠른 움직임을 박진감 있게 그려내는데 특기를 가진 영화가 즐겨 그린 장면 중 하나가 기차와 말이 어우러진 추격전이었다. 특히 영화의 영향을 결정적으로 보여주는 사실은 굵은 글자로 된 부분이다. 격렬하고 빠른 움직임을 쫓아 기술하던 장면에서 갑자기 그 상황의 긴박함을 설명하고 독자의 감정적 호응을 부추기는 색다른 목소리는 무엇인가? 누군가의 존재를 강하게 느끼게 하는 육성은 무엇인가? 그것은 바로 영화상영에서 흥행의 성패를 좌우하던 변사의 목소리다. 변사는 무성영화 시절 목소리의 기교로 영화에 생명력을 불러넣던 존재[22]이다. 영화의 부상과 더불어 변사는 유명

---

21) 이효인, 『한국영화사강의1』, 이론과실천, 1994, p.49.
22) 이효인, 앞의 책, p.25.
   한편 당시 무성영화 시절 영화흥행의 성패는 변사에 달렸다고 해도 과언이

인으로 떠올랐고 관객은 영화화면과 변사의 해설을 시청각적으로 수용하는 데 익숙해졌다. 토키영화(유성영화)가 나온 뒤에도 단성사 등에서는 관객의 요청으로 여전히 변사를 고용하고 있었다. 특히 긴박하거나 애절한 장면에서는 변사의 해설이 추임새처럼 당연히 연상되었다. 바로 이러한 사실 때문에 「찔레꽃」에서는 여주인공이 탄말이 기차에 부딪히는 장면에서 긴박감과 애절함, 그리고 상황에 대한 부연설명을 위해 변사의 목소리를 개입시킨 것이다.

이와 같은 영화적 상상력과 영화적 모티프의 차용은 「승방비곡」에도 나타난다. 「승방비곡」에는 매력적인 성악가 김은숙을 사이에 두고 동경 불교 대학생이자 雲外寺 상좌 스승인 최영일과 돈 많은 유부남 이필수가 벌이는 사랑의 삼각관계가 벌어지는데, 김은숙에게 백안시되는 이필수가 위장 납치극을 벌이면서 소용돌이치는 긴박한 사건이 전개된다. 즉 이필수가 지인에게 김은숙을 납치하도록 교사하고 스스로 나서 김은숙을 구해낸다는 청부납치극을 벌이면서 사건은 급박하게 돌아가고 이에 맞선 최영일과 한명진의 개입으로 팽팽한 긴장감을 보인다. 당대의 여러 논자들이 지적한 '박진감 있는

___

아닐 정도로 변사의 역할은 중요했는데, 최초의 변사는 박승필(단성사 주인-필자 주)이 내세운 우정식이란 사람이었다. 그는 무반의 여유있는 가정에서 자라 광무대를 제집 드나들 듯 하던 백수건달이었다. 우정식 이후 김덕경, 서상호, 김영환, 박응면, 성동호 등의 변사들이 활약했는데 이 중 김영환 같은 이는 뒤에 감독으로 활약하기도 했다. 이들 변사들은 당시 고급관리들이 월 30~40원, 일류배우들이 40~50원 정도의 월급을 받을 시절에 70~80원 정도의 월급을 받았을 뿐만 아니라 그 돈과 인기를 동반하여 장안 화류계 소식의 주인공들이기도 하였다. 한국영화인들의 풍란에 대한 기원은 무성영화의 변사로부터 시작된 것이다.

재미'는 대부분 이 사실과 관련된다. 사실 납치극의 전개와 해결은 소설의 근간적 줄거리를 이루며 「승방비곡」을 '고귀한 여인 구하기'의 이야기로도 해석할 수 있게 하고 있다. 삼각관계, 여인납치극, 자동차와 오토바이 그리고 권총이 동원된 추적극이 어우러져 긴박한 사건전개를 이루는 내용은 「승방비곡」의 독특하고 신선한 재미를 형성하는데, 이는 당대의 문학사에서는 낯선 장면으로서 영화와의 관련성을 분명하게 드러낸다. 즉 삼각관계와 여인납치소동은 당대의 전형적인 흥행장르인데 이는 해외영화와 신파극단의 각본에서 가장 흔히 보이는 내용이자 모티프이다.23) 특히 자동차나 오토바이를 이용한 스케일이 크고 속도감 있는 추격전 등은 당시에 소개 된 해외영화의 대표적 씬으로서 그 영향관계를 확실하게 유추해 볼 수 있다.

다음으로 영화가 대중소설에 미친 영향으로는 파노라마 쇼트, 클로즈업 쇼트, 플래쉬백 쇼트, 팬쇼트, 틸트 쇼트와 같은 영화 기법 혹은 엉화언어를 들 수 있다. 「승방비곡」에는 이러한 기법들이 두루 쓰이고 있는데 먼저 플래쉬백의 경우를 보자. 영화기법에서 클로즈

---

23) 이러한 사건구성은 한국영화에도 이후까지 지속적으로 영향을 주게 되는데, 일례로 1933년에 발표된 한국영화 「아름다운 희생」을 들 수 있다. 그 줄거리를 김유영의 글을 통해 옮겨 본다.

'어떤 일을 계획하고 귀향하던 두 청년이 흉한에게 유인되어 투신자살 하려는 어떤 여성을 구하는 것으로 시작된다. 이후 이 세 사람은 삼각관계의 애정에 빠지게 된다. 두 청년의 우정은 멀어지고 결국 쟁탈전까지 벌어지는데 이 때 흉한이 권총을 들고 여성을 납치하기 위하여 나타났다. 두 청년은 또 필사적으로 흉한을 물리쳤다. 그 여성은 두 청년 중 한 명을 선택해야만 했으므로 결국 죽음의 길을 택했다'

김유영, 「'아름다운 희생'을 보고」, 〈조선일보〉, 1933년 6월 6-9일.

업이 注意의 심적 작용이라면, 플래쉬 백은 기억의 심적 작용이라 할 수 있다. 즉 플래쉬 백은 심리적 작용으로서 가지는 회상을 영화적 시간과 공간으로 표현해 준다. 영화에서 플래쉬 백은 점진적인 페이드 아웃, 페이드 인에 의해 도입되거나 빠른 커트에 의해 도입되기도 한다. 그것은 과거의 정보를 제공하거나 과거의 사건을 극화시키며 과거와 현재를 인지적으로 연결시킬 때 사용된다.[24] 「승방비곡」에는 영화의 플래쉬 백을 이용한 회상장면이 여러 차례 보인다. 그 실례를 보자.

맨땅에가 주저 앉은 명진은 명숙의 가는 길을 돌아보았다. 지팡이를 서툴게 놀리며 산길을 더듬는 명숙의 등 뒤에는 때 마침 솟아오는 붉은 햇살이 번쩍이었다. 이것을 바라보는 명진의 눈에는 어느덧 눈물이 고였다. 담뿍 고인 눈물 속에서 혹은 하나로 혹은 둘로 몽롱히 비치는 명숙의 뒷모양을 보지 않기 위하여 고개를 돌리고 눈을 감았다. **불꺼진 영사막(映寫幕) 같은 흑갈색(黑褐色) 시계(視界) 위로 상아의 조각(象牙刻)처럼 또렷히 솟는 무엇이 있었다.**
<u>사랑의 환상(幻像).</u>
<u>그것은 분명히 삼년전에 이 세상을 눈물로 떠난 음전이었다. 음전이는 그 우물에 던진 참혹한 송장이 아니라 기러기 우는 밝은 달아래, 그윽한 갈밭숲에서 자기를 쳐다보며 웃고 이야기 하던 음전이었다. 오오 나의 음전이</u> (p.431)

이 장면은 한명진이 그의 여동생 한명숙을 떠나보내는 장면이다. 한명숙은 이필수의 성적 노리개가 되어 농락당했을 뿐만 아니라 그

---

24) 버나드 F. 딕, 『영화의 해부』, 김시무 역, 시각과언어, 1994, p.132.

가 옮긴 성병 때문에 눈까지 멀게 된다. 그런데도 이필수가 한명진과의 격투 끝에 중상을 입자 그를 간호하기 위해 떠나려 한다. 한명진은 분노와 안타까움으로 남매간의 정리를 의절하자고 말하며 한명숙을 떠나보낸다. 한명진은 명숙의 뒷모양을 보면서 이필수의 부친인 이준식의 간계로 자살한 자신의 옛애인인 음전을 떠올린다. 그런데 이 회상장면이 영화의 플래쉬 백 기법으로 처리되어 있다. 즉 굵은 글자로 된 부분이 현재의 장면에 겹치어 음전이와의 과거 추억이 페이드 인으로 드러나는 부분이며, 밑줄 친 부분이 극화되어 나타나는 플래쉬 백 상의 과거장면이다. 이 장면의 플래쉬 백은 영화 속에서 작동되고 기술되는 단순히 과거의 단편들로 이루어진 '비인격적인 플래쉬 백'이 아니라 등장인물의 추억 내지 심문의 결과로 이루어진 '인격적인 플래쉬 백'으로서, 한명진의 명숙에 대한 애절한 마음과 음전이에 대한 간절한 그리움이 오버랩되며 분노와 슬픔의 감정이 극적으로 고조되고 있다.

이 밖에도 「승방비곡」에는 최영일이 금강산의 온갖 절경들을 떠올리는 장면에서 현대적 산업화, 도시화가 가져온 '보이는 것의 과잉'을 재현하기 위해 영화가 고안한 파노라마 쇼트를 이용하고 있는데, 작자 스스로도 그 점을 의식하여 '활동사진처럼 그의 머리에서 풀려나왔'다고 진술하고 있다. 아울러 서울로 향한 기차 속에서 최영일과 김은숙이 우연히 처음 대면하게 되는 장면에서는 바지밑에서부터 무릎을 지나 어깨 그리고 귀밑까지를 천천히 '더듬어 올라가며' 보는 은숙의 시선이 관능적 분위기를 풍기는데, 이것이 곧 영화의 틸트쇼트 기법(카메라의 수직적 이동기법)에 해당하며, 우연히 시선이 마주치자 황급히 반대편으로 엇갈리며 갈라서는 두 사람의 시선처리에서는 청순한 남녀의 순결하고 수줍은 내면이 드러나는데, 이것은 팬쇼트기법(카메라의 수평이동기법)에 해당한다.[25]

---

25) 강현구, 「최독견의 僧房悲曲에 나타난 映畵의 영향」, 『한국문예비평연구』 제4집 참조.

「명함을 보고 난 은숙의 시선은 혹 세루 바지 밑에서 언덕진 무릎의 고개를 지나 풍부한 어깨로 올라와서 청년의 하얀 귀밑까지를 더듬어 올라갔다. 이 때껏 하늘을 바라보던 청년의 눈에는 차창에 나타나는 환영(幻影) 같은 여자의 얼굴을 바라보았다. 그는 허공을 버리고 자기의 등 뒤를 바라다 보았다. 남녀의 눈과 눈이 마주쳤다. 은숙의 눈은 게눈 같이도 빠르게 이편으로 돌고 청년의 눈은 침착한 동작으로 다시 창 밖으로 향하였다. 은숙은 무료한 끝에 배스키트에서 잡지를 꺼내 들고 보기 시작했다. (p.332)」

이 장면은 서울로 향한 기차안에서 김은숙과 최영일이 처음 대면하게 되는 장면인데, 굵은 글자 부분은 영화의 틸트 쇼트를, 밑줄친 부분은 팬 쇼트를 원용하였다. 먼저 틸트 쇼트란 고정된 축을 중심으로 하여 카메라가 수직으로 회전하는 것을 말하는데, 팬닝과 마찬가지로 틸트도 하나의 대상 혹은 인물에 대한 감상자의 인지도를 높일 수 있다. 즉 김은숙의 시선이 최영일의 다리로부터 귀밑까지 이어지며, '더듬어'란 표현이 상징하듯 관능적 분위기를 자아내며 최영일을 매력있는 인물로 형상화하고 있다. 다음으로 밑줄친 부분은 팬쇼트로 고정된 축을 중심으로 하여 카메라(시선)가 수평으로 움직이고 있다. 이 장면은 팬을 사용하여 순결한 남녀의 당황스러운 표정을 잘 그리고 있다. 그런데 이 장면에서 특히 눈여겨 보아야 할 점은 밑줄 친 부분 중 굵은 글자 부분이다. 은숙의 눈이 '이편으로 돌고'란 무슨 의미를 갖고 있는가? '이편으로 돌고'란 표현은 은숙을 관찰하고 있는 작품 외적 존재의 시선을 부지불식간에 뚜렷이 드러낸 말로서, 그 작품 외적 존재란 다름 아닌 카메라인 것이다. 지금 작자는 카메라를 들이대고 피사체의 움직임을 찍어내는 상황을 가상하며 글쓰기를 시도했고, 그 때문에 무의식 중에 카메라 쪽을 향한다는 의미의 '이편으로 돌고'란 표현을 쓴 것이다.

2부

대중소설에 나타난 굿·배드·맨과 변사의 목소리

1. 대중소설의 새로운 독법

1920년대 후반부터 조선은 대중문화의 도약기를 맞는다. 불특정 다수를 향한 문화가 생산되고, 그것을 적극적으로 향유한 대중이 존재했던 시기이다. 영화, 출판, 방송, 가요, 스포츠 등 대중문화의 여러 영역이 산업화·기업화되면서 대량생산이 가능해졌고, 대중들의 기호와 정서에 부응하는 흥행성은 한층 강화되었다. 조선키네마사, 금강키네마사, 독립프로덕션 등의 영화제작사, 시에론, 빅타, 콜롬비아 등의 음반제작사, 한성도서, 박문서관, 삼문사 등의 출판사들이 끊임없이 탄생하고 활동하였으며, 영화관, 박람회장, 스포츠행사장에는 관객이 넘쳤는데, 일례로 1927년 260만 명이었던 영화관객은 1935년 880만 명으로까지 기하급수적으로 늘었고, 대중소설이 주축이 된 30년대 후반의 문학전집류 간행열풍을 타고 발간된 책 부수가 20만 권에 달했으며[1], 음반판매량은 1930년대 중반에 이르러 5만

---

1) 강옥희, 「30년대 후반 대중소설의 출판」, 『민족문학사연구』 제13집, 1998. 12, pp.366-377.

장에까지 이르렀다.

　1920, 30년대 대중소설은 바로 이 시기에 탄생되었다. 대중문화가 강력한 시대적 주류로 떠오른 시기에 여타 다른 대중문화들과 동일한 시대적, 사회적 탄생배경 - 대중문화 영역의 근대적 기업화, 대중매체의 확산, 교육받은 대중의 확산 등 - 을 갖고 산출되었던 것이다. 이 점을 강조하는 것은 대중소설은 대중문화의 성행이라는 큰 흐름 속에서 다른 대중문화 영역들과 배타적인 장르의식 없이 상호교류에 적극적이었다는 점과 함께 대중문화 영역들간에는 대중의 관심과 소비를 두고 끊임없는 경쟁이 있을 수밖에 없었다는 점을 강조하기 위해서이다. 따라서 1920, 30년대 대중소설을 올바로 설명하기 위해서는 무엇보다도 새로이 부상한 대중문화 영역간의 치열한 각축 속에서 대중소설은 어떠한 매력과 호소력을 갖고 등장했는지, 이전의 소설들과 달리 어떠한 '새로움'을 갖고 나섰는지를 살펴보아야 할 것이다. 또 당대에 '문화의 패왕'이라고까지 불렸던 영화와 같은 장르로부터 어떠한 강점과 특색을 수용했는지를 논해야 할 것이다. 임화가 그의 「통속소설론」에서 대중소설을 통속소설이라 칭하면서, 일제말의 억압적 정치상황에 따른 도피주의적 태도와 신문의 상업주의에 편승한 처세에 따라 대중소설은 선정성에의 몰두, 도식적 구조, 우연의 남발에 침윤하게 되었다고 규정한[2] 이래, 앞서 말한 대중소설의 대중적 호소력에 대한 해명은 지극히 소극적인 논의의 수준에 머물러 왔다.

　박계주의 「순애보」가 1939년 매일신보에 연재된 후 간행되기 시

---

2) 임화, 「통속소설론」, 『문학의 논리』, 학예사, 1940.

작한 단행본은 1957년 58판에까지 이르도록 매판 3,000부에서 5,000
부씩 발행될 만큼 절정의 인기를 누렸고, 최독견의「僧房悲曲」은 신
문연재소설에서 단행본출간으로 다시 영화화와 음반출반으로 그리
고 연극공연으로 이어질 만큼 폭발적 관심을 끌어 모았다. 이러한 대
중적 관심을 단순히 선정성에의 몰두 때문이라고 규정짓는 태도는
단견일 뿐만 아니라, 문학에 대한 세인의 관심이 날로 위축되어가는
현재의 문학적 위기를 헤쳐 나가는 현명한 태도도 아니다. 따라서 여
기에서는 1920, 30년대 대중소설이 갖는 '새로움'과 그것의 매력 및
호소력을, 주로 새로운 인물형의 출현(그것은 당연히 서사구조의 변화
에도 관계될 것이다)과 영화의 영향이라는 관점에서 살펴보고자 한다.

2. 굿·배드·맨의 출현

멜로드라마는 1910년대부터 본격적으로 외국영화나 신파극 등을
통해 조선에 유입된다. 1925년에 이미 2,250여 편에 달한 수입영화[3]
중 모험과 사랑을 테마로 한 멜로드라마가 상당수였으며, 신파극은
조선문예단, 민중극단, 취성좌 등의 극단을 통해 공연되었다.[4] 멜로

---

3) 이효인,『한국영화역사강의 1』, 이론과실천, 1992, p.49.
　1925년 한해 동안 개봉된 영화는 미국영화가 2,130편, 유럽영화가 124편,
조선영화 8편, 그리고 일본영화 등이었다.

4) 서연호,『韓國近代戱曲史硏究』, 고려대학교 민족문화연구소, 1984, p.100.
　20년대 신파극단으로는 이기세가 주도한 조선문예단(1920.4)과 예술협회
(1927.5), 윤백남의 민중극단(1922.10), 토월회 계열의 산유화회(1927.5), 화
조회(1928.5), 김소랑이 주도한 취성좌(1918.3)와 조선연극사(1929.12), 변종

드라마는 폭력을 동반하는 격렬한 행동이나 감상적 정서, 과장된 감정 등에 의해 지배되며, 무르녹는 연애, 엽기적인 사건 등이 이야기의 골격을 이룬다. 플롯은 사악한 계략과 예기치 못한 극적인 행동을 중심으로 전개되며, 자연히 등장하는 인물은 선인과 악인으로 확연히 구분된다. 멜로드라마의 주인공은 순결하고 도덕적인 선인이며, 이와 대립하는 인물로는 주인공이나 다른 선인을 금력이나 완력으로 괴롭히는 악인이 있다.

1920년대부터 본격적으로 등장한 대중소설은 남녀간의 연애담이 주를 이루고, 선인과 악인의 대립, 자극적인 사건과 비극적 상황의 설정을 통해 흥분과 슬픔의 과잉된 정서를 이끈다는 점에서 멜로드라마적 성격을 지닌다. 따라서 이 시기 대중소설에서 악인은 주인공이나 다른 선인들이 처하게 될 비극적 운명과 고난을 유발하고 또 이를 통해 멜로드라마적인 극적 사건전개의 핍진성을 담보한다는 점에서 중요한 캐릭터다. 최독견의 「승방비곡」의 이필수, 김말봉의 「찔레꽃」의 조만호, 박계주의 「순애보」의 이철진, 엄흥섭의 「인생 사막」의 유영섭, 박태원의 「여인성장」의 최상호, 윤기진 등이 대중소설에 나타난 전형적인 악인인데, 그들은 성적으로 방탕하고 이해관계가 냉혹할 뿐만 아니라 범죄에 가담하기도 한다. 물론 악인형 인물은 고대소설에서부터 근대소설에 이르기까지 악행의 성격이 다소간 달라질 뿐이지 주로 안티고니스트로서 늘상 존재해왔다. 조선

기가 주도한 민립극단(1929.12)과 조선극우회(1926.10) 등이 있었다. 이 밖에 극문회(서울), 무대예술연구회(서울), 백조회(서울), 예화극회(서울), 예림회(함흥), 신극운동사(부산), 백익회(동래), 무대협회(대구), 신극협회(진남포), 동정우회(회령) 등이 있었다.

조의 영웅소설이나 근대 계몽주의 소설, 1920년대 경향소설 등에서 볼 수 있듯이 그들은 권력을 찬탈하거나 호색적이거나 약자를 경제적으로 혹은 성적으로 착취하거나 간에 악행의 내용이 조금씩 상이할 뿐이지, 독자들의 보편적 윤리의식이나 정의감에 반해 분노를 자아내는 인물임에는 일치한다.

그런데 이 중 「승방비곡」의 이필수나 「순애보」의 이철진, 그리고 「여인성장」의 최상호는 악인형 인물의 유형이 근본적으로 바뀐다는 점에서 주목을 요한다. 근본적 변화라 부를 수 있는 이유는 이들 악인형 인물이 성격적 전환을 이룰 뿐만 아니라 성격적 전환의 계기가 특별나서, 이전 소설에서는 볼 수 없었던 새로운 인물형이 나타나기 때문이다. 이 사실을 살펴보기로 한다. 우선 앞서의 소설들에 나타난 새로운 악인형 인물들은 악행을 계속하다가 비참한 최후를 맞거나 불행에 빠지는, 그러면서도 여전히 악인으로 남는 인물들이 아니다. 그들은 자신의 잘못을 뉘우치고 죄의식에 몸부리치거나 용서를 구하기도 하고, 철저한 회개 끝에 신념을 가지고 선인이 되어 사회사업에 뛰어들기도 한다. 「僧房悲曲」의 이필수는 대부호의 아들이자 동경유학생 출신인데, 결혼을 했으면서도 성적으로 방탕한 생활을 계속한다. 급기야는 순진한 여학생들을 꾀여 성적 노리개로 삼는데 여자미술학교 연구과 이년생인 한명숙이 그 마수에 걸려든다. 혼인을 빙자하여 관계를 갖고 임신까지 시키는데 새로운 여학생에 관심이 생기자 자신이 유부남임을 밝히며 냉정하게 외면한다. 한명숙은 이필수가 옮긴 성병으로 두 눈을 실명하며 출산한 아이도 장님인 채 태어난다. 이필수는 두 생명을 철저하게 파괴해 버린 것이다. 또 새로이 관심을 두게 된 김은숙이 자신을 외면하자 위장 납치극을 벌이고 자신이 구하는 것처럼 꾸며 김은숙의 환심을 사려한다. 대중소설에 흔히 등장하는 악랄한 호색한의 전형이다. 하지만 위장납치극의 음모가 한명숙의 오빠인 한명진에 의해 밝혀지고 격투 끝에 정강이에 총상을 입고 다리를 절단하게 된다. 불구가 된 자신의 운명에 대해 두려워하던 이필수는 문병 온 한명숙이 소경이 된 것을 알자 심각한 죄책감에 시달리게 된다.

자신의 악행과 명숙의 불행에 대한 죄의식으로 이필수는 급기야 정신병자가 되고 갖은 광증을 보인다. 결국 이필수는 독약을 마시고 자살을 기도하는데 다행히 생명은 구하지만 몸은 이미 피폐해져 죽음이 경각을 다투게 된다. 죽음을 앞두고 필수는 명숙과의 재회를 간절히 바라는데, 임종을 앞둔 시간에 애처로운 만남을 갖게 된다. 죄의식에 사로잡힌 한 개인의 회개와 파멸의 과정을 집요하게 그린 점도 눈에 띄지만, 파렴치한 악인이 진심어린 회개를 통해 다시 태어나는 성격적 변모가 주목할만하다.

병실 문이 고요히 열리자 간호부의 손에 끌린 어린애를 앞으로 안은 명숙이가 주춤주춤 들어섰다. 필수는 이 비참한 현실 앞에 힘없는 눈을 한껏 크게 떴다.『명숙씨…』가늘고 힘없는 필수의 자기를 부르는 소리가 명숙의 예민한 청각(聽覺)을 두드릴 때 명숙의 발걸음은 한층 더 어지러워졌다.『필수씨, 필수씨』명숙의 목소리는 떨렸다. 간호부의 인도하는대로 명숙은 필수가 누운 침대 옆에 놓인 교의에 앉았다. 필수의 야윈 손이 명숙의 손을 힘껏 쥐었다. 마땅히 하여야 할 많은 말을 가진 두 사람은 모든 말을 일시에 잊어버린 듯이 말이 없어졌다. 침묵과 침묵은 떨리었다.『명숙씨, 나는 죄를 많이 지은, 이 세상에 길이 쫓겨난 사람입니다.』 죽음보다도 가라앉은 필수의 말소리가 겨우 떨리는 침묵을 헐었다. 그래도 아무 말없이 고개를 드리우고 앉았는 명숙의 두 어깨가 흐득이는 울음에 떨리었다. 아무렇게나 틀어 붙인 기름기 없이 흩어진 머리털 밑으로 드러난 하얀 귀 밑 푹 숙인 이마 너머로 보이는 뒤뚝한 콧날은 아직까지 옛날 명숙을 추억할만한 가련한 미(美)가 남아 있었다. 『명숙씨, 명숙씨, 나는 내가 지은 모든 죄악을 신(神) 앞에 참회하는 동시에 명숙씨에게 지은 나의 죄를 명숙씨에게 깊이 사죄합니다. 명숙씨, 한마디로써 나의 죄를 용서한다는 말을 나의 귀에 들려주시요…』[5]

그런데 이러한 악인의 회개를 통한 성격적 변모는 「순애보」의 이철진에서 더욱 극적인 모습으로 나타난다. 이철진은 자신의 부인(김혜순)의 친구인 옥련과 불륜관계를 맺는데, 자신의 집에서 정사를 벌이는 등 후안무치한 행동을 한다. 또 혜순이 명근(친구 명희의 오빼)이 운영하던 감화원을 둘러보던 중 병으로 몸져눕자, 명근이 간호하게 되는데 이 모습을 보고 철진은 불륜을 의심하여 혜순을 구타하기까지 한다. 그러나 철진은 내연관계인 옥련이 자신의 친구와 불륜을 벌이는 사실을 알게 되고 그에 반해 혜순은 곤경에 빠진 자신을 위해 수혈까지 하는 진실하고 헌신적인 사랑을 보인다는 것을 확인하면서 자책과 회한에 빠지게 된다. 물욕과 성적 탐닉에만 빠져 살아온 자신에 대해 깊은 죄의식을 느낀다.

이러한 자책과 회개를 통하여 철진은 윤리적이고 희생적인 인물로 거듭난다. 낙동강에 큰 홍수가 져 수많은 인명과 재산피해가 나

---

5) 최독견, 『승방비곡』, 한국문학전집 7, 민중서관, 1959, pp.483-484.

자 철진은 구호반원에 자원하여 헌신적으로 봉사한다. 자신의 몸을 돌보지 않고 앞장서서 부상자를 치료하고 식량을 나눠준다. 철진의 진심어린 희생정신은 홍수로 피해를 입은 이재민에게도 감동적으로 전해진다. 급기야는 불어난 물에 고립된 한 남자가 구조를 요청하자 모두가 두려움에 나서지 못하는 상황에서 단신으로 물에 뛰어든다. 결국 그 남자를 구해내지만 철진은 떠내려 오던 뗏목에 받혀 물속으로 가라앉고 만다. 다행히 구조되지만 부상이 심해 사경을 헤매다 혜순을 보지도 못하고 비극적인 죽음을 맞게 된다. 철진은 이미 탐욕스럽고 호색적인 악인이 아니라 타인을 위해 생명을 바치는 숭고한 선인으로 거듭난 것이다. 아울러 철진의 성격적 변모가 한층 의미 있게 다가오는 것은 그것이 우연하거나 감정적 격정에 사로잡힌 우발적인 행동에 의해서가 아니라 철저한 신념아래 이루어진 것에서 확인할 수 있다. 철진은 이미 개인적 연정의 차원을 넘어 모든 사람들에게 겸손하고 자기희생적이 되리라는 사회적 책임의식까지 느끼며, 철저한 자기희생을 통해 사회구원의 길을 실천한 성현들의 길을 삶의 지표로 받아들인다.

　그는 혜순이에게만이 아니라 모든 사람 앞에서도 겸허하리라 마음 먹는다. 거지에게도, 문둥이에게도, 우월감 없이 동등한 인간으로 대하리라 결심한다. 잘난 듯이, 아는 듯이, 있는 듯이, 높은 듯이, 이리하여 인격의 본질인 사랑은 한 푼어치도 없으면서, 인격자인 듯이 표방하는 그러한 가면에 구속되기보다, 적나라한 자기로 남을 자기보다 나은 줄로 알고 살아가리라 마음에 다짐 두어본다. 실로, 인격은 사랑에 좌우되는 것이다. 즉, 인격이 높고 낮은 것은 그 사

람의 사랑의 대소에 정비례(正比例) 되는 것이다. 지금의 철진에게
는 이 사랑의 세계가 그리웠다. 자기를 잊어가면서 사랑의 세계를
건설하던 과거의 모든 성현들! 밤잠을 잊어버리고 먹을 것을 잊어
가면서 마지막에는 죽음으로써 자기를 인류에게 제공한 애국자와
혁명가와 순교자들! 얼마나 아름다운 인간들이냐. 철진이는 이 사
랑의 세계가 그리웠다. 하루라도 속히 과거의 자기에게서 해방되어
새로운 자기를 회복하고 싶었다.6)

그런데 악인의 선인으로의 성격적 변모에서 주목해야할 사실이
있다. 그것은 회개와 자책이라는 성격적 변모의 계기가 무엇이냐는
점이다. 대중소설이 본격적으로 창작되는 1920년대 후반 이전 시기
에 이미 조선조 소설에서부터 1920년대 프로문학에 이르기까지 악
인의 선인으로의 성격적 변모는 존재했다. 「흥부전」의 놀부, 「彰善感
義錄」의 沈夫人, 개화기 소설 「月下의 告白」의 노인, 김동인의 「붉은
산」의 삵과 같은 인물들은 방탕하고 탐욕스럽거나 남을 학대하는
악인에서 회개하거나 혹은 남을 위해 자신을 희생하는 선인으로 변
모한다. 하지만 이들이 성격적으로 변모하게 되는 계기는 개연성 없
이 작위적인 경우도 있고 형제애와 같은 가족애 때문이거나 타인에
의한 감화 혹은 사회적 모순에 대한 개인적 체험일 경우가 대부분이
다. 또 타인에 의한 감화의 경우 영향을 주는 사람은 남성이다. 그렇
다면 앞서 지적한 대중소설의 악인의 성격적 변모는 상이한 점을 보
인다. 즉 「승방비곡」의 이필수, 「순애보」의 이철진, 「여인성장」의
최상호는 가족애나 사회적 모순에 대한 자각에서 변화하지 않으며,

6) 박계주, 『순애보』, 문학과현실사, 1988, p.269.

지사적, 교육자적 풍모의 남성인물에 의한 감화에 의해서도 변화하지 않는다. 그들은 연인인 여성의 헌신적이고 순정적인 '사랑'에 의해서 변화한다.

「승방비곡」에서 이필수의 연인 한명숙은 자신을 성적 노리개로 취급하고, 자신에게 성병을 옮겨 자신과 태어난 아이를 실명시킨 이필수를 여전히 사랑한다. 이필수가 김은숙을 차지하기 위해 벌인 위장납치극 끝에 총상을 입고 다리를 절단한 채 병원에 입원하자 비통해 하며 그를 찾는다. 이 사실을 알고 형제애를 끊자고 분노하는 오빠 한명진을 뒤로하고 이필수를 택한다. 바로 이러한 헌신적 사랑이 악인이자 건달형 인물이었던 이필수가 정신이상에 이를 정도의 자책감 끝에 선인이자 신사로 회개하게 만든다. 또한 「순애보」에서는 이철진의 연인인 혜순이 자기희생적 사랑을 통한 구원자이다. 혜순은 남편인 철진과 자신의 친구인 옥련이 불륜을 저지른 사실에 처참한 분노를 느끼면서도 교통사고를 당해 출혈이 심한 위기상황에서 두 사람에게 수혈하기로 결심한다.(일제하 소설에서 수혈은 각별한 희생을 요하는 심각한 행동으로 그려진다)

두 원수를 내려다보던 혜순이는 이윽고 시선을 의사에게로 돌리면서, "그러면 제 피를 뽑아서 이 두 사람에게 수혈 시켜주세요." 흥분을 가라 앉히며 말한다. 그는 악을 악으로 갚을 수는 없었던 것이다. 선으로서 악을 갚자 하는 불같은 사랑에 순하는 문선이와도 같이, 그도 순애(殉愛)에 몸을 바칠 수밖에 없는 운명의 소유자였나보다.

원수에게 수혈하여 달라고 간청하는 혜순의 태도에 명희는 놀란

다. 자기의 행복을 짓밟아 준 원수들에게 피를 뽑아 주다니! 이러한 생각을 하는 명희는, 도무지 있을 수 없는 일이다. 실로 갸륵한 일이다! 속으로 감탄해 마지 않는다.(순애보, 225-226)

이러한 혜순의 자기희생적 사랑에 철진도 감동하여 자신의 방탕함과 몰인정함을 반성한다. 그는 회개를 통해 새 사람으로 거듭나며 목숨을 던져 선을 실현하려고 한다. 「순애보」의 철진 역시 한 여성의 진실하고 자기희생적인 사랑에 눈 뜸으로써 악인에서 선인으로 거듭난 것이다. 이러한 사실은 「여인성장」의 최상호의 경우도 마찬가지이다. 한양은행 두취이자 대부호인 최종석의 아들인 최상호는 일본 유학생 출신이지만 방탕하고 무식한 호색한이다. 특히 숙자를 손에 넣기 위해 그녀의 사촌오빠인 이순철과 작당하여 숙자를 자신의 별장으로 유인하고 겁탈한다. 하지만 그 역시 결혼 후 숙자의 진실한 마음을 알게 되어 모범적인 생활을 하게 된다. 숙자를 진심으로 사랑하고 사상으로서의 역할도 충실히 한다.

이러한 인물형 즉 악인이나 건달이었다가 한 여성의 진실하고 자기희생적인 사랑에 눈뜸으로써 건실하고 이타적인 선인이나 예의 바르고 여성에게 정중한 신사로 거듭나는 인물형은 이전 소설에는 보이지 않던 낯선 인물이다. 동시대가 가부장적, 남성우월적인 유교적 전통이 비판의 대상에 오른 근대의 시기이기는 하지만, 여전히 다른 인물을 교화시키는 도덕주의자적, 교육자적 풍모의 인물들은 「무정」의 이형식처럼 남성인물이었으며, 아울러 남녀간의 사랑이 중요한 화두가 되었더라도 그것이 한 개인의 더욱이 악인의 삶을 송두리째 바꿀 만큼 지고의 가치로 격상된 것은 아니었다. 하지만 우리가 주목하는 대중소설에서는 이미 살펴보았듯이 악인이나 건달형 인물이 한 여성의 진지하고 자기희생적인 사랑을 통해 인생의 전기를 맞고 선인이나 신사로 거듭난다. 그럼 이런 인물 유형은 어디서 온 것인가?

주지하다시피 1920년대와 1930년대를 거치면서 영화는 가장 중요한 대중문화 장르로 급부상한다. 영화관객은 해마다 늘어나서 1927년에 2백 6십만 명이던 것이 1935년에는 8백 80만 명으로 늘어났다. 이 시기에 전국에 퍼져 있는 공연장의 수는 96개소였으며, 영화상설관만도 39개에 달하였다.7) 영화제작 및 수입도 활발하여, 조선영화의 경우 영화제작비 및 영화전문인력의 절대적 부족에도 불구하고 1926년 3편, 1927년 14편, 1928년 12편, 1929년 6편, 1930년 11편, 1931년 11편, 1932년 4편, 1933년 3편, 1934년 6편, 1935년 7편으로 총 77편이 제작되었으며8), 외화수입의 경우 1925년 한 해만 보더라도 미국영화가 2,130편, 유럽영화가 124편 등으로 방대한 양이었는데, 이런 규모는 1930년대까지 계속 이어졌다. 영화는 빠른 동적 움직임과 스펙터클한 장면을 선보인다는 점에서 색다른 묘미를 제공했고, 서양의 화려한 문물과 개방적이고 관능적인 애정 혹은 성문화 등을 통해 동경어린 관심을 불러일으킨다는 점에서 당대인의 가장 중요한 오락거리이자 기호로 성장했다. 때문에 영화 속의 삶과 영화적 상상력은 당대인의 삶을 규정짓는 지표로도 역할하게 되는데, 영화배우들의 옷차림, 행동, 사고방식 등은 곧바로 수용

---

7) 한국영화학교수협의회 편, 『영화란 무엇인가』, 지식산업사, 1990, p.198.
8) 이효인, 앞의 책, p.59.

되어 유행과 문화를 창출했으며,9) 세상을 영화처럼 카메라 렌즈를 통해 보듯이 들여다보는 시각을 창출한다.10) 따라서 소설에서 영화의 소재나 기법을 차용한다는 것은 곧바로 독자들의 뇌리와 가슴에 쌓였던 영화적 삶과 상상력을 자극하는 것이어서 독자들에게 친근하고 동경어린 정서를 불러일으켰다. 이런 관점에서 보면 앞서 제기한 한 여성의 진실하고 심각한 사랑을 통해 악인이나 건달이 선인이나 신사로 거듭나는 인물형의 출현이 영화에서 영향을 받았을 개연성은 충분하다 하겠다.

앞서 제시된 대로 해마다 수입된 2,000여 편의 외국영화 중 미국영화가 90% 이상이었으며 그 중 상당수가 미국 서부극이었다. 서부

---

9) 김진송, 『현대성의 형성 - 서울에 딴스홀을 허하라』, 현실문화연구, 2002, pp.173-174.

유행은 개항 이후부터 밀어 닥친 '양물건'들에서부터 그 기반이 쌓이고 1920년대 이후 활동이 활발해진 일본 유학생들이 그 토대를 차근차근이 닦아왔지만, 1930년대에 본격적으로 오지랖을 넓힐 수 있었던 것은 앞서 말했던 '영화'의 선동 때문이었다. 한두 사람이 아닌 대중들을 한꺼번에 '선도'할 수 있었던 서양영화들은 삽시간에 로이드 안경, 히틀러 수염(채플린 수염), 맥고 모자, '께에리 구우퍼'의 외투, '로오웰 새아만'의 모자, '로버트 몽고메리'의 넥타이, '윌리암 포오텔'의 바지 '클라이브 쁘룩'의 구두를 사람들의 뇌리에 심어 놓았다. 이런 유행 그 자체는 사람들에게 '모던' 한 것으로 인식되었으니 치마저고리에서 블라우스와 양치마로의 변화, 땋은 머리나 쪽진 머리에서 퍼머한 머리로의 변화, 버선발에 고무신에서 스타킹에 하이힐로의 변화는 다만 옷차림새의 변화만이 아니라 그 옷차림새를 지향하는 의식과 생활의 변화 자체를 의미한다. 이 변화는 물론 바지 저고리가 양복과 구두의 하이칼라로 변화하는 남자들에게도 한치도 벗어나지 않고 진행되었다.
10) 강현구, 「최독견의 〈僧房悲曲〉에 나타난 映畵의 영향」, 『한국문예비평연구』 제4집, 1999.6. 참조.

극은 코미디나 갱영화, 뮤지컬과 더불어 가장 뚜렷하고 토착적이며 중요한 미국적 영화장르였으며,[11] 조선에서도 서부극은 가장 성행했던 영화장르였다.[12] 서부극이 가장 미국적인 장르가 된 것은 미국 국가정신과 맞닿아 있기 때문이다. 서부극의 기본적인 사상은 개척자 정신의 강조 또는 찬양이고, 영화로서의 최대매력은 총격이나 격투의 액션과 스피드, 거기에 광대한 자연풍토가 주는 소박한 해방감이다. 서부극은 1920년대 가장 미국적인 장르로 성장한다. 1910년대에서 20년대에 이르는 미국영화에서는 서부극이 한창 만들어졌지만 당시 서부극에서 가장 인기가 있었던 캐릭터는 굿·배드·맨이라고 불리는 것이었다. 처음에는 악인이나 건달로 등장하지만 도중에 선인이나 신사가 되어 반대로 악한들과 싸운다는 역할로, 왜 도중에

---

11) Jack C. Elis, 『세계영화사』, 변재란 역, 이론과실천, 1988, p.160.

　　1920년대에는 소리를 요구하는 뮤지컬을 제외한 모든 주요 유형의 미국영화가 등장하였다. 서부극은 최근 이탈리아나 독일의 '웨스턴'이 나타나기 전까지는 가장 독보적인 미국영화의 장르였다. 서부극은 『대열차강도』(1903)에서 시작하여 윌리엄 S.하트를 기용하여 토마스 인스가 제작한 영화들에서 가장 성숙을 기하였다. 파라마운트(라스키 배우협회)는 1920년대의 경향에 서사적인 서부극 - 제임스 크루즈 감독의 『포장마차』(1923)와 존 포드 감독의 『철마』(1924) - 을 첨가하였다.

12) 나운규, 「'아리랑'을 만들 때 - 조선영화감독 고심담」, 『조선영화』, 1936.11. 조희문, 『나운규』, 한길사, 1997, p.163 재인용.

　　내가 아리랑을 제작하기전 1,2년은 조선영화 제작사업은 무서운 난관에 걸린 때다. 관객은 조선사람이 나온다는 것만으로는 만족하지 않았다. 조선영화는 따분하다, 졸음이 온다, 하품이 난다, 돈내고 볼 재미가 없다, 이런 소리가 나기 시작해서 나중에는 흥행이 되지 않고 당사자들은 어쩔 줄을 모르는 때였다. 그 당시에 조선에 오는 영화를 보면 서부활극이 전성시대요 또 대작연발시대다.

1923년작 서부극 「역마차」. 서부 영화의 전설이 된 존 포드 감독과 존 웨인을 탄생시켰으며,
고전 서부극의 최고작으로 꼽힌다.

선인이 되는가 하면 그것은 대체로 마음씨 고운 여성을 만나기 때문
이다. 앞서 지적했듯이 조선에서는 가부장적, 남성우월적인 유교적
전통이 아직 상존한 시기여서 교화자로서의 한 여성의 진실한 사랑
때문에 악인이나 건달이 일생의 전기를 맞아 선인이나 신사로 변한
다는 인물형은 상상하기 어려웠는데, 당대 대중들이 즐겨 보던 미국
영화 서부극의 범람을 티고 굿·배드·맨이 탄생한 것이다.

그러면 이러한 굿·배드·맨 형 인물이 왜 적극적으로 수용되었을
까? 물론 외형적으로만 보면 영화 속 인물 혹은 영화적 삶에 대한
차용이 곧 바로 이미 당대에 '문화의 패왕'으로 등장한 영화의 인기
에 편승하여 독자의 환심을 끌었다고 말할 수 있지만, 좀 더 깊이
분석해 보면 그것은 당대인의 소망적 사고에 깊이 침윤한 결과이다.
앞서 말했듯이 본고에서 논의대상이 된 대중소설의 굿·배드·맨 형
인물인 이필수, 이철진, 최상호는 모두 대부호의 자제들로서 재력가
이다. 또 일본 유학을 마치고 온 인텔리들이다. 비록 그들이 학업을
게을리하고 방탕했다고는 하지만 그들이 갖춘 조건 즉 대부호이자

동경유학생이라는 신분은 당대에 최고로 선망받는 위치였으며 연인으로서의 외적 조건으로는 최상이었을 것이다. 그러니 만일 악인 혹은 건달형인물이 그들의 악행을 반성하고 새 사람으로 태어난다면, 우리 인간 모두의 내재적 심리에 깔려 있는 신분상승의 욕구 즉 신데렐라 콤플렉스를 충족시키기에는 더 없이 좋은 상대였을 것이다. 또한 설령 멜로드라마적 비극성을 고조시키기 위해 굿·배드·맨형 인물이 죽음을 맞는 경우라도 한 남성의, 더욱이 재력과 지위를 겸비한 악인이나 건달의 삶을 건실하고 이타적인 선인이나 여성에게 정중한 신사의 삶으로 송두리째 바꾸는 '여성교화자'는 상대적으로 열악하고 힘들었던 당대 여성에게 자존심과 힘을 주는 매력있고 각별한 존재였다.13) 당대는 이미 대중문화의 주요한 소비층으로 여성이 강력하게 대두한 시기이니,14) 굿·배드·맨, 혹은 그의 연인이자 교화자로서의 여성인물은 독자들에게 그들의 소망적 사고를 이루어주는 가장 매력적인 인물이었을 것이다. 바로 이 점이 굿·배드·맨

---

13) '여성해방', '남녀평등'은 근대화와 더불어 제기된 문제이지만 매스컴이나 사회단체 등의 적극적 참여를 통해 이 문제가 사회전면에 부각된 것은 1920년대부터이다. 여성단체의 증가, 여성의 사회진출 확대, 사회주의 사상의 보급 등을 통해 여성의 열악한 현실에 대한 인식과 여권신장의 필요성이 적극 제기되면서 여성의 변화는 남성의, 가족의, 제도의, 사회의 변화를 이끄는 동인이 되었다.

  김진송, 앞의 책, p.202.

14) 최승일, 「극장만담」, 『별곤건』, 1927년 3월호.

  그리고 한가지 특별히 변한 것은 희소하던 부인석(영화관의 부인석 - 필자 주)이 남자석 이상으로 매일 만원인 것이다. 노부인, 여염집 부녀, 기생 그리고 여학생들인데 진기한 일은 그 중에서 성에 갓 눈 뜬 여학생이 반수 이상을 참례한 것이다.

형 인물의 탄생을 가져온 것이다.

3. 극장체험과 변사의 목소리

영화탄생기에 류미에르 형제가 만든 영화는 상영시간이 1,2분에 불과하고 기록영화적 성격을 갖춰 헌집을 부수는 「벽부시기」, 기차가 역의 홈으로 들어와 승객들이 드나드는 모습을 담은 「기차의 도착」, 그리고 강풍으로 요동하는 바다를 담은 「거친 바다」 등이 전부였다. 하나의 쇼트로 구성되어 처음 영화를 대하는 관객들도 별 어려움 없이 이해할 수 있었다. 그러나 점차 복수의 쇼트로 영화의 제시행위가 넘어가면서 서술적 연속성을 얻는 것이 어려워졌다. 사실 쇼트가 바뀔 때마다, '카메라의 충돌'이 일어날 때마다 서술의 맥이 끊기며, 그 짜임에 구멍이 날 위험이 있었고, 이로써 관객에게 남겨지는 해석의 몫이 너무 커져서 오해가 생길 위험까지 나타났다. 쇼트와 쇼트의 연결이 복잡해지면서, 즉 복수공간적 줄거리가 일반화되면서 관객은 갈피를 잡지 못하게 된다. 더욱이 영화의 태동기에는 음향이나 인물의 대사가 없는 무성영화만이 존재했다. 바로 이러한 점 때문에 영화인들은 말, 언어를 사용할 필요를 느꼈고, 그에 따라 영화의 중간자막이 출현했다. 하지만 그것만으로는 불충분했고 영화를 쉽고 효과적으로 설명할 수 있는 변사란 존재가 필요했다. 변사는 점점 더 복잡해지고 '하릴없이 벙어리일 수밖에 없었던 정보'를 관객들에게 전하는 역할을 맡은 현장 영화해설자였다.[15] 영화의 오락적 대중화를 주도했던 미국도 초기 10여년 정도까지는 변사의 역할과 유사한 영화해설자가 있었고, 아시아 국가들에서는 변사가 인기인으로서 오랫동안 존재했다.

변사는 영화의 내용을 대강 설명하고 주인공들이 주고받는 대사를 혼자서 주고받았다. 남자 역할에서는 남자 목소리를 내고, 여자 역할에서는 여자 목소리를 냈다. 등장인물이 많은 영화라면 남자, 여자라도 여러 명의 역할을 한꺼번에 맡아야 하기 때문에 목소리도 여러 개로 나누어야 했다. 이쯤 되면 변사는 단순히 영화를 설명하는 것이 아니라 영화를 보면서 혼자 '공연'을 하는 것이나 다름없었다. 영화를 보는 관객들은 일차적으로는 영화의 내용을 이해하는 것이 중요했지만 덤으로 변사들의 솜씨를 구경하는 재미가 더 큰 것도 무리가 아니었다. 발성영화가 등장하기 이전까지는 극장에서 상영되는 영화가 어떤 작품인가라는 사실보다 그 영화의 설명을 담당하는 변사가 누구인가에 따라 영화의 인기가 달라지기까지 했다는 사실은 변사의 인기가 그만큼 높았다는 것을 의미하는 것이다.[16] 1910년대에서 30년대까지 변사는 대중적 스타였으며, 경제적으로도 풍족했는데, 그것은 영화에서 맡았던 변사의 역할이 대중적 호응을 크게 얻었다는 것을 의미한다.[17]

---

15) A. 고드로 · F. 조스트, 『영화서술학』, 송지연 역, 동문선, 2001, pp.100-101.
16) 조희문, 「영화의 대중화와 辯士의 역할 연구」, 『디자인연구』, 1993, pp.228-229.
17) 이효인, 앞의 책, p.25.
　　한편 당시 무성영화 시절 영화흥행의 성패는 변사에 달렸다고 해도 과언이 아닐 정도로 변사의 역할은 중요했는데, 최초의 변사는 박승필(단성사 주인-필자 주)이 내세운 우정식이란 사람이었다. 그는 무반의 여유있는 가정에서 그런데 변사의 역할 중에서 가장 주목할만한 것은 영화만이 제공할 수 있는 극장체험의 극대화이다. 변사는 영화의 내용을 설명할 때나 인물의 대사를 말할 때나 근본적으로 영화가 상영되는 극장의 독특한 현장체험적 느낌을 가장 중시했다. 이 점을 심도있게 논하기 위해 먼저 조선영화의 산 증인 중 한명인 안종화의 회고담을 보자.

그 당시의 극장으로 말하면, 야시장에서 싸구려로 파는 이야기 책 또는 고대소설을 읽을 때에나 나옴직한 목쉰 말투로 전설(前說)을 끝내야만 의례히 영사가 시작되기 마련이었다. 그러면 변사는 한껏 목소리를 가다듬어 제스처도 멋지게 해설을 전개하는데, 흥에 겨울 때의 그 얼굴 표정이 또한 볼만했다. …… 옛날의 변사들은 참으로 눈물겨운 노력을 해야만 했다. 특히 의음(擬音)을 내느라고 그들은 무척 골몰했는데, 예를 들면 대포 소리나 다이나마이트 터지는 소리 대신에 북을 두드렸고, 격투장면에는 발을 동동 구르고, 실감을 내기 위해 테이블을 쿵쿵 치면서 호들갑을 떨어야 했던 것이다. 영사 개시 전에는 의례히 악대(樂隊)가 흥겹게 행진곡도 연주했고, 한껏 모양을 낸 변사가 무대에 나타나면 우뢰 같은 박수가 터져 나왔는데, 지정된 자리에 앉은 변사는 갖은 애교를 다 부리면서 청산유수와 같은 열변을 한바탕 늘어놓기 일쑤였다.[18]

자라 광무대를 제집 드나들 듯 하던 백수건달이었다. 우정식 이후 김덕경, 서상호, 김영환, 박응면, 성동호 등의 변사들이 활약했는데 이 중 김영환 같은 이는 뒤에 감독으로 활약하기도 했다. 이들 변사들은 당시 고급관리들이 월 30~40원, 일류배우들이 40~50원 정도의 월급을 받을 시절에 70~80원 정도의 월급을 받았을 뿐만 아니라 그 돈과 인기를 동반하여 장안 화류계 소식의 주인공들이기도 하였다. 한국영화인들의 풍란에 대한 기원은 무성영화의 변사로부터 시작된 것이다.

18) 안종화, 『한국영화측면비사』, 현대미학사, 1998, p.30.

당시 조선의 극장에는 스크린과 필름만 있었던 게 아니다. 음악을 연주하는 오케스트라가 있었고, 격정적인 몸짓과 다채로운 목소리로 영화감상을 끌고 가는 변사가 있었다. 인용문에 제시되었듯이 변사는 때로는 애절하게 때로는 희극적으로 극장의 분위기를 자의대로 끌고 갔으며, 관객이 함께 정서적 호흡을 같이하는 열띤 분위기를 만들었다. 관객도 당시의 많은 증언에서 볼 수 있듯이 스크린 위의 장면뿐만 아니라 변사의 해설에 온 신경을 기울여 집중했으며 때로는 환호로 때로는 질타로 즉석에서 화답했다.[19] 영화는 본래 혼자서 조용히 독서하게 되는 소설과는 달리 많은 관객이 함께 모여 정서적 반응을 공유하며 상대적으로 열띤 분위기를 만드는 독특한 극장체험을 만드는데, 변사는 그 극장체험을 한껏 고조시키는 역할을 한 것이다. 당대의 관객들은 그 맛에 흠뻑 취했으며 영화를 볼 때에는 으레 그 체험을 기대했던 것이다. 바로 그러한 극장체험을 이끌어내는 변사의 목소리는 관객 나아가서는 동시대인들의 기호거리로 자리 잡았으며, 서사구조를 갖춘 소설과 같은 대중문화를 접할 때도

---

19) 하소 夏蘇, 영화가 백면상,『조광』, 1937년 12월호.

　　"이 때에 나타나 보이는 청년은 후레데릿구 백작, 비조와 같이 기차에 몸을 날려 악한의 뒤를 추격!"하고 일대 기염을 토하면 관중은 사진보다도 변사에 취하고 손뼉을 쳤다. 온 장안의 인기를 실로 한 몸에 집중시켜 전성시대에는 사진보다도 변사가 인기의 초점이 되어 어떤 변사가 어디로 갔다 하면 그리로 관중이 쏠리던 적이 있었다.

　　변사 이야기가 나왔으니 말이지 한번은 이런 뱃심 좋은 변사가 잇었다. 워낙 변사가 전성이었던 시절에는 관중도 지금 관중과 달라 좀 횡포한 편이어서 사진이 흐리거나 잘못되면 "이층이다 똥통이다!" 하고 떠들고 변사가 서투르면 "변사 집어쳐라!" 소리가 장내를 흔들었다.

생산자건 소비자건 충동적인 향유욕구를 누리게 됐을 것이다. 자연히 대중의 정서나 기호를 포착하는데 유달리 민감했던 대중소설은 소설 속의 특정부분 - 비통, 슬픔, 스릴, 서스펜스 등이 극적으로 고조되는 부분 - 에선 자연스럽게 변사의 목소리를 떠올렸을 것이다.

실제로 1920, 30년대 대중소설에서는 앞서 설명한 극장체험과 변사의 목소리가 등장한다. 1937년작인 김말봉의 「찔레꽃」에서 가장 스펙터클하고 긴박감 넘치는 장면은 동경유학 시절의 失戀과 자신이 혐오하는 인물인 윤영환의 구애에 분노와 절망을 느낀 조경애가 말을 타고 서울시내를 달리다가 위기에 처하는 장면이다. 울분을 발산하기 위해 상류층 집안의 인텔리 여성이 말을 타고 서울시내를 질주한다는 사건설정도 이전소설에서는 상상치도 못했던 극적인 것이기도 하지만, 말과 기차가 어우러진 追跡장면은

변사의 시조로 불리는 우정식. 광무대를 무대로 활동했는데, 구변은 좋았으나 말의 템포가 느려 인기를 지속하지는 못했다.

분명 서구영화에서 가장 빈번했던 장면의 수용이다. 조경애가 탄 말은 제멋대로 날뛰기 시작하면서 화단을 짓이기고 사람사이로 뛰어들다 급기야는 달려오는 기차로 돌진한다. 이 위기의 순간에 순결한 청년인 이민수가 말을 타고 뛰어들어 조경애를 구하게 되는데, 이 장면에서 절체절명의 위기로 인한 긴박감과 공포감을 고조시키고 관객의 호기심과 흥분을 자극하는 변사의 목소리가 등장한다. 격렬하고 빠른 움직임만을 쫓아 객관적으로 기술하던 장면에서 갑자기 그 상황의 긴박함을 부연해서 설명해 주고 독자의 감정적 호응을 부추키는, 다중을 향한 웅변투의 목소리 즉 변사의 목소리가 나타난다.[20] 또한

이 목소리가 다중을 향한 웅변투라는 극장체험의 재현적 목소리라는 점은 다른 소설에 간혹 등장하는 작자의 개입과도 다른 차별성을 보인다. 즉 일반적인 작자의 개입은 사적 공간과 사적 시간 속에서 개인적으로 독서하게 되는 독서체험에 전적으로 의존한다. 따라서 작자는 가상의 독자에게 내밀하게 말을 건내듯이 목소리를 낸다. 다중의 독자(관객)를 염두에 두는, 정서적 공유를 염두에 두는 격정적인 웅변투의 목소리는 어울리지 않는 것이다. 결국 예문의 목소리는 영화적 장면에 색다르게 나타난 변사의 목소리인 것이다.

변사의 목소리는 1927년작 최독견의 「僧房悲曲」에도 나타난다. 「僧房悲曲」에는 여인납치극, 자동차추적극과 같은 영화의 모티프와 파노라마 쇼트, 팬쇼트, 틸트 쇼트, 플래쉬 백 쇼트와 같은 영화언어가 차용되고[21] 있을 뿐만 아니라, 변사의 목소리도 등장한다. 먼저 「僧

---

20) "빼잉 요호옹 소리를 지르며 달아나는 말은 어느듯 노량진(鷺梁津) 역구내(驛構內)로 들어섰다. 한창 피어있는 백합장미들이 무참히도 말 발굽에 으깨어지고 구내에서 일하던 사람들은 말을 피하기에 정신을 잃었다. 어느듯 말은 철로 선로 안으로 들어섰다. 폭양에 작열(灼熱) 되어 있는 레일이 성난 뱀 같이 이글이글 야릇한 광채를 내며 길게 누워 있는 위로 미친 말은 경애를 싣고 함부로 뛰어가는 것이다. 아아! 저편에서 들려오는 기적소리! 방금 시꺼먼 연기를 뿜으며 헐떡이고 오는 기차는 아침에 부산서 떠난 노조미가 아니냐? 경애를 향하여 달려오는 기차, 경애는 절대절명으로 말고삐를 돌리려 하였으나, 여전히 구르듯 선로 위로만 달리는 것이다." (『찔레꽃』, p.153) 특히 영화의 영향을 결정적으로 보여주는 사실은 굵은 글자로 된 부분이다. 격렬하고 빠른 움직임을 쫓아 기술하던 장면에서 갑자기 그 상황의 긴박함을 설명하고 독자의 감정적 호응을 부추기는 색다른 목소리는 무엇인가? 누군가의 존재를 강하게 느끼게 하는, 다중을 향한 웅변투의 육성은 무엇인가? 그것은 바로 영화상영에서 흥행의 성패를 좌우하던 변사의 목소리다.

21) 강현구, 『최독견의 「僧房悲曲」에 나타나 映畵의 영향』, 한국문예비평연구

房悲曲」에서 한 불우한 여인의 기막힌 인생유전으로 인해 감상적 정서와 독자의 호기심이 가장 고조되는 부분 중의 한 장면을 보자. 운외사 주지인 해암선사의 뒤를 잇기 위해 독일유학도 포기한 일본 유학생 출신의 최영일은 우연한 기회에 자동차 사고를 당한 한명숙 모자와 그 사실을 알고 운외사에 찾아온 그녀의 오빠 한명진을 거두게 된다. 운외사에 머물게 된 그들을 그린 장면이 바로 그 예이다.

최독견의 소설을 영화화한 이구영 감독의 「승방비곡」. 이부남매간의 비극적 사랑을 다루었다.

편지를 다 쓰고 나서 영일은 궁금증에 못 이기어 입을 열었다.

『오라버니 나오실 기한이 언제입니까?』

『내년입니다』

『그런데 무슨 일로 들어가셨어요?』

『남의 집에 불 놓으려는 죄래요. 선생님 더 묻지 마셔요.』

명숙은 영일의 다음 말을 또 막아 버렸다.

아랫목에 누워자던 어린아이가 잠을 깨어 키정키정 울었다. 명숙은 더듬더듬 끌어 안고 젖을 물렸다.

『쟤는 장님으로 세상에 나왔다지요? 그러니 영원히 어머니의 얼굴을 모르겠구려.』

『그렇지요, 저도 애를 낳기 전에 눈을 버렸으니까 우리 모자는 영원히 그 얼굴들을 못 보고 죽을 터이지요』

제4집 1999.6. 참조.

영원히 얼굴들을 못 보고 떠날 어머니와 아들.

명숙의 감은 눈에서는 눈물이 주르르 흘렀다.

영일은 자기가 쓸데 없는 말을 꺼내어 명숙을 울린 것을 후회하고 그대로 밖으로 나가 버렸다.

한명숙, 그의 아들, 그의 오빠, 이 수수께끼 같은 인물들의 정체는 무엇이냐?

서대문 감옥이다. 불같은 여름 볕이 일천 오백명 죄수의 몸에 액체를 있는 그대로 짜 버리려는 듯이 내리 쪼이었다. 취장(밥짓는 곳)으로부터 점심 〈뚜〉가 길게 울렸다. 〈야마에〉(일 그쳐라) 담당간수의 호령으로 제칠공장(第七工場) 백여명 죄수의 손은 기계처럼 동작을 멈추었다.[22)]

모자가 다 장님이면서 거리를 방황하는 불우한 처지에 놓였고, 모자간에 서로의 얼굴을 지금까지 아니 앞으로도 영원히 볼 수 없고, 그녀의 오빠는 남의 집에 방화했다 실형을 살고 나온 터이면서 한사코 그 내력들을 감추는 한명숙 모자와 그녀의 오빠는 한편으로는 지독한 연민과 슬픔을 자아내면서도 한없는 의문을 불러일으킨다. 바로 예시한 장면이 그러한 정서와 상황이 극적으로 드러난 부분인데, 여기에 나타난 굵은 글자로 된 부분이 감정의 극적 고조나 긴장감의 유발을 위해 스토리의 전개에 으레 등장했던 다중의 관객을 향한 웅변투의 변사의 목소리인 것이다. 더욱이 운외사에서 서대문 감옥으로의 공간적 이동, 즉 장면의 전환을 알리는 '서대문 감옥이다'는 영화에서 장면의 전환으로 인한 관객의 혼돈을 친절하게 설명해주던 쇼트와 쇼트의 연결이 갖는 공백을 메꿔주던 변사의 역할 그대로인

---

22) 최독견, 『僧房悲曲』, 민중서관, 1959, pp.371-372.

것이다. 이 서술이 어설픈 작자의 개입이 아닌 것은 「僧房悲曲」의 여타의 다른 빈번한 장면교체에서 작자는 능숙하고 자연스런 시점의 이동을 보여줬다는 점으로 설명할 수 있다. 이 서술은 바로 앞부분에서 불쑥 고개를 내민 변사의 목소리가 이어졌기 때문에 나타난 것이다.

또 다른 경우를 보자. 「僧房悲曲」은 주로 장면의 교체에 따른 장의 분할이 비교적 빈번한 편인데, 각 장은 영화의 씬에 해당된다 하겠다. 그런데 각장의 끝부분, 즉 장면이 교체되는 부분에서 변사의 목소리가 등장한다. 이런 점은 영화탄생 초기시절에 관객의 영화언어에 대한 이해가 부족했을 때 복잡해진 쇼트들의 연결을 설명해 주려 태어난 게 변사라는 점에서 당연하다 하겠고, 또 「僧房悲曲」이 1927년 조선일보에 발표된 신문소설이란 점에서 장이 끝나는 부분에서 독자의 정서적 감흥을 고조시키고 새로운 흥미를 유발할 필요성이 있으니, 이 부분에서 변사의 목소리가 등장했다고도 설명할 수 있겠다. 명숙은 자신을 성적 노리개로 취급했고, 자신에게 성병을 옮겨 자신과 태어난 아이를 눈멀게 한 이필수가 중상을 입었다는 사실을 알게 되자 그에 대한 동정심으로 오빠 한명진과 이필수의 지인인 홍태규에게 자신을 사고장소까지 안내하도록 부탁하는데, 바로 그 장면을 보자.

『오빠!』
『왜?』
『오빠가 이 불쌍한 동생을 참으로 사랑하시거든 저를 그 필수씨가 떨어진 절벽밑까지 데려다 주서요』

『그건 왜?』 명진은 버럭 소리를 질렀다.

『글쎄요, 네? 오빠』

명숙은 어린애처럼 졸랐다.

『예이 철 없는 것이, 이 쓸개 빠진 것아, 아직도 그 악마 같은 남자를 못 잊고 있느냐!』

　　|
　　|

태규는 명숙의 간절한 청을 저버리지 못하여 앞 못보는 그를 인도하여 필수가 떨어져 있다는 곳까지를 갔다. 그러나 그 곳에는 필수는 그림자도 없었다. 『아이 어떻게 된 셈일까요. 혼자서 몸을 운동하셔서 어데로 가셨을까요?』『글쎄올시다. 좌우간 제가 문안을 들어가서 알아보면 알겠지요』『여보세요. 그럼 당신이 문안 들어가시는 대로 곧 좀 알아보셔서 제게로 기별 좀 해 주세요』『네 아는대로 제가 일부러라도 나와 알려 드리겠습니다.』『미안합니다마는 그렇게 해 주시면 감사하겠습니다』그들은 다시 명진의 집 앞까지 와서 헤어졌다. 임진풍운은 이로서 걷히었다. **이 풍운이 지나간 뒤에 그들에게는 얼마나 평온한 날이 올 것이냐? 또는 이 폭풍 끝에 다시 이는 폭풍은 그들의 정회(情懷)에 어떠한 파도를 일으킬 것이냐?** (427-428면)

「승방비곡」이 멜로드라마적 특성을 갖은 것은 유형화된 인물과 극적인 사건전개에 의존한다는 점과 함께 선량하고 순결한 인물이 받는 고난을 극대화하여 독자나 관객의 슬픔과 비탄의 정서를 자극한다는 점에서 확인할 수 있는데, 특히 명숙의 굴곡 많은 삶이 그 전형이라 할 수 있겠다. 명숙은 이필수로 인해 고통의 나락으로 한없이 추락했음에도 불구하고 인내와 순종으로 사랑의 끈을 놓치 않는 전형적인 순정형 인물이다. 바로 이 순정형 인물의 인내와 순종이 극대화된 지점 즉 순정이 그 극치를 보이는 지점이 바로 이 장면이다. 이필수가 사고를 당했다는 말을 듣고 무작정 사고현장이라도 찾아 애타게 연인을 찾는 그 처연한 장면이 독자의 슬픔과 연민을 가장 극적으로 고조시키는데, 바로 이 장면에서 변사의 목소리는 독자의 슬픔과 연민의 정서를 다시금 부추키며 고조시키고, 새로운 앞날의 삶에 대한 궁금증과 호기심 - 곧 사건 전개에 대한 궁금증과 호기심 - 을 던져주고 있다.

변사가 때로는 애절하게 때로는 웅장하게 목소리를 꾸며가며 인물들의 대사를 말하거나 사건의 내용을 설명하기도 하고, 때로는 관객들과 직접 대화를 주고받으면서 살렸던 그 떠들썩하고 열띤 극장의 분위기는 다시 말해 극장체험은 역시 선량하고 순결한 인물이 방탕하고 사악한 인물들의 음모에 빠져 결정적 위기를 맞는 긴박한 장면에서 최고조를 이룬다. 이 장면에서 스크린에는 격렬하고 스릴 넘치는 영상이 펼쳐질 것이고 변사는 격정적인 톤으로 그 위기감과 궁금증을 극대화할 것이다. 그 한 예로 이필수가 김은숙을 범하려고 하는 장면을 보자.

(만일 이 기회를 놓치면 은숙은 영원히 내것이 못되고 말것이 아니냐)

이렇게 생각한 필수는 어떤 목적에 조급하였다. 여자를 정복함은 사랑만에 있지 않다. 폭력(暴力)도 필요하다. 아무리 버티던 여자도 남자의 무기에 정복을 당한 뒤에는 양같이 온순해진 실례(實例)가 얼마든지 있지 아니하냐? 나는 무엇을 주저할 필요가 있느냐 ……

필수는 마음 속으로 중얼거리고 은숙을 보았다. 희미한 남포불 밑에 모로 비치는 은숙의 전신은 필수의 정욕을 자극하였다.

『아이그 운전수는 무엇하는 셈일까?』

은숙은 혼자 짜증을 내고 자리에서 일어섰다.

『은숙씨!』

바로 등뒤에서 떨리는 필수의 음성에 은숙이가 고개를 돌릴 때에
는 필수의 손은 벌써 은숙의 몸에 닿았다. 애욕(愛慾)이 정욕(情慾)으
로, 정욕이 수욕(獸慾)으로 변할 때에 필수는 완전히 짐승이 되었다.

『이게 무슨 무례한 짓입니까, 점잖게 놓고 물러스세요』

은숙의 이 말은 짐승이 알아 듣기는 너무도 고상하였다.

수욕에 타는 필수의 육체는 폭력과 아울러 주린 사자처럼 은숙의
몸을 끌어 안았다.

**주린 사자의 미친 듯한 힘에 외로이 지키는 여자의 성문(城門)은 깨
어지고야 말 것이냐?** (402면)

이 장면은 위장납치극을 벌인 이필수가 짜여진 각본대로 납치범
을 물리치고 은숙과 둘만이 남게된 장면이다. 권총을 휘두르며 단신
으로 납치장소에 뛰어들어 납치범을 격퇴하고 자신을 구해줬으니
은숙은 예전처럼 필수를 혐오하거나 박정하게 대할 수 없게 된다.
이 틈을 노려 필수는 서서히 육체적 접촉을 가지며 은숙을 범하려
한다. 당연히 독자는 상황을 전혀 모르는 은숙에 대한 안타까움, 필
수의 간교한 음모에 대한 분노, 은숙이 필수의 의도대로 육체적 관
계까지 갈지도 모른다는 초조함 등이 어우러져 긴박감에 쌓이게 된
다. 바로 이 지점에서 관객에게 긴박한 장면의 공포와 스릴 그리고
호기심을 부추켰던 그래서 열띤 극장체험을 만들었던 변사의 목소
리가 소설의 문면을 뚫고 나타난 것이다. **"주린 사자의 미친 듯한 힘
에 외로이 지키는 여자의 성문(城門)은 깨어지고야 말 것이냐?"** - 바로

이 문장은 격정적인 톤이라는 점 또 다중을 향한 웅변투의 화법이라는 점에서 변사의 목소리를 강하게 느끼게 한다. 작자는 극장체험을 독자들과 공유하고 있었으며, 변사의 목소리를 통해 그 극장체험의 묘미와 감동을 소설에 받아들이는데 거부감이 없었다. 이미 동시대는 영화나 유행가, 그리고 스포츠 등이 성행하는 대중문화의 시기였으며, 대중소설은 대중문화의 한 영역으로서 자신을 위치시키는 데, 또 다른 대중문화 영역들과 폐쇄적인 장르의식 없이 교류하는 데 보다 개방적이었던 것이다.

4. 영화소설의 수호천사형 인물

멜로드라마는 흔히 선인이 악인의 간계나 비극적 운명 때문에 고난을 겪으면서 벌이는 사건이 중심이다. 관객이나 독자의 소망적 사고를 반영하여 대부분 선량하고 순결한 인물이 사악하고 방탕한 악인을 물리치고 끝내는 행복을 이룬다는 스토리가 주이지만 때로는 비탄과 슬픔의 감정을 극한까지 고조시키기 위해 선인의 죽음이나 이별로 이야기를 종결하는 경우도 있다. 멜로드라마적 특성을 보이는 대중소설도 그 결말이 해피엔딩이나 비극적 결말 모두에 걸쳐 나타나지만 선량하고 순결한 인물이 악인의 간계나 음모 그리고 비극적 운명 때문에 감당하기 힘든 혹독한 시련을 겪는다는 점에서는 예외가 없다. 이 경우 관객이나 독자의 슬픔이나 두려움 그리고 분노 등의 격렬한 정서적 반응을 이끌기 위해서는 역시 청순가련형 인물의 고난과 순종적 미덕을 강조하는 것이 효과적이다. 그래서 대중소설에는 온갖 고난에도 불구하고 순정을 잃지 않고 희생하는 여인이 등장한다. 청순가련형 인물들은 그들의 순수함(그래서 세상의 음험함에 다소간 둔한 어리숙함)이나 가난 그리고 가족을 위해 희생해야 한다는 봉건적 윤리의식 때문에 악인의 간계에 맞서 싸우지 못한 채 고통을 겪으며, 피할 수 없는 운명 때문에 좌절하기도 한다. 하지만 그들은 정조나 순수한 사랑 같은 가치를 지키기 위해 더 험한 고통과 아픔을 감내하며, 많은 경우 심지어 사랑의 대상이 자신을 삶의 나락으로 떨어뜨린 악인일지라도 순종적 미덕을 잃지 않는다. 이런 청순가련형 인물들은 여성 독자들에게는 자신들의 회한이 섞인 동정심을, 남성 독자들에게는 보호본능이나 전통적 가치의 유지라는 안도감에서 오는 동정심을 유발하면서 최루를 동반한 진한 슬픔과 연민의 정서를 불러온다. 당대에 이미 최루적인 정서에 깊이 빠진 관객이나 독자, 즉 멜로드라마광을 지칭하는 '고무신짝'(일본에서는 '미이짱', '하야짱'이라고 불렸음.23))이라는 말이 있었다.

그런데 이런 청순가련형 인물들은 모두가 여성이다. 당대의 남성 중심적, 가부장적 전통이나 의식 속에서, 또 사회현실 속에서 그것은 한편으로 자연스런 현상이었을 것이다. 하지만 이런 청순가련형 인물이 남성이라면 어떨까, 즉 남성인 청순가련형 인물을 등장시키면 어떨까? 그 해답을 1920, 30년대 대중소설이 풀어주고 있다. 이 사실을 1926년에 동아일보에 연재된 심훈의 영화소설 「탈춤」을 통해 살펴보기로 한다. 심훈의 「탈춤」은 사랑하는 두 남녀, 오일영과 한혜경이 사랑을 이루지 못하고, 오히려 돈과 권력을 이용한 유준상

---

23) 사토오 다다오, 『일본영화 이야기』, 유현목 역, 다보문화, 1993. p.140.

에게 한혜경이 농락당하고 끝내는 폐결핵으로 불우한 삶을 마감하는 이야기를 담고 있다. 선인과 악인의 대립이라는 유형적 인물구도, 가족을 위해 희생하는 여인을 다룬 사건설정, 슬픔과 비탄의 정서 강조, 폭력을 수반한 극적 행동의 제시 등이 멜로드라마적 특성을 여실히 보여준다. 그런데 「탈춤」에는 앞서 제시했듯이 청순가련형 남성인물이 등장하고 있어 주목된다. 우선 「탈춤」이 영화소설이라는 점을 주목하고자 한다.[24] 영화소설이란 명칭은 이미 당대에 창작물이나 평론 등에서 보편적으로 쓰였으며, 「탈춤」의 예고광고에 '조선서 처음되는 영화소설이 명일부터 기재하게 되었'다는 진술이 나온다. 영화소설은 영화와 소설의 중간형태로 영화의 영상적 이미지를 살리면서도 소설의 서술적 특성을 유지한다. 영화가 급성장하던 시기에 탄생된 영화적 특성이나 강점을 문자매체에서도 느껴보고자 한 의도가 보인다. 영화상영을 염두에 두고 창작되었든, 상영된 영화를 소설체로 바꿔 놓았든, 영상적 이미지와 소설적 서사를 합친 새로운 독서물 자체의 매력을 염두에 두었든 간에 그 창작배경은 다양하더라도 독자의 새로운 관심과 흥미를 불러올 신영역이라는 기대는 한결 같았다.

심훈이 동아일보 기자를 사직하고 근육염으로 8개월간이나 대학병원에 입원했던 시기에 구상된 「탈춤」이 영화소설이라는 점은, 1925년 영화 「장한몽」에 이수일 역으로 출연했던 심훈의 자전적 체험에 비

---

24) 「탈춤」이 갖는 영화소설적 특징을 김경수는 시나리오 형식의 서술, 장면의 전환을 암시하는 부제목의 사용, 같은 회분내에서도 시간과 공간지표를 구분한 점 등을 들고 있다.
김경수, 「한국근대소설과 영화의 교섭양상연구」, 『서강어문』, 1999.12, p.173.

추어 자연스런 일이었다 하겠다. 그런데 당대는 동아일보, 조선일보, 중외일보 등이 치열한 부수경쟁을 벌일 때이고 이에 따라 신문마다 상업주의적 성격을 노골적으로 드러낸 때여서 기사부족에 허덕이던

신문사마다 참신한 읽을거리를 찾기 위해 노력을 경주할 수밖에 없었다. 자연히 문자매체인 신문은 당대에 급성장하던 영화에 눈길을 돌릴 수밖에 없었고 양자를 화학적으로 결합할 수 있는 방식으로 영화소설을 떠올린 것이다. 이후 영화소설은 각

영화 「장한몽」에서 이수일 역을 맡은 심훈.

신문에 경쟁적으로 연재되었고, 영화소설의 단행본 출판도 성행하였으며, 급기야는 시나리오까지 지면에 실리게 된다.[25]

그런데 기자생활과 가장 대중지향적인 영화에의 참여를 통해 대중들의 기호와 정서를 잘 파악했을 심훈에게 단지 최초의 영화소설이란 점만으로는 만족이 어려웠을 것이다. 치열한 경쟁에 처한 신문사가 당대에 가장 인기있던 장르인 영화를 문자매체인 신문에 연재물 형태로 수용하겠다는 (그것도 대중적 호소력이 검증도 되지 않은 상황에서) 최초의 시도를 했다는 것은 이미 대중적 인기와 흥미를 몰아와야 한다는 강한 의지를 보인 것인데, 심훈 역시 이 점을 외면할 수는 없었을 것이다. 물론 「탈춤」이 빈번한 격투장면, 겁탈의 위기,

---

25) 영화소설에 대한 기초자료 조사와 전반적 논의는 김려실의 『영화소설연구』에서 다뤄진 바 있다.

　　김려실, 『영화소설연구』, 연세대학교 석사학위 논문, 2001. 12.

주인공들 사이의 오해로 인한 갈등의 고조 등을 통해 극적 분위기를 조성하고는 있지만 이 점은 다른 소설들에서도 흔히 보이는 것이어서 최초의 영상소설 창작이라는 새로움의 강조에는 미흡한 것이었다. 때문에 심훈은 대중들의 흥미를 위해서도 새로운 장르의 실험이라는 새로움의 강조를 위해서도 무엇인가 각별한 것이 필요했다. 그것이 바로 청순가련형 남성인물이다. 「탈춤」에서 이 인물은 강흥열이다. 「탈춤」의 중심인물은 외형적으로 오일영과 이혜경이다. 오일영은 금년에 법과를 졸업했고, 이혜경은 여고졸업생이다. 둘은 우연한 기회에 만나 사랑을 나누지만 사랑이 이루어지기에는 결정적 장애물이 있다. 오일영은 유부남이고 경제적으로도 어렵다. 또 한혜경은 자신의 집이 3대째 마름으로 있는 지주집안의 유준상이 마름을 떼겠다는 협박에 시달리고 있다. 가족의 생계가 당장 걱정이고 가족을 위해 희생하겠다는 생각이 강한 한혜경에게 유준상의 집요한 협박은 쉽게 외면할 수 있는 것이 아니다. 외형적으로만 보면 이루어질 수 없는 사랑의 아픔이라는 멜로드라마의 전형적 특질을 보이는 것 같지만, 「탈춤」은 이 두 연인 사이에 벌어지는 고통스러운 사랑의 역정이 중심이 되지 않는다. 그러기에는 두 사람의 의지나 믿음이 충분치 않으며, 두 사람은 생계를 걱정할 만큼 가난할 뿐만 아니라 호색한 유준상을 적대할 만큼 영악하지도 않다. 오일영은 생계를 위해 유준상의 회사에 취직하며, 유준상이 폐결핵에 걸린 한혜경을 돌보기 위해서 그녀를 자신의 집에 동거토록 하겠다고 제안하자 잘 부탁한다는 어설픈 약속만 한 채 동의한다. 또 한혜경 역시 유준상의 치근덕거림에 지친 나머지 유준상에게 본부인과 이혼하면 결혼

하겠다는 어설픈 제안을 하는데, 곧 바로 유준상이 이혼을 하자 체념한 채 유준상의 성적 요구에 응한다. (물론 그녀의 부친이 마름자리를 떼인다는 두려움도 있다) 이처럼 오일영 - 한혜경 - 유준상 간의 삼각관계는 긴장감을 유지한 채 극적 사건전개로 이어지지 못한다. 오일영과 한혜경의 사랑도 숱한 고난을 헤쳐 나가는 사랑의 힘이나 혹은 사랑의 좌절이 주는 애틋한 슬픔을 감동있게 전해주지도 못한다. 이보다는 오히려 강홍열 - 한혜경 - 유준상 간의 삼각관계, 강홍열 - 한혜경 간의 사랑(비록 일방적이긴 하지만)이 훨씬 생동감 있고 심각하다. 이처럼 강홍열이라는 인물이 훨씬 비중 있고 중요한 인물이다. 이전의 대중소설에서 청순가련형 인물은 열악한 처지에 있고 핍박을 받으면서도, 끝내 사랑하는 사람을 위해 희생하는 인물이다. 강홍열은 그 형상을 그대로 갖고 있다.

이 세상에 나온 지 근 30년에 혜경은 너무나 그에게 냉정하게 굴었으니 일찌기 어버이를 여의어 따뜻한 부모의 애정을 받아보지 못하였고 장성하여서는 제 지각이 날만하자 조선 땅에 태어난 탓으로 여러차례 감옥출입에 꽃다운 청춘은 피어보지도 못하고 시들어 버렸으니 다만 울분과 불평과 세상을 저주하고 비웃는 마음으로 일그러진 생명을 이날까지 부지하여 왔던 것이다. 홍열의 마음은 메말라서 사막처럼 타박타박 하였던 것이다. 그러나 사막을 걷는 낙타의 등 위에는 대상(隊商)들이 멀리 두고 떠나온 애인이 그리워 상사의 곡조를 부는 피리 소리가 들리지 않는가. 홍열의 가슴은 빙세계(氷世界) 같이 차고 쓸쓸하였다. 그러나 얼음만 깔린 오로라 밑에서도 흰곰들이 짝을 지어 얼음장 위에서 춤을 추지 않는가. 홍열은 사랑을 모르는 불행한 사람이었건만 한번 혜경을 본 뒤에 그의 가슴에는 비로소 사랑의 '움'이 돋아나기 시작하였으니, 뜻하지 않은 경우에 젊은 이성의 육향까지 맡게 되매 깊은 잠을 소스라쳐 깨듯 극히 열렬하여 애욕의 불길은 걷잡을 수 없이 타올랐던 것이다.

그러나 혜경은 이미 이 세상에서는 단지 한 사람 밖에는 없는 귀한 친구인 일영이가 사랑하는 여자이었으니 친구의 의리를 아는 그는 죽어라고 끓어오르는 자기의 감정을 참아 오기는 하였다. 그러나 그의 신변에 위험이 닥칠 때에는 또한 죽기를 한하고 보통 사람으로는 상상도 하지 못할 온갖 모험을 해왔던 것이다.26)

강홍열은 고아로 자랐고 시국사건으로 수차례 투옥되었으며 그 후유증으로 광증까지 보인다. 또 자신의 추한 모습 때문에 늘 움츠리고 살며, 지독한 가난으로 여기저기 더부사리를 한다. 삶의 밑바닥에서 외롭게 살아가는 힘든 처지인데 그나마 혜경을 만나면서 희망과 사랑을 꿈꾼다. 하지만 그것도 불우한 그에게는 사치인 듯 혜경이 자신의 가장 친한 친구인 일영의 연인임을 알자 '우정이냐 사랑이냐' 하는 벽에 부딪힌다. ('우정이냐 사랑이냐' 하는 화두 역시 대중소설이 등장하면서 나타난 화두이다) 바로 이 지점에서 강홍열의 진가 즉 청순가련형 남성인물로서의 매력적 인간형이 나타난다. 강홍열은 우정 때문이라고 말하지만 사실은 자신의 열악한 처지에 비춰, 또 스스로 절대적으로 고결한 위치에 올려 놓은 혜경의 행복을 위해 물러난다. 강홍열은 자신의 사랑을 숨긴 채 사랑하는 사람을 위해 일영의 연서도 전달하고 두 사람의 만남을 위해 거짓 편지를 보내기도 한다. 사랑하는 여인이 자신과 가장 친한 친구의 연인이라는 기막힌

---

26) 심훈, 「탈춤」, 『한국문학전집12』, 삼성당, 1988, p.562.

상황에서, 둘을 맺어 주려는 그의 노력이 두드러지면 질수록 가련한 그에 대한 연민의 감정이 더한다.

그런데 이 청순가련형 인물이 남성임으로 해서 나타나는 다른 점은 이 인물이 사랑하는 여인의 수호천사형 인물로 나타난다는 점이다. 강홍열은 한혜경을 그림자처럼 쫓으며 목숨을 바쳐 위기때마다 그녀를 보호한다. 유준상이 간계를 꾸며 혜경을 납치하자 그 낌새를 미리 알아채고 자동차 뒤에 매달린 채 별장까지 가서 일대 활극을 벌인 끝에 혜경을 구출한다. 또 마름자리를 떼겠다는 유준상의 협박과 폐결핵에 걸린 급박한 처지 때문에 혜경이 유준상의 집에 머물러 있던 중, 겁탈을 당하게 되는 일촉즉발의 위기에서도 나타나 그녀를 구해준다. 특히 강홍열의 수호천사형 역할이 가장 극적으로 나타나는 장면은 「탈춤」에서의 결혼식 장면과 시경을 헤매는 그녀를 극진히 간호하는 장면이다. 「탈춤」에서 결혼식 장면은 서두의 충격적 사건으로 제시된다. 결혼식의 성혼선언 순간에 홀연히 한 남자가 나타나 신부를 안고 식장을 떠나는 사건이 그것인데, 이후는 곧 바로 과거 시간으로 돌아가 결혼식 장면까지의 이야기가 소설의 거의 전편을 이룬다. 마지막 장면 역시 결혼식 장면으로 되돌아가는데, 유준상의 악행과 파렴치함이 잇달아 폭로되고 결혼식장이 아수라장이 된 상황에서 쓰러진 혜경을 강홍열이 들쳐 업고 떠난다. 폐결핵이 심해진 혜경을 입원시키는데, 생명이 서서히 꺼져가는 혜경을 돌보는 강홍열의 모습 - '일주야동안을 먹지도 못한 채 추위에 떨면서도 혜경을 살리겠다는 일념으로 버텨냄' - 은 순결함을 넘어 숭고하기까지 하다. 특히 혜경의 시신을 자신의 헌 망토를 덮어 수레에 실은 채 밤길을 더듬으며 공동묘지로 향하는 황량한 장면은 소설의 가장 인상적이고 극적인 장면으로서, 강홍열을 순결하고 고결한 존재로 강렬하게 부각시키고 있다.

결국 강홍열의 존재란 관객이나 독자 특히 여성의 입장에서 보면 목숨을 바쳐 자신을 끝까지 보호해 주고 사랑해 주는 수호천사 같은 인물이다. 더욱이 사랑이 돈 앞에서 그 순결함을 잃어가는 시기에(대중소설의 '사랑이냐 돈이냐' 하는 질문이 그런 세태의 반영이 아니겠는가) 자신이 사랑하지도 않는 사람이 자신을 위해 목숨을 바칠 수도 있다면, 또 자신을 변치 않고 사랑한다면, 그런 순결하고 든든한 수호천사형 인물은 독자 특히 여성 독자의 연민이 어우러진 소망적 사고를 가장 극적으로 충족시켜 주는 인물일 것이다. 그렇기에 멜로드라마에 흔히 등장했던 청순가련형 여성인물이 남성인물로 전이되어 나타난 수호천사형 인물은 가장 매력적인 캐릭터로 부상한 것이다.[27]

---

27) 영화소설의 수호천사형 인물은 다소간 차이가 있기는 하지만 박루월의 1930년작인 『회심곡』과 나운규의 1931년작 『잘있거라』 등에도 나타나고 있어 그 면면한 생명력을 볼 수 있으며, 아울러 1990년대 TV 드라마 사상 최대의 히트작인 『모래시계』의 가장 매력적이고 인기있는 인물형으로 나타나고 있어 그 현재적 유용성까지도 확인할 수 있다.

3부
대중문화 시대의 영화소설

1. 영화소설의 탄생

1920년대 후반부터 조선은 대중문화의 성행기를 맞는다. 영화, 출판, 방송, 가요, 스포츠 등 대중문화 전반이 두드러진 발전을 보인다. 대중문화의 여러 영역에 걸쳐 생산자는 기업화·산업화를 이루면서 대량생산과 질적 성장이 가능해졌으며, 소비자인 대중은 대중문화를 주요한 오락거리이자 삶의 양식으로 수용하였다. 영화제작사, 음반제작사, 출판사 등이 끊임없이 탄생하고 활동하였으며, 영화관, 박람회장, 스포츠 행사장에는 관객이 넘쳤다.

이 중에서도 특히 당대에 '문화의 패왕'이라고 불렸던 영화는 가장 주목할 만한 성장을 이루었다. 조선키네마사, 금강키네마사, 독립프로덕션 등의 많은 영화제작사가 탄생하였으며, 전국에 퍼져 있는 공연장의 수는 96개소였고 영화상설관만도 39개에 달하였다.[1] 영화제작 및 수입도 활발하여, 조선영화의 경우 영화제작비 및 영화전문인

---

1) 한국영화교수협의회 편, 『영화란 무엇인가』, 지식산업사, 1990, p.180.

력의 절대적 부족에도 불구하고 1926년 3편, 1927년 14편을 필두로 1935년까지 총 77편이 제작되었으며[2], 외화수입의 경우 1925년 한 해만 보더라도 미국영화가 2,130편, 유럽영화가 124편 등으로 방대한 양이었는데, 이런 규모는 1930년대까지 계속 이어졌다. 영화는 빠른 동적 움직임과 스펙터클한 장면을 선보인다는 점에서 색다른 묘미를 제공했고, 서양의 화려한 문물과 개방적이고 관능적인 애정 혹은 성문화 등을 통해 동경어린 관심을 불러일으킨다는 점에서 당대인의 가장 중요한 오락거리이자 기호로 성장했다.

이러한 영화의 부각에 대해 영화인과 문학인들은 주목을 하였고, 시각은 다르다 하더라도 영화는 핵심적인 화두로 등장하였다. 영화인들은 영화창작론에서부터 영화언어의 매체확산에까지, 문학인들은 영화가 가져 올 문학에의 영향이라는 원천적 문제[3]에서부터 영화적 기법 혹은 영화언어의 문학적 수용에 대한 기술적 문제[4]에 이르기까지 심각하게 고민하였다. 바로 이 추세를 타고 영화소설이 탄생하였다. 1926년 심훈의 「탈춤」이 동아일보에 34회에 걸쳐 연재되면서 영화소설은 신문연재를 통해, 잡지연재 및 단행본 발간을 통해 인기 있는 장르로 부상하였다. 여기에서 장르란 표현을 쓴 것은 당대 영화소설 창작자나 발표매체 관계자들이 비교적 분명한 장르의식을 가졌다는 점을 중시한 때문이다. 이들은 영화소설을 발표하면서 제목 앞에 '當選映畵小說', '短篇映畵小說', '映畵小說'을 분명히 명

---

2) 이효인, 『한국영화역사강의 1』, 이론과실천, 1992, p.59.

3) 김남천, 「문학·허구·기타」, 『조선문학』, 1937. 4, p.136.

4) 박태원, 「창작여록 – 표현·묘사·기교」, 〈조선중앙일보〉 1934. 12. 31.

기 하였으며, 심지어는 「탈춤」에서처럼 작품의 일부분을 시나리오 형식으로 만들었다.[5]

1926년에 발표된 심훈의 「탈춤」에서부터 1939년 매일신보에 발표된 최금동의 「향수」에까지 일제하에서 발표된 영화소설(발표매체에 영화소설이라고 분명히 밝힌 소설)은 확인할 수 있는 것만 해도 24편이다. 소설가에서부터 영화감독, 시나리오 작가에 이르기까지 영화소설 창작자들의 신분도 다양하고 시나리오와 소설 간의 양식상의 격차에서 위치한 지점도 각기 다르며 서사의 내용도 상이하지만 이들 영화소설은 영화적 상상력과 카메라 아이와 몽타주 같은 영화 언어를 중심에 두고 소설적 서사를 완성했다는 점에서 공통된 특질을 갖는다. 앞서 말한 비교적 분명한 장르의식이라는 것은 무리한 규정이 아니며, 그런 점에서 영화소설을 한데 묶어 그 특질과 성격을 규명하는 작업은 의미가 있다.

이미 1920, 30년대에서부터 영화소설에 대한 평가는 상존했는데, 장차 시나리오 문학의 성장을 위한 디딤돌로서 독립된 읽을거리로 필요하다는 긍정적 평가[6]에서부터 영화제작을 위한 시나리오도 아니면서 시나리오적 형식을 흉내내는 것은 소설적 타락이라고 밖에

---

5) 심훈은 「탈춤」의 신문연재시, 결혼식 장면을 시나리오 형식으로 쓰겠다는 말을 연재물 중간에 삽입하였다.

  심훈, 「탈춤」, 『한국문학』 권12 심훈편, 삼성당, 1988, p.553.

  … 결혼식까지 하게 되기 전에 여러 가지 층설이 있어 세밀한 묘사를 해야 할 것이나 스틸(삽화사진)이 부족해서 부득이 경정경정 뛸 수 밖에 없이 되었고 결혼식 장면은 전문 용어만은 쓰지 않고 원 영화 각본을 꾸미는 체로 시험삼아 써봅니다 … (작자)

6) 신경균, 「최근 영화계의 신경향」, 『조광』, 1936. 11, pp.268~269.

는 볼 수 없다는 부정적 평가7)에 이르는 가치평가적 논의와 함께 카메라 기법이나 편집기법에 대한 기술적 평가가 있었다. 이러한 논의 - 영화소설의 장르적 규정, 카메라 아이나 편집기법의 수용 - 는8) 최근에까지 그대로 이어지고 있다. 이들 논의들은 영화소설의 기초적 자료를 전반적으로 다루었다는 점, 영화소설에 나타난 영화적 특질을 - 카메라 워크나 편집기법을 중심으로 - 부분적으로 밝혔다는 점에서 의미를 갖는다. 그러나 그러한 지적들만으로는 당대에 인기 있는 서사양식으로 부상하였고, 또 최근에까지 창작이 이어지는 영화소설의 면면한 생명력이 갖는 강점이나 매력을 해명할 수 없으며, 1930년대 박태원 등의 소설이 갖는 영화적 기법의 수용과 차별적인 논점을 마련하기도 어렵다. 1920, 30년대 영화소설은 분명 영화소설에 수용된 지엽적인 영화기법의 추출만으로는 해명될 수 없는, 당대의 시대적 좁혀 말해 영화적 체험과 상상력의 세계에 대한 근원적 이해를 통해서만이 온전하게 규명될 수 있는 존재이다. 따라서 영화소설의 새로움이란 무엇인지, 영화소설의 대중적 호소력은 어디에서 오는 것인지, 영화소설의 인물이나 서사는 어떠한 시대적 필연성을 띠고 있는지, 영화소설은 구체적으로 어떠한 영화장르와 관련되는 것인지 등을 총체적으로 세심하게 논의하여야 한다.

---

7) 서광제, 「영화의 원작문제 - 영화소설 · 기타에 관하여」, 『조광』, 1937. 7, p.320
8) 김경수, 「한국근대소설과 영화의 교섭양상연구」, 『서강어문』, 서강어문학회, 1999. 12.
  이영재, 「초창기 한국 시나리오 문학연구」, 연세대 석사학위논문, 1989.
  김려실, 「영화소설연구」 연세대 석사학위논문, 2001.

2. 독서체험과 극장체험

영화소설은 종이 위에 문자로 쓰여진 서사란 점에서 일반소설과 다를 바 없다. 또 당대에 영화소설을 언급하면서 사용했던 '讀物'이란 표현은 소설을 읽을 때의 독립적이고 개인적인 성격의 독서체험이 영화소설을 읽을 때도 마찬가지란 것을 보여준다. 영화소설의 창작 배경이 이미 상영된 영화의 재현이든 상영될 영화의 소개이든 아니면 영화적 특성을 구유한 새로운 소설의 창작이든간에, 영화소설은 소설자체에 대한 독서만으로도(즉 영화의 상영과 병행하지 않더라도) 흥미와 감흥을 주겠다는 의도가 분명하다. 그래서 영화소설에는 흔히 영화의 상영을 위한 도구로서의 시나리오, 즉 독서 자체만으로는 서사적 재미나 완성도를 기대할 수 없는 영화대본으로는 전혀 어울리지 않는 특징들이 나타난다. 예를 들면 이경손의 「白衣人」(조선일보, 1927.1.20-4.27)에서 주인공 기호가 젊은 날의 이상을 접고 현실 속에서 무기력하게 살아가는 자신을 반성하는 장면에서 나타난 것처럼 한 인물의 내밀하고도 복잡한 심리의 집요한 전개처럼 영화적 영상화가 극히 어려운 경우가 그것이다.

사회니 조선이니 계급이니 큰 소리를 늘어논 자기의 원고지가 눈 압헤 떠오른다. 그 원고지가 누구의 생명을 구하였느냐고 스스로 물어볼 때에 복바치는 붓그러움으로 얼골을 가리게 한다. 책상압헤 잉크병 모양으로 사회니 조선이란 문뎨를 뭉치어 노코 이리저리 자유자재하게 털필끗 하나를 굴리는 자기란 놈은 세상에 뎨일 고약한 놈과 가티 생각된다. 그나마 그러케 경솔한 것은 둘재처노코 어느

때이면 인기나 디위를 위하야 대론문을 만들고 안젓는 일을 회상할 때에 이 죄를 엇지 하나하고 무심중 그가튼 소리를 흘리엇다.

(中略)

한개의 무사마귀한 감격도 업시 사라지는 자신을 그리어 볼때에 그것을 들어서 개천에 던져도 조흘만한 천한 자기이엇다. 늙은 자기를 구할 것도 감격잇는 생활이오 지내온 잘못된 길을 바로잡는것도 감격잇는 생활이다. 그 감격이란 것은 엇더한 형상을 하고 잇는 것이냐 염통을 끄내어서 아스휄드 위에(도회의 큰길우에) 메어다치는 것이냐. 기호는 오래간만에 선지피 가튼 감격에 뛰어들어 새파란 청년과 가티 그의 정신도 뛰엇다.[9]

추상적이고 논리적인 개념의 표출에 있어 영화보다 상대적으로 용이한 소설의 특색을 십분 활용한 장면으로 영화소설이 단순히 영화대본로서의 성격에 그치지 않는다는 것을 단적으로 보여준다. 영화소설은 독자의 독서체험에 보다 근본적으로 기대고 있는 것이다.

하지만 영화소설에서 '영화'란 관형어가 말해주듯 영화소설은 새로운 양식이라는 점도 고려해야 된다. 영화소설의 작자나 발표매체의 편집자들은 발표되는 소설이 영화소설임을 제목 앞에 '단편영화소설 鄕愁' 하는 식으로 밝혔고, 또 그것이 새로운 형태의 소설 혹은 새로운 형태의 서사임을 분명히 기술하였다. 최초의 영화소설인 「탈춤」의 예고광고에는 '조선서 처음 되는 영화소설이 명일부터 기재하게 되었는데 매일 삽화 대신으로 미려한 實演寫眞이 들어 갑니다'는 말[10]이 나오며, 안종화는 그의 1935년작 「은하에 흐르는 정열」(조

---

9) 이경손, 『백의인』, 영창서관, 1937, pp.250~251.

10) 〈동아일보〉, 1926. 11. 8.

선중앙, 1935.8.20-9.15)에서 '序頭말'이라는 장 제목하에 '함으로 이것은 좀 편리하고 알기 쉬운 정도로 제작중에 있는 작품을 지상영화로 옮겨 놓기로 하겠다'고 기술한다. 이러한 새로운 장르란 점에 대한 의도적 드러냄은 영화소설의 문면 속에서도 지속적으로 드러난다. 심훈의 「탈춤」에서는 소설의 가장 극적 장면인 결혼식 장면을 시나리오 형식으로 기술했고, 최금동의 「鄕愁」에선 고향으로 귀향하는 열차간의 심서룡과 그의 아파트를 찾아온 김인숙의 엇갈린 상황을 그리는 장면에서, 영화의 씬에 해당되는 장면이 바뀔 때마다 三等室 - , 아파트 금화장 - , 三等室 - , 등의 공간지시어를 명기하였다. 또 나운규의 단행본 영화소설 「아리랑」이나 최독견의 「僧房悲曲」(조선일보, 1927.5.10-9.13)에서는 영화의 자막표시를 'T' 혹은 '☐☐☐'으로 드러내고 있다. 이러한 사실들은 영화소설의 작자나 발표매체의 관계자들이 영화소설들을 문자 그대로 '영화'소설로 특별히 인지하면서 지속적으로 독서해 줄 것을 의도적으로 요구하는 것이다. 즉 새로운 독서법을 요구하고 있는 것이다. 영화소설 「유랑」의 게재예고문을 보자.

한편의 영화소설을 읽는다는 것은 즉 한편의 영화를 본다는 의미이다. 단지 이는 상상을 통하여 볼 수 있다는 차이점이 있을 따름이다.
그러하니 글을 읽으면서 문장이 어떠하니 기교가 어떠하니 하며 소설적으로 평을 내리는 것은 무리한 주문이다.[11]

---

11) 이종명, 「5일부터 게재할 영화소설 〈유랑〉 - 작가의 말」, 〈중외일보〉, 1928.1.4.

작자의 이 말은 영화소설 「유랑」을 읽으면서 끊임없이 배우들의 동작이나 표정, 그리고 사물이나 배경의 영상적 흐름을 느껴달라는 것이며, 이것은 곧 영화적 상상력과 시각을 독서과정에서 동원해 달라는 주문이다. 즉 관객이 영화관에서 영화를 보면서 체득했던 극장체험을 재현해 달라는 말이다. 이것은 중요한 사실인데 영화소설은 소설에 플래쉬백이나 클로즈업, 그리고 몽타주와 같은 카메라워크나 편집기법을, 즉 한두 가지 영화의 기법을 수용함으로써 소설적 서사의 완성도를 한층 높였다는 사실에 만족한 것이 아니라, '극장체험의 재현을 동반한 독서'라는 새로운 상상력과 시각의 열림을 요구하였음을 보여주기 때문이다. 이 사실을 살펴보기 위해 1920, 30년대 극장의 풍경을 그린 잡지의 기사 일부를 보자.

〈극장내부〉 근일에는 단성사의 영화막(스크린) 상하좌우에 장치가 예전보다는 색채라든지 구성이 좀 아담한 듯하다. 그리고 조선극장은 옛날과 그리 현격한 변화가 없지만은 그저 추하지는 않다. 우미관도 그저 그러하다.

(中略)

〈음악〉 어느 극장이나 오케스트라는 좀 변화가 지체되는 감이 있다. 영화 차환할 때마다 새 곡조로 갈았으면 어떨지. 너무 들어서 도리어 감정을 괴롭게 한다. 그리고 좀 정도를 높였으면 한다.

〈변사〉 변사제군에 하나 제안한다. 다른게 아니라 그 '하다', '하셨다'가 글쓰는 데는 모르겠지만 말로 하는 때에 듣는 사람으로서는 어떨지? 처음 극장가는 노인은 대분개할 것이다. 그 조를 '하였습니다', '하였었습니다' 하면 어른에게나 어린이에게나 퍽 다정하게 들릴 것이다. 더구나 인정극에리오.[12]

1920년대 영화관 내부 풍경을 비판적 어조로 정리한 이 글은 당시의 극장체험에 있어 역시 중요한 요소는 스크린, 음악, 변사란 점을 보여주고 있다. 무성영화 시절의 특징이기도 하지만 당시의 영화관람은 스크린 위의 화면을 볼 뿐만 아니라, 오케스트라의 음악과 변사의 목소리를 동시에 듣는 것이었다. 이 셋이 어우러져야 제대로 된

1935년 개축된 영화관 단성사. 1907년부터 영화전문 상영관이 되었는데, 한국인 박승필이 운영을 맡았다.

관람으로 여겨졌던 것이다. 특히 영화가 처음으로 본격적으로 성행하여 아직 관객들이 영화언어를 제대로 이해하지 못한 1920년대에, 그것도 소리를 통한 정보의 전달이 원활치 못한 무성영화 시절에 음악과 변사의 목소리는 관람의 편이와 재미를 남보해 주는 중요한 존재였다. 이 사실을 한 영화인이 쓴 당대의 글을 통해 보자.

전일 '양 키프라'의 노래를 들으려고 시외 어느 관에 갔더니 '키프라'가 한참 가극 '토스카'를 노래하고 있는데 갑자기 그 중도에서 발성이 적어지며 변사 아저씨가 '맑은 시냇물 소리와도 같은 그의 노래는 사람의 …' 하고 나오기 시작함으로 변사의 뱃심에 어처구니가 없어서 얼이 도망갔다. 그랬더니 다음 장면에 음악이 나오면서 주역의 두 사람이 사랑을 속삭이는 '러브씬'에 이르러 영화는 바이올린 선율로 연주되고 들리는 것은 영사실의 기계 도는 소리 … 라

12) 최승일, 「극장만담」, 『별건곤』, 1927년 3월호.

고 하는 판에 벽력 같은 소리와 함께 '변사 죽었니, 해설하라!' 하는 고함이 관중 속에서 일어났다.[13]

이 글이 발표된 것은 1937년인데, 이 시기는 이미 유성영화가 완전히 정착된 시기로 무성영화는 더 이상 창작되지 않는 시기이다. 그런데 여전히 오케스트라의 음악연주와 변사의 목소리는 스크린 위의 화면과 함께 영화관람의 주요한 요소로 자리 잡고 있음을 볼 수 있다. 물론 이 시기에 1920년대와는 달리 오케스트라와 변사가 점차 사라지고는 있지만 1920년대 물론이고 나아가서는 1930년대까지 음악과 변사의 목소리는 관객들에게 극장체험으로서 여전히 남아 있었던 것이다. 그렇다면 1920, 30년대 영화소설 작가에게는 영화소설을 창작할 시(상영된 영화를 소설화할 경우라도)에는 당대의 관람객들이 영화를 볼 때 가졌던 극장체험을 가장 근접하게 또 절실하게 살려 주는 것이 중요했던 것이다. 1920, 30년대 영화소설에는 이러한 의도가 나타나고 또 그것을 밝히는 것이 영화소설의 실체를 밝히는 첩경이 될 것이다. 스크린 위의 화면과 함께 당대의 극장체험을 형성했던 오케스트라의 음악(노래)과 변사의 목소리를 하나하나 밝혀 보자.

먼저 작자가 영상적 서사를 영화소설로 즉 종이위의 문자로 옮기는 데는 가장 중요한 걱정이 앞선다. 그것은 소리의 침묵이다. 1920, 30년대에 영상적 서사는 대중문화의 세 영역으로 표출된다. 영화와 영화소설 그리고 유성기 음반이다. 동일한 하나의 서사 즉 스토리텔

---

13) 夏蘇, 「영화가 백면상」, 『조광』, 1937년 12월호.

링이 영화로, 영화소설로, 유성기 음반으로 이용되니 대중문화의 중요한 특징 중의 하나인 one source, multi use가 이미 당대부터 드러난 셈인데, 이 중 영화소설만이 소리의 감상으로부터 멀어져 있다. 영화가 무성영화 시절에는 스크린 위의 화면과 오케스트라, 변사의 소리를 통해, 유성기 음반이 소리(노래)와 인쇄된 가사를 통해 보고 듣는 멀티미디어적 재미를 준 데 반해 영화소설은 결정적으로 소리의 부재란 한계에 부딪힌 것이다. 물론 문자의 독해가 주는 사유나 상상력의 심화 혹은 자유로운 전개를 내세울 수도 있지만 다수의 대중을 상대로 하는 대중문화적 성격의 영화소설은 보고 듣는 재미를 외면할 수 없었던 것이다. 즉 극장체험을 외면할 수 없었던 것이다. 그렇다면 소리의 재현을 위해 할 수 있는 일은 무엇인가? 그것은 독자들로 하여금 극장체험이라는 체험적 사실을 통해 음악과 노래를 계속해서 상상하며 독서하도록 만들어 주는 일이다. 영화소설의 작자들이 독자가 영화소설을 읽을 때 인반이 소설 독법과는 나른 녹법을 요구했다는 것은 앞서 살펴보았는데, 영화소설은 일반소설과 달리 독서과정에서 영화의 영상과 소리를 염두에 두어야 한다는 것으로 영화적 상상력과 영화적 시각이 수반된 영화적 독법이 필요하다는 것이었다. 즉 제대로 된 재미와 감흥을 얻기 위해서는 독서체험뿐만 아니라 영화체험까지 필요하다는 것이다. 독자는 관객이 되어 영화관 속에서 영화를 보듯이 소설을 독해해야 한다는 것이다. 그래서 영화소설은 소리(음악과 노래)의 생성을 위해 특별한 주문을 한다.

○ 序頭 말

아직도 시나리오(映畵脚本)하면 독자의 친면도 두텁지 못해 왔을 뿐외라. 여기에 다소나마 연찬의 길을 밟은 사람 이외엔 그다지 흥미를 가져오지 못했던 터이다. 그것은 표현형식이 소설(小說)류와도 달라 한개의 영화를 제작하기 위한 과학적으로 기록된 각본이였던 것이며 여기에 난해의 점이 독자로 하여금 흥미를 갖기 어렵게 하였든 것이다. 함으로 이것은 좀 편리하고 알기 쉬운 정도로 제작 중에 있는 작품을 지상영화로 겸하여 옮겨 놓기로 하겠다. **(음악반주의 효과를 주로 한 화면을 생각할 일)**[14]

이원용, 신일선 주연의 「은하에 흐르는 정열」. 연인간의 사랑과 죽음, 교육사업에의 꿈을 다룬 멜로드라마이다.

1935년에 영화화된 안종화 감독의 「銀河에 흐르는 情熱」의 영화소설 서두인데, 영화화되는 영상을 염두에 둘 뿐만 아니라 그 영상과 함께 오케스트라가 연주할 음악을 함께 연상해 달라는 말이다. 당시의 극장에서는 오케스트라가 한정된 수의 음악만 연주하고 있었음으로 관객은 특정 시기나 상황에 반복적으로 등장했을 음악에 어느 정도 체험적인 인지를 가졌을 것이다.(실제로 영화에 나왔던 노래는 곧 잘 당대인들 사이에 유행이 되었다.) 때문에 작자가 말한 '음악반주'라는 것도 관객이 전혀 사전인지가 없어 상상도 못할 경우라면 '효과를 주로 한

---

14) 안종화, 「銀河에 흐르는 情熱」, 『한국 시나리오 선집 1』, 집문당, 1982, p.86.

화면을 생각할 일'이란 주문은 애당초 불가능했을 것이다. 실제로 이런 사실을 소설 속에서 직접 언급한 경우도 있다. 1936년 조광지에 발표된 안석영의 「愁雨」에서 젊은 남녀들이 광진의 결혼식이 끝난 후 광진의 별장에서 축하연을 마치고 헤어지는 장면을 보자. 갑자기 쏟아진 비 때문에 홰나무 밑으로 피한 일행은 쓸쓸한 느낌을 받는데 그 때 누군가의 휘바람이 선창이 되어 노래를 부른다.

비가 갈수록 가세하여 퍼붓는다. 어느 사나이 하나가 휫ㅅ바람을 시작하였다.

이 휫ㅅ바람의 멜로디는 그 누가 음악회에서 독창을 하여 이때부터 불시에 서울 젊은이들에게 유행된 노래다. 이 휫ㅅ바람 소리가 이들의 정서를 좌우질친 모양이다. 이들의 몇몇은 이 휫ㅅ바람에 호응하여 노래가 시작된다.

오늘은 은실봄비
들에 나리고
내일은 복사꽃이
피어나려니
꽃피어 안지는 꽃
어디 있던가
떨어져 날아나려
흙이 되리라 [15]

최근에 독창회를 통하여 유행한 노래라고 적시하고 가사까지 전재했으니, 독자의 입장에선 극장에서 느꼈던 것처럼 체험적 인지를 통해 음악적 연상과 몰입이 한층 쉬웠을 것이다. 그만큼 작자는 극

---

15) 안석영, 「愁雨」, 『안석영 문선』, 관동출판사, pp.286~287.

장체험의 한 축인 음악과 노래 즉 소리의 생성을 위해 꼼꼼한 노력을 기울인 것이다. 소리 - 음악, 노래 - 의 생성을 위한 노력의 또 다른 경우를 보자.

【序曲】
쏴-
쏴-
쏴-
끼루룩 …… 끼루룩……
차츰 어둠이 사라짐에 따라 천천히 떠오르는 아침 바다
자- 눈을 들어 멀리 보십시오.
- 주름살이라고는 하나도 없는 아연판(亞鉛版)색 훤한 바다 -
아득한 수평선까지 줄고 내리깔린 유리판 같은 하늘.
당신의 눈을 깜박이게 하는 것은 갈매기가 아닌가 자세히 보세요.
◀인생의 항해도 이런 고운 바달까? 그러나 무수한 항해생들은 그들의 피안을 꿈에나마 보았다 중얼거린다▶
아직 인영도 드문 은사장 저멀리는 지금 아침 안개에 가리어 몽롱한데 누구인지 바이올린에 맞추어 부르는 노래소리가 은은히 들려오지 않습니까?

하늘 우에도
또하나 개인 하늘
그대도 알고
내가 아는 새하늘
재빛바람이
이마를 스쳐갈 때
그 하늘 아래

우렁차게 들리는
희망의 노래-
오오
젊은이의 노래
　　......

1937년 동아일보에 발표된 최금동의 영화소설 「愛戀頌」의 서두
인데 영화상영의 서두를 그대로 연상시킨다. 컴컴해진 극장에서 멀
리서 아득하게 들려오는 소리와 함께 점점 훼이드 인 - '차츰 어둠이
사라짐에 따라 천천히 떠오르는 아침 바다' - 되면서 첫 장면이 시작되
는 극장에서의 영화상영 방식이 그대로 재현된 장면이다. 작자는 이
대목에서 '자- 눈을 들어 멀리 보십시오' 하면서 몰입을 적극적으로
유도한다. 독자는 영화의 관객이 되어 컴컴한 암흑에서 점점 밝아오
는 영상과 소리 속으로 빠져들며 독서체험과 극장체험을 공유하게
된다. 그런데 여기에서 서서히 영회의 세게로 빠져느는 독자의 의식
세계에 극장에서 체험했을 음악과 노래를 은밀하게 전이하는 최면
을 거는 듯한 목소리가 들린다. '누구인지 바이올린에 맞추어 부르는
노래소리가 은은히 들려오지 않습니까?' 【序曲】이라 붙힌 장제목
자체부터 시작된 음악적 연상은 이 대목에서 절정에 이르며, 급기야
는 노랫말 가사가 길게 전재되는데 이것은 가사와 함께 노래와 곡조
를 음미하게 한다. (영화소설에는 가사가 전재되는 경우가 많은데 이
경우 대부분 유명시이고 시인(작사자)의 이름이 명기되어 있어 어느 가
사와 곡조의 노래인지를 쉽게 연상할 수 있게 했다)
　영화소설에서 극장체험 중 소리의 생성과 재현을 위한 노력은 최

금동의 「鄕愁」(매일신보, 1939.9.19-11.3)에서 절정을 이룬다. 부호이자 중추원 참의인 서상호의 딸 서인숙과 동경유학생 출신이지만 변변한 직업이 없고 가난한 심서룡은 신분적 제약과 심서룡의 망설임 때문에 결혼에 이르지 못한다. 이 안타깝고 고통스러운 순간에 심서룡의 하숙집에서 두 사람이 조우한다. 그런데 그 대목에서 두 사람은 서로의 욕망과 감정을 오페라 〈아이다〉의 노래로 부른다. 이집트의 무장 라다메쓰와 에티오피아의 공주 아이다의 悲戀을 그린 〈아이다〉에서 아이다가 라다메쓰에게 사랑을 고백하며 이집트의 포로가 된 자신과 고국으로 떠나자고 호소하는 장면이 그대로 전사된다.

인숙은 고요히 입을 열었다.
그것은 포로가 되어온 『에치오피아』의 공주인 아이다와 애급의 젊은 기사 라다메쓰와의 비련을 역근 오페라 『아이-다』였다. 어느날밤 공주 『아이-다』와 『라다메쓰』는 야자수가 욱어진 라일강가에서 달빗을 바드며 서로의 슬픈 운명을 하소하엿다.
『하늘도 타버리고/사랑도 식은/황막한 에집트/성을 버서나
그대여 새하늘로/ 눈을 들어요
×
풀은숩 욱어지고/ 지즐데는새
꽃향기 무르녹는/ 나라를 차저/뜬세상 괴로움을/이즈사이다!』
인숙은 이러케 『아이-다』공주의 노래 속에 제 마음을 하소연 하듯 불넛다. 그것은 『라다메쓰』에게 포로가 되 제 몸을 다리고 고국으로 함께 도망하여 달라는 것이엿다.
이에 대답하야 서룡이 기사 『라다메쓰』의 노래를 불은다.
『구름박 아득한/ 나라를 차저/공주를 압세우고/가시자 하니
어이나 버리오리/내고향 하늘/피흘녀 직혀온/조상의 나라

공주께 처음으로/뵈옵는 땅을』

인숙은 노래를 불느는 서룡의 귀가까이 다시 또 속은댄다.『전 결혼하게 되었답니다. 서룡씨 … 부모님이 정해 주신 곳으로 … 서룡씨의 발표회가 곳 약혼을 하게 되엇서요』인숙의 말이 끝나자 서룡은 눈을 들어 인숙을 쏘아본다. 서룡의 노래가 끝나자 인숙은 다음 노래를 바더 불은다.

『비겁한 자여/물러가거라/아무네리쓰가/기다리니니 …』

아무네리쓰는 애급의 공주였다. 그는 오래전부터 라다메쓰에게 열렬한 연정을 가저오는터이엿다. **그러나 라다메쓰는 고개를 흔든다**
(中略)

그러나 얼마후 서룡의 손은 건반을 울니엿고 두사람의 타는 듯한 입술은 다시함께 소리를 맞추엇다.

『함께 가사이다/끝업시 가사이다/거치른 비바람이/설레는 밤이라도 사랑을 등불삼어/힘잇게 가사이다/마음의 동산으로/두몸의 나라로!』16)

이 장면은 심서룡과 서인숙이 사랑과 결혼을 두고 심각한 사정을 고백하고 질투나 원망 깉은 격성적 감정을 드러내는 장면으로서 서사의 극적 요소가 두드러질 수 있는데도 불구하고 그것을 희생하면서까지 무려 신문의 2회 연재에 걸쳐 두 사람의 연창과 합창을 넣었다. 또 연창과 대사부분을 적절히 조합하여 오페라의 구성과 유사하게 이끌었고, 극적 몰입을 위해서 서룡을 라다메쓰로 치환한 채 굵은 글자로 된 부분에서 확인되듯 '라다메쓰는 고개를 흔든다'로 기술한다. 이것이야말로 작자가 얼마나 영화소설 속에 소리의 생성(음악적 연상과 몰입)을 통한 극장체험의 재현에 열심이었는지를 여실히 보여준다.

---

16) 최금동, 「鄕愁」, 매일신보, 1939.10.5-10.6

독서체험이 혼자만의 공간에서 사적인 형태로 이루어지는 반면에 극장체험은 다중의 관객이 함께 호흡하며 서로의 반응을 함께 공유한다는 특징이 있다. 1920, 30대의 극장에선 관람문화가 아직 성숙되기 전이어서 다중의 관객이 함께하는 열띠고 들뜬 분위기가 한층 더했다. 이 시기에 이런 극장 분위기를 만들어내는 데 가장 중요한 역할을 한 것은 변사이다. 달리 말하면 변사가 1920, 30년대의 독특한 극장 분위기를 만들어 낸 것이다. 무성영화 시절 배우들의 대사나 효과음이 없던 시절, 더욱이 아직 관객들이 영화언어에 익숙하지 못했던 시절 변사는 영화관람에 있어 가장 귀중한 존재였다.[17] 영화의 내용을 소개하고 때로는 등장인물이 되어 남녀 배우의 대사를 온갖 몸짓을 섞어가며 실감나게 말하던 변사는 당대 최고의 인기 스타였다. 변사는 때로는 관객들과 대화를 주고받기도 하며 극장의 열띠고 들뜬 분위기를 만들었다. 긴박하거나 애절한 장면마다 변사는 온갖 목소리의 기교를 부려가며 영화감상을 이끌었다. 심지어 변사를 보고 영화관람을 결정하는 풍조까지 생겨났다. 그러니 극장체험을 재현하려는 의도라면 변사의 목소리는 필수적이었다. 영화소설에는 빈번하게 변사의 목소리가 등장한다. 개인을 향해 넌지시 던지는 말투가 아니라 다중을 향한 웅변투의 변사의 목소리가 등장한다.

---

17) 서구의 경우도 무성영화가 다쇼트가 되고 복수공간적 줄거리로 복잡하게 되면서 영화 이해를 돕기 위해 '현장영화해설자'로서 변사가 존재했다. 대사뿐만 아니라 관객들에게 인물의 사회적 신분 같은 서술적 디테일들을 알려주었다.
　앙드레 고드르·프랑수아 조스트, 『영화서술학』, 송지연 역, 동문선, 2001, pp.103~104.

최독견의 「僧房悲曲」에는 감상적 정서와 호기심이 가장 극적으로 고조되는 장면(한명숙이 자신을 철저히 짓밟아 버린 이필수가 중상을 입었다는 말을 듣고 장님이 됐으면서도 애타게 이필수의 행방을 찾아 헤매는 장면18))에서, 또 주인공이 악인의 흉계로 인해 처하게 된 절박한 위기의 상황(이필수가 위장납치극을 벌여 지인으로 하여금 김은숙을 납치하게 하고 그녀를 구해주는 것처럼 꾸민 다음 김은숙의 방심을 틈타 겁탈하려는 장면19))에서 변사의 목소리가 등장하는데, 이 점은 변사가 영화의 내용에 대한 해설과 함께 관객의 슬픔과 공포, 그리고 기

---

18) 최독견, 「僧房悲曲」, 『한국문학전집』 7, 민중서관, 1959, pp.427~428.

　태규는 명숙의 간절한 청을 저버리지 못하여 앞 못보는 그를 인도하여 필수가 떨어져 있다는 곳까지를 갔다. 그러나 그 곳에는 필수는 그림자도 없었다. 『아이 어떻게 된 셈일까요. 혼자서 몸을 운동하셔서 어데로 가셨을까요?』『글쎄올시다. 좌우간 제가 문안을 들어가서 알아보면 알겠지요』『여보세요. 그럼 당신이 문안 들어가시는 대로 곧 좀 알아보셔서 제게로 기별 좀 해 주세요』『네 아는내로 제가 일부러라도 나와 알려 드리겠습니다.』『미안합니다마는 그렇게 해 주시면 감사하겠습니다』그들은 다시 명진의 집 앞까지 와서 헤어졌다. 임진풍운은 이로서 걷히었다. 이 풍운이 지나간 뒤에 그들에게는 얼마나 평온한 날이 올 것이냐? 또는 이 폭풍 끝에 다시 이는 폭풍은 그들의 정회(情懷)에 어떠한 파도를 일으킬 것이냐?(pp.427~428)
19) 최독견, 앞의 책, p.402.

　『은숙씨!』

　바로 등뒤에서 떨리는 필수의 음성에 은숙이가 고개를 돌릴 때에는 필수의 손은 벌써 은숙의 몸에 닿았다. 애욕(愛慾)이 정욕(情慾)으로, 정욕이 수욕(獸慾)으로 변할 때에 필수는 완전히 짐승이 되었다. 『이게 무슨 무례한 짓입니까, 점잖게 놓고 물러스세요』은숙의 이 말은 짐승이 알아 듣기는 너무도 고상하였다. 수욕에 타는 필수의 육체는 폭력과 아울러 주린 사자처럼 은숙의 몸을 끌어 안았다. 주린 사자의 미친 듯한 힘에 외로이 지키는 여자의 성문(城門)은 깨어지고야 말 것이냐? (p.402)

뽐과 같은 정서를 가장 극적으로 고조시키는 기능을 가졌다는 점에서 당연하다 하겠다. 즉 독자는 소설의 이 장면을 눈으로 읽으면서 비탄스럽거나 공포스러운 정황을 머리 속에 그려보고 상상해 보는 한편으로 불쑥 고개를 내민 변사의 목소리를 통해 열띠고 들뜬 분위기 속에서 감정과 정서의 극적 고조로 이어진 극장체험을 함께 느끼는 것이다.

영화소설에 나타난 변사의 목소리는 1930년에 단행본으로 발간된 박루월의 영화소설 「悔心曲」에도 명확하게 드러난다. 그 첫 예는 '前說'이다. '前說'이란 스크린에 영사가 시작되기 전에 변사가 먼저 나와서 영화의 줄거리와 배경을 설명하는 것이다.[20] 영사 개시 전에 으레 악대가 흥겹게 연주하기도 했고, 한껏 모양을 낸 변사가 박수 속에 등장하여 前說을 끝내고 영사와 함께 멋들어진 해설을 하는 독특한 분위기가 연출된 것이다. 「悔心曲」의 서두를 보자.

『인제부터 시작되는 로맨쓰는 평화로운 싀골 ×× 농촌 서참의 (徐參議)의 집에서 풀이여서 나오는 것이다.』

여긔는 복잡한 서울(都會)을 멀이떠나서 한적하고도 평화로운 ×× 싀골 서참의 집이다. 모든 것이 평화로움에 곱게 싸이여 보인다.

『오날도 이집 주인의 서참의는 자긔의 손자 길남(吉男)을 다리고 …… …… 서참의 ……李錦龍 』

오날도 서참의는 자긔의 손자 길남이와 함께 널따란 뜰한편에서 자미잇게 놀고잇다. 그의 손자 길남이는 그의 할아버지와 가티 짱께뽕을 하여서 사방치기를 하며 자미잇게 놀고잇다.[21]

---

20) 안종화, 『韓國映畵側面秘史』, 현대미학사, 1998, p.30.

21) 박루월, 『悔心曲』, 영창서관, 1930, p.1.

첫 번째 굵은 글자로 된 부분이 前說이다. 이 이야기는 남녀간의 사랑을 다룬 로맨스이고, 시골 농촌이 공간적 배경이며 서참의 일가의 이야기를 다룬 것이라는 소설 혹은 영화의 전체 개요를 설명해 주고 있다. 만일 이것이 일반적 소설이라면 바로 그 뒤에 이어지는 '여긔는 복잡한~곱게 싸이여 보인다'의 문장은 동어반복이 되어 불필요하다. 하지만 굵은 글자로 된 부분이 前說이기 때문에 본격적인 영사에 해당되는 소설 서두의 전개가 내용의 개괄적 소개 - 세부적 진행의 모습으로 나타난 것이다. 또 서참의 집을 멀리서 바라보며 그린 이 장면은 영화의 서두가 흔히 진행될 이야기의 공간적 배경을 롱쇼트로 잡는다는 점에서 시점의 일치를 보인다. 또 두 번째의 굵은 글자로 된 부분은 무성영화 시절 자연스럽게 형성되었을, 화면에 등장한 인물을 답답한 궁금증 없이 즉시적으로 인지하도록 소개하는 관행에서 비롯된 변사의 목소리이다. 마찬가지로 이 부분 역시 「悔心曲」에서는 등장인물의 말(대화)을 반드시 『 』표 속에 넣어 지문과 명백히 분리했다는 점에서 누군가의 목소리임을 인지하게 하는데, 그것이 바로 변사의 목소리이다. 변사가 개입하여 등장인물을 곧 바로 소개하는 행태는 「悔心曲」에서 새로운 등장인물이 나타날 때마다 이어진다.22)

---

22) 박루월, 앞의 책, pp.4~5.
　경애는 붓그러움을 깨다른 듯이 다시 허리를 굽혀 인사를 하고 이곳을 떠나갈 때에 이 사나희도 떠나가는 경애를 바라보며 인사와 아울너 작별을 앗기워 하다가 경애의 그림자가 멀이 사라저갓슬 때 매우 안타까움에 싸이고 만다.
　『이 사나희는 일즉히 명대를 졸업하엿스며 경성안에서는 갑종부호의 디위를 가젓다. 여름에는 등산과 해수욕, 가을이 되면 산양질, 이것은 그의 연중 변사의 목소리는 「悔心曲」에서 멜로드라마적 행복한 결말을 이끄는 장면에서도 드러난다. 선인의 인내와 악인의 회개를 통한 행복한 결말은 「悔心曲」에서 변심한 병일이 회개하고 구원자로 계속 등장하는 '그자'의 간절한 권유가 있자, 마침내 경애가 사랑을 받아들이는 장면으로 나타난다.

이렇게 말하는 그자는 경애에게 떠나가는 병일을 가지 못하게 붓들라는 듯이 은연한 맘시를 보내주면서 경애의 손목을 잡아끌고 병일의 뒤를 딸아갈 때 경애도 인제는 하는수 업는 듯이 그자에게 끌리여서 가는 것이다. 이럿케 끌리여가는 경애의 속마음에는 병일을 만나서
뭐라고 말을 하엿스면 조홀란지 자긔의 마음은 또다시 울넝거리기 시작하엿다.
『**이라하야 끈이려든 두사람의 사랑은 이상한 그자의 모든 주선과 노력으로 인하야 쓸쓸한 사랑의 넷터에는 아름다운 사랑의 꼿이 픠여나게 되었다 ……**』
병일과 경애는 서로 아모말도 업시 붓그럼과 수집움에 싸여서 얼골과 얼골만 쳐다볼 뿐이다.[23)]

흔히 '이리하야'로 시작하며 전개되는 그 익숙한 변사의 목소리는 이야기의 정황을 설명하고 스토리를 전개시키며 들뜬 분위기로 갖은 미사여구를 동원하여 기쁨과 슬픔의 정서를 고조시키고 있다. 변사석에 앉아 조그만 스탠드나 손전등을 비춰가며 설명대본을 들고

행사이니 그는 이번에도 산양터를 차자서 이동리로 와서 그의 숙소를 자긔 이모집에 경하고 잇는 장병일 ……… 장병일 ………金泳台』
23) 박루월, 앞의 책, p.45.

열연하던 변사의 모습24)과 목소리는 소설의 문면을 뚫고 올라와 독자의 눈과 귀에 극장체험을 재현시킨 것이다.

3. 여성용 영화와 서부극

영화소설은 상영된 영화를 단행본 소설로 출간한 나운규의『아리랑』(박문서관, 1929년)은 물론이고 영화화를 전제로 했거나 영화적 기법을 소설창작에 원용했거나 간에 영화란 매체를 크게 의식했고, 영화에 대한 지식과 이해를 바탕으로 하고 있음은 당연한 사실이다. 이 때 영화소설 작가들에게 기존의 영화는 영화의 세계에 대한 폭넓은 정보를 주었을 것이고 나아가서는 영화소설 창작의 모티프로서 작용했을 것이다. 그럼 1920, 30년대 영화소설에는 어떤 영화들이 영향을 미쳤을까? 작자들은 어떤 영화 장르로부터 영향을 받았을까? 이런 의문은 당시의 영화소설을 해명하는 데 많은 도움을 줄 것이다. 여기에서는 1910대에서부터 1930년대까지 성행된 영화장르 중 '여성용 영화'와 '서부극'을 주목하고자 한다.

여성용 영화(Women's Picture)는 미국에서 1910~20년대 사이 여성 관객이 늘면서 이들의 구미에 맞는 작품이 선보이면서 태어났다. 흔히 신파조 영화(Terjerker)나 눈물을 흘리게 하는 감상극(Weepie)을 지칭하는 것으로 이들 영화는 주인공들의 로맨틱한 사건과 실연, 타락, 질병, 등의 역경을 극복해 나가는 과정 등을 묘사하는 데 중점을 둔

---

24) 조희문,「영화의 대중화와 변사의 역할연구」,『디자인연구』, 1993, p.232.

1928년작 「군중」. 영화관객의 대부분을 차지한 여성의 기호에
맞게 산출된 여성용 영화는 1920년대에 그 낭만적 절정을 이룬다.

다. 주제 자체에서부터 대부분
이 여성관객들의 취향에 맞추어
제작되고 있는 것이 특징이다.
특히 D.W 그리피스 감독의 「짓
밟힌 청춘」 이후로 상당 기간 동
안 여성용 영화의 주된 줄거리
는 연애사건이 실패로 돌아가
그로 인해 괴로워하는 남·여
주인공들의 행동을 묘사하는 것
이 중심이 되었다.

1920, 30년대에 들어 영화관객은 폭발적으로 늘어났다. 1927년 2
백 6십만 명이던 것이 1935년 8백 80만 명으로 급격히 늘어났다.[25]
그런데 이 중 상당수가 여성관객이었음은 정확한 수치적 통계는 아
니더라도 여러 기록에 사실로 나타나고 있다.[26] 이런 사실과 함께
1920, 30년대에 매년 2000여 편씩 수입되던 외화 중 90% 이상이 미
국영화였고 이 시기 여성용 영화가 미국에서 활발하게 제작된 점을
감안하면, 한편으로 영화감상자이기도 했던 영화소설 작자들은 여성
용 영화를 많이 접했을 것이고, 또 한편으로는 늘어난 여성 영화관

---

25) 한국영화학교수협의회 편, 『영화란 무엇인가』, 지식산업사, 1990, p.198.
26) 최승일, 「극장만담」, 『별곤건』, 1927년 3월호.
　　그리고 한가지 특별히 변한 것은 희소하던 부인석(영화관의 부인석-필자
　　주)이 남자석 이상으로 매일 만원인 것이다. 노부인, 여염집 부녀, 기생 그리
　　고 여학생들인데 진기한 일은 그 중에서 성에 갓 눈 뜬 여학생이 반수 이상
　　을 참례한 것이다.

객을 위한 여성관객 취향의 영화제작 혹은 영화소설을 생각하게 되었을 것이다. 그러니 자연스럽게 1920, 30년대 영화소설에는 여성용 영화의 특징이 나타날 수 있었던 것이다.

심훈의 「탈춤」에서는 사랑하는 사이인 오일영과 이혜경이 유부남이라는 신분적 제약과 이혜경의 폐병으로 사랑을 이루지 못한 채, 이혜경이 끝내 죽음을 맞으며, 최독견의 「승방비곡」에서는 최영일과 김은숙의 간절한 사랑이 승려라는 신분과 집안의 반대로 이루어지지 못하고, 끝내는 이 둘이 이부남매라는 사실이 밝혀지며 어머니는 죄책감에 자살한다. 박루월의 「회심곡」에서는 사랑하는 사이였던 서경애와 김병일이 김병일의 변심과 서경애의 가난으로 시련을 겪다가 끝내는 다시 결합하며, 안종화의 「銀河에 흐르는 情熱」에서는 백순영과 김은숙이 사랑하는 사이이나 백순영의 집안에서 운영하던 동흥학교가 폐교되는 과정에서 우여곡절을 겪다가 끝내 몸이 극도로 쇠약해진 연숙이 쓰러져 죽게 된다. 또 최금동의 「애련송」에선 안남숙과 이철민이 사랑하는 사이이나 이철민이 유학을 떠난 사이 안남숙은 경영난으로 폐교에 처하게 된 부친이 설립한 청구학교를 살리기 위해 독지가를 자처한 강필호와 결혼한다. 하지만 끝내 이철민을 잊지 못하고 가정을 나와 수녀가 되는데, 역시 그녀를 끝내 잊지 못한 이철민과 극적인 조우를 하게 된다. 아울러 같은 작자의 「향수」에서는 심서룡과 서인숙이 사랑하는 사이이나 집안의 강권으로 서인숙이 오영일과 결혼하고 심서룡은 고향의 옛 연인과 결혼한다. 하지만 가난으로 심서룡은 범죄를 저지르고 이 광경을 목격한 서인숙은 도피를 방조한다. 끝내 심서룡의 아내는 죽고 심서룡은 만기출옥을 하는데 그의 아이를 데려다 기르는 서인숙이 아이를 넘겨주며 애틋한 이별을 한다.

살펴본 것처럼 1920, 30년대 영화소설은 남녀간의 애틋한 사랑과 실연을 다루고 있으며, 타락과 치명적인 질병 등의 역경을 헤쳐 가는 고난사를 보여준다. 또 사랑하는 연인이 피치 못할 운명 때문에 실연한 후 그로 인해 괴로워하는 남·여 주인공들의 행동을 묘사하고 있다. 감상적 정조와 눈물이 중심이 된 여성용 영화의 특질을 그대로 보여주고 있다. 하지만 여기에서 한걸음 더 나아가 이들 영화소설은 여성관객의 취향과 소망적 사고를 반영하는 각별한 인물을 창출하고 있어 주목된다. 그 점을 살펴보기로 한다. 1920, 30년대는 근대화 시기에 설립된 여성교육기관27)과 해외유학을 통해 배출된 신여성들의 주체적인 노력과 개화를 지향하는 인텔리 남성들의 목소리를 통해 '여성해방'과 '남녀평등'이 주창되던 시기이다. 여성이 억압과 미몽으로부터 벗어나 사회적 지위를 얻고 가족과 사회의 제도를 개혁하려는 움직임은 여성의 사회진출이

현대 여성운동은 근대여성교육기관의 설립과 함께 여성잡지 창간을 통해 시작되었다. 1920년 창간된 여성잡지 『여자시론』과 『근우』.

27) 김진송, 『현대성의 형성 - 서울에 딴스홀을 허하라』, 현실문화연구, 2002, p.203.
　자율적인 현대 여성운동은 여성교육에서 출발한다. 1886년 여성교육기관으로 이화학당이 설립된 이후 정신여학교, 배화학당, 숭의학교, 호수돈학교, 성보여학교, 숙명여학교, 덕성여학교, 신명여학교, 동덕여자의숙 등 선교사나 민간의 교육기관이 설립되면서 이른바 교육받은 여성으로서 신여성이 등장하고 이들에 의해 여성운동이 바야흐로 시작되었다.

활발해지면서 한층 힘을 얻게 된다. 이러한 분위기 속에서 대중문화적 성격의 영화소설도 주요한 문화소비자로 등장한 여성의 취향과 기호를 받아 들일 수밖에 없었는데, 영화소설에 수용된 여성의 소망적 사고에 대한 반영은 사회적 약자로서의 여성의 위치와 가부장적·남성중심적 문화를 감안해 보면 어느 정도 그 모습을 예측할 수 있는 것이었다. 만일 그 사실을 영화소설의 인물에 초점을 맞춘다면, 여성들의 소망적 사고에 대한 반영은 남성인물들은 여성에게 정중하고 예의바른 신사나 고난을 막아주고 연인과 사회에 헌신적인 선인의 모습으로 나타날 것이다. 또 여성인물은 많은 경우 자신들의 한스런 모습을 반영하여 연민의 감정을 느끼게 하는 인물이면서도 남성을 사랑으로 각성시켜 그의 삶에 인생의 전기를 맞도록 하는 각별하고 의미있는 존재로 나타날 것이다.

심훈의 「탈춤」의 강홍열, 박루월의 「회심곡」의 그자, 나운규의 「잘있거라」의 경호는 시련에 처한 비운의 여주인공을 끝까지 지켜주는 수호천사형 인물로 나온다. 여기서 수호천사란 표현을 쓴 것은 이들이 생명의 위협 속에서도 위기의 순간마다 나타나 비련의 여주인공을 지켜 주는 점과 함께, 그들이 그녀들의 연인으로 나서지 않는다는 무조건적 희생의 자세 때문이다. 「탈춤」의 강홍열은 한혜경을 그림자처럼 쫓으며 목숨을 바쳐 위기때마다 그녀를 보호한다. 유준상이 간계를 꾸며 혜경을 납치하자 그 낌새를 미리 알아채고 자동차 뒤에 매달린 채 별장까지 가서 일대 활극을 벌인 끝에 혜경을 구출한다. 또 마름자리를 떼겠다는 유준상의 협박과 폐결핵에 걸린 급박한 처지 때문에 혜경이 유준상의 집에 머물러 있던 중, 겁탈을 당하게 되는 일촉즉발의 위기에서도 나타나 그녀를 구해준다. 특히 강홍열의 수호천사형 역할이 가장 극적으로 나타나는 장면은 「탈춤」에서의 결혼식 장면과 사경을 헤매는 그녀를 극진히 간호하는 장면이다. 「탈춤」에서 결혼식 장면은 서두의 충격적 사건으로 제시된다. 결혼식의 성혼선언 순간에 홀연히 한 남자가 나타나 신부를 안고 식장을 떠나는 사건이 그것인데, 이후는 곧 바로 과거 시간으로 돌아가 결혼식 장면까지의 이야기가 소설의 거의 전편을 이룬다. 마지막 장면 역시 결혼식 장면으로 되돌아가는데, 유준상의 악행과 파렴치함이 잇달아 폭로되고 결혼식장이 아수라장이 된 상황에서 쓰러진 혜경을 강홍열이 들쳐 업고 떠난다. 폐결핵이 심해진 혜경을 입원시키는데, 생명이 서서히 꺼져가는 혜경을 돌보는 강홍열의 모습 - '일주야동안을 먹지도 못한 채 추위에 떨면서도 혜경을 살리겠다는 일념으로 버텨냄' - 은 순결함을 넘어 숭고하기까지 하다. 특히 혜경의 시신을 자신의 헌 망토를 덮어 수레에 실은 채 밤길을 더듬으며 공동묘지로 향하는 황량한 장면은 소설의 가장 인상적이고 극적인 장면으로서, 강홍열을 순결하고 고결한 존재로 강렬하게 부각시키고 있다.

또한 「회심곡」의 그자는 가난과 집안의 결혼강요를 모면코자 카페 여급이 된 경애가 주정꾼들로부터 행패를 당하자 홀연히 나타나 그들을 완력으로 제압하고 그녀를 구해준다. 또 경애가 사랑하는 사이였던 병일의 변심과 냉대로 인해 좌절한 끝에 자살하려는 순간 위험을 감지하고 그녀를 미행하던 끝에 나타나 그녀의 생명을 구해 준다. 하지만 실연의 충격을 견디지 못하고 그녀가 광증을 보이자 그녀를 병원에 입원시키고 정성을 다해 보살핀다. 또 그녀의 간절한 소망이 조부인 서참의와 동생인 길남과의 재회임을 알고 그들을 찾아 경애와 조우하게 한다. 그자는 경애가 도회의 생활에 더 이상 적응할 수 없음을 알고, 그들이 고향으로 돌아가 새살림을 꾸리도록 도와준다.

이처럼 이들 수호천사형 인물들은 여성에게 정중하고 헌신적이며 늘 그녀들 곁에 남아 위기로부터 보호해 준다. 그들의 삶에 다른 가치들은 제거되어 있으며, 비련의 여인에 대한 보호막이 그들 삶의 유일한 의미처럼 나타난다. 그런데 이러한 그들의 행동이 한결 순결하게 보이는 것은 그들이 비련의 여주인공에게 사랑으로 다가서지 않는다는 것이다. 즉 그들은 구원의 대상이 된 여인의 사랑을 요구하지 않는다.

강홍열은 고아로 자랐고 시국사건으로 수차례 투옥되었으며 그 후유증으로 광증까지 보인다. 또 자신의 추한 모습 때문에 늘 움츠리고 살며, 지독한 가난으로 여기저기 더부사리를 한다. 삶의 밑바닥에서 외롭게 살아가는 힘든 처지인데 그나마 혜경을 만나면서 희망과 사랑을 꿈꾼다. 하지만 그것도 불우한 그에게는 사치인 듯 혜경이 자신의 가장 친한 친구인 일영의 연인임을 알자 '우정이냐 사랑이냐' 하는 벽에 부딪힌다. 강홍열은 우정 때문이라고 말하지만 사실은 자신의 열악한 처지에 비춰, 또 스스로 절대적으로 고결한 위치에 올려놓은 혜경의 행복을 위해 물러난다. 강홍열은 자신의 사랑을 숨긴 채 사랑하는 사람을 위해 일영의 연서도 전달하고 두 사람의 만남을 위해 거짓 편지를 보내기도 한다. 사랑하는 여인이 자신과 가장 친한 친구의 연인이라는 기막힌 상황에서, 둘을 맺어 주려는 그의 노력이 두드러지면 질수록 가련한 그에 대한 연민의 감정이 더한다.

또한 「회심곡」의 그자는 자신의 헌신적인 행동에 감동한 경애가 사랑을 넌지시 드러냄에도 흔들리지 않고, 경애에게 연인인 병일과의 재회를 권한다. 냉정하게까지 보이는 도덕적 풍모를 유지하는데, 이 점이 순결한 구원자로서의 이상적인 매력을 보여준다. 병원에 입원한 경애를 찾아 그자가 병일과의 재회를 권유하는 장면을 보자.

그자는 가벼운 미소를 띄우고 경애의 얼골을 바라보면서 이야기를 끄낸다.
『그러면 경애씨는 일평생을 독신으로 사실터입니까?』
그자는 이 말을 마치고나서 애연히 떠나가는 병일의 뒷모양을 바라보왓쓸 때 경애는 살작 미소를 띄우고 그자의 말을 이엇다.
『좃치요 독신으로 살지요. 당신께서 영원토록 갓치 계셔주신다면? ……』
이럿케 말을 맛치는 경애는 그자의 옷자락을 어루만지며 고개를 엽흐로 돌이키고 만다.
그자는 여전히 점점 사라져가는 병일의 뒷모양을 바라보다가 머리를 들면서
『안임니다. 나에게는 아즉도 할일이 만히 잇슴니다. 그리고 저 사나히는 자긔의 허물을 뉘웃친 깨끗한 사나람니다. 죄 지은 몸을 미워함보다도 회개한 마음을 아름답게 보십시오?』이러케 말하는 그자는 경애에게 떠나가는 병일을 가지 못하게 붓들라는 듯이 은연한 맘시를 보내주면서 경애의 손목을 잡아끌고 병일의 뒤를 딸아갈 때 경애도 인제는 하는수 업는 듯이 그자에게 끌리어서 가는 것이다[28]

---

28) 박루월, 앞의 책, pp.44~45.

결국 「탈춤」의 강홍열과 「회심곡」의 그자는 뚜렷한 공통점이 있다. 험한 세파에 시달리는 비련의 여주인공 곁에 그림자 같은 존재로 남아 그녀가 위기에 처할 때마다 든든한 보호막이 되어 준다. 항상 생명을 던져 그녀들을 지켜 주는, 완력과 정의감을 갖춘 믿음직한 구원자이다. 특히 그들의 헌신은 자기희생적인 측면이 있어 강홍열은 혜경의 진정한 행복을 위해 자신의 사랑을 끝내 고백하지 않으며, 그자는 경애의 사랑 고백에도 냉정한 절제를 보인다. 이런 수호천사형 인물들은 특히 여성독자의 입장에서 보면 생명을 바쳐 자신을 사랑하고 지켜주는, 더욱이 사랑이 돈 앞에서 그 순결함을 잃어가는 시기(이 시기 영화소설을 포함한 대중소설의 중요한 화두가 '사랑이냐 돈이냐'는 하는 점이 그런 사실을 보여주고 있다)에 자신의 헌신적 사랑과 희생에 대한 대가적 요구 없이 다가서는 매력적이고도 이상적인 인물이었으며, 자신의 소망적 사고 - 존중받고 사랑받고 싶다는 - 를 이루어 주는 존재이다.

이와 함께 영화소설에는 당대 특히 여성독자들의 소망적 사고가 극적으로 반영된 또 다른 특별한 인물형이 나타난다. 그들은 건달이나 악인형 인물이다. 최독견의 「僧房悲曲」의 이필수, 박루월의 「회심곡」의 장병일, 최금동의 「애련송」의 강필호가 그들이다. 이필수는 대부호의 아들이자 동경유학생 출신이고, 장병일은 경성 갑종부호의 아들이자 명대졸업생이며, 강필호의 거금의 유산 50만원을 미두와 광산에 투자하여 백만장자가 된 인물로서 일본유학생 출신이다. 이들은 모두 대부호이자 유학생 혹은 명문대 출신이어서 외적 조건은 선망의 대상이 될 만하지만, 부도덕하고 무책임하다는 점에서 건달형 혹은 악인형 인물이다. 이필수는 결혼을 했으면서도 성적으로 방탕한 생활을 계속하고, 급기야는 순진한 여학생들을 꼬여 성적 노리개로 삼는다. 특히 여자미술학교 2년생인 한명숙은 그의 꼬임에 빠져 임신까지 하는데, 이필수는 다른 여학생에게 관심이 생기자 자신이 유부남임을 밝히며 냉정하게 외면한다. 더욱이 자신이 옮긴 성병으로 한명숙과 태어난 아이도 실명한다. 「회심곡」의 장병일은 연중으로 건달처럼 오락과 잡기에 빠져 노는데, 경애를 만나서는 한 때 심각한 사랑을 나누기도 한다. 하지만 그의 즉흥적인 성격 때문에 사랑은 오래 가지 못하고 그의 집에 당돌하게 들어선 영자와 함께 경애를 모욕하고 냉정하게 대한다. 「애련송」의 강필호는 비록 남숙을 사랑하기는 하지만, 결혼을 하기 위해 안남숙 집안의 어려운 처지 - 안남숙의 父가 세운 청구학교가 재정난으로 폐교될 위기 - 를 이용하여, 독지가로 나서 결혼을 은근히 강요하며, 졸부적 근성을 버리지 못한다. 이처럼 그들은 방탕하고 무책임하며 때로는 범죄를 저지르는 건달이거나 악인이다.

그러나 그들은 악인이나 건달로 남지 않고 자신의 죄와 방탕함을 진심으로 반성한다. 또 그것을 계기로 연인인 여성에게 정중하고 다정한 태도를 보인다. 이필수는 자신으로 인해 파멸의 나락으로 떨어졌으면서도 여전히 불구가 된 자신을 사랑으로 감싸는 한명숙을 보자 심한 죄책감으로 몸부림치며 급기야는 광증까지 보인다. 이필수는 한명숙에게 죄를 고백하고 진심으로 사과하며, 사랑한다는 말을 남긴다. 또 장병일은 경애가 자살시도 끝에 정신착란을 일으켰으면서도 여전히 자신에 대한 사랑의 감정을 갖고 있다는 사실을 알게 되면서 그녀를 찾아 끈질기게 죄를 고백하고 사랑의 끈을 이으려 한다. 강필호 역시 안남숙의 고결한 사랑에 대한 집착을 보면서 자신을 반성하고 자신의 전재산을 청구학교에 헌납하겠다고 밝히며 안남숙의 父인 안교장의 숭고한 뜻을 따르겠다고 선언한다. 이들은 악인이나 건달에서 연인과 사회를 배려하는 선인이나 여성에게 정중한 신사로 변한다.

그런데 이들의 변신이 각별한 의미를 갖는 것은 이들의 변신의 계기가 한 여성의 진실한 사랑, 혹은 사랑에 대한 진실된 태도를 깨닫는 데에서 온다는 점이다. 이런 인물 - 한 남성이, 그것도 악인이나 건달이었던 인물이 한 여성의 진실한 사랑에 인생의 전기를 맞고 선인이나 신사로 변하는 인물 - 은 가부장적, 남성중심적 전통이 여전히 상존한 당시로서는 상상하기 힘든 인물, 그래서 소설 속에서 등장하기 어려운 인물이었다. 그러니 새로이 창출된 인물일 터인데, 그 탄생의 배경에는 당시 여성들의 소망적 사고가 반영되어 있다. 그들은 어리석거나 악했지만 순결하고 도덕적인 여성에 의해 인생의 전기를 맞았고, 여성을 고귀한 존재로 받아들인다. 그들이 대부호이고 고학력자라는 점에서 경제적, 신분적 조건은 출중하다 하겠으니 그들의 변신은 한층 큰 의미를 갖는다 하겠다. 결국 당시 독자, 특히 여성독자들은 이들 남성과 여성을 보면서, 남성과 여성의 고정된 성관념이 역전되는 후련함, 여성으로서의 우월한 도덕적 자부심, 고귀하고 사랑스러운 존재로 인정받고 대우받는 안락감을 맛보았을 것이다. 이런 점에서 1920, 30년대 영화소설은 가장 극적인 형태의 여성용 영화에 해당하는 것이다.

1920, 30년대 대중소설이 서사나 인물에서 여성용 영화의 특징을 보인다는 점과 함께 고려되어야 할 것은 미국 서부극과의 관련성이다. 앞서 제시된 대로 해마다 수입된 2,000여 편의 외국영화 중 미국영화가 90% 이상이었으며 그 중 상당수가 미국 서부극이었다. 서부극은 코미디나 갱영화, 뮤지컬과 더불어 가장 뚜렷하고 토착적이며 중요한 미국적 영화장르였으며,29) 조선에서도 서부극은 가장 성행했던 영화장르였다.30) 서부극이 가장 미국적인 장르가 된 것은 미국 국가정신과 맞닿아 있기 때문이다. 서부극의 기본적인 사상은 개척자 정신의 강조 또는 찬양이고, 영화로서의 최대매력은 총격이나 격투의 액션과 스피드, 거기에 광대한 자연풍토가 주는 소박한 해방감이다. 서부극은 1920년대 가장 미국적인 장르로 성장한다.

---

29) Jack C. Elis, 『세계영화사』, 변재란 역, 이론과실천, 1988, p.160.
　　1920년대에는 소리를 요구하는 뮤지컬을 제외한 모든 주요 유형의 미국영화가 등장하였다. 서부극은 최근 이탈리아나 독일의 '웨스턴'이 나타나기 전까지는 가장 독보적인 미국영화의 장르였다. 서부극은 『대열차강도』(1903)에서 시작하여 윌리엄 S.하트를 기용하여 토마스 인스가 제작한 영화들에서 가장 성숙을 기하였다. 파라마운트(라스키 배우협회)는 1920년대의 경향에 서사적인 서부극 - 제임스 크루즈 감독의 『포장마차』(1923)와 존 포드 감독의 『철마』(1924) - 을 첨가하였다.
30) 나운규, 「'아리랑'을 만들 때 - 조선영화감독 고심담」, 『조선영화』, 1936.11 조희문, 『나운규』, 한길사, 1997, p.163. 재인용
　　내가 아리랑을 제작하기전 1,2년은 조선영화 제작사업은 무서운 난관에 걸린 때다. 관객은 조선사람이 나온다는 것만으로는 만족하지 않았다. 조선영화는 따분하다, 졸음이 온다, 하품이 난다, 돈내고 볼 재미가 없다, 이런 소리가 나기 시작해서 나중에는 흥행이 되지 않고 당사자들은 어쩔 줄을 모르는 때였다. 그 당시에 조선에 오는 영화를 보면 서부활극이 전성시대요 또 대작연발시대다.

그러면 어떤 점에서 영화소설과 미국 서부극 간의 관련성을 설명할 수 있는가? 그것은 수호천사형 인물로서의 선인과 비련의 여주인공을 곤경에 빠뜨리는 건달 혹은 악인형 인물에서 두루 나타난다. 먼저 비련의 여주인공을 그림자처럼 쫓으며 구원자 역할을 하는 수호천사형인물인 「탈춤」의 강홍열과 「회심곡」의 그자, 「잘있거라」의 경호를 보자. 첫째, 이들은 씩씩하고 활달하지만 여성에게는 한없이 다정다감하다. 그들은 가치관이 뚜렷하고 우유부단한 고민이 없으며, 믿는 바를 거침없이 행동으로 옮긴다. 하지만 이런 남성다움도 보호되어야 할 여성 앞에서는 부드러움과 자상함으로 바뀐다. 그녀들을 세심하게 배려하고 그 뜻을 존중해 준다. 예를 들어 실연의 아픔 끝에 자살을 기도한 경애가 입원한 병실에 그자가 찾아온 장면을 보면 **다정한 그자**는 경애를 차져서 그의 방에 들어오며'에서처럼 그의 따뜻한 인간애를 단정적으로 규정할 정도이며, '모자를 벗고 반가히 인사를 하엿슬때'에서처럼 그자의 성중하고 신사다운 행동을 새삼 강조한다. 둘째, 그들은 정의감에 불타며 불의를 보면 참지 않는다. 그래서 비련의 여주인공을 괴롭히는 건달 혹은 악인을 반드시 징계하며 시련에 처한 여주인공을 절대 외면하지 않는다. 그들은 비록 젊은 연인들의 사랑이라는 연인관계 - 「탈춤」의 오일영·한혜경, 「회심곡」의 병일·경애, 「잘있거라」의 박정송·황순녀 - 로부터 벗어나 있지만 정의의 실현자로서의 순수한 인간애와 활달한 행동성이 주는 남성적 매력으로 더욱 주목을 받는다. 셋째, 그들은 악에 대항하기 위해 즉 정의를 실현하기 위해 완력을 사용하며, 또 그것을 당연시한다. 강홍열과 그자는 위기에 처한 여주인공을 구하기 위해 아무 꺼리낌없이 완력을 사용하며, 때로는 건달이나 악인을 고의적으로 괴롭히기 위해 힘을 사용한다. 특히 「잘있거라」에서 경호는 대부호 민범식 家의 총지배인인 정두현이 온갖 악행 끝에 민범식의 의문의 죽음을 일으키고 그 죄를 박정송에게 뒤집어 씌워 옥사하게 만들 것을 알고, 그를 응징하기 위해 권총을 갖고 그의 집에 뛰어든다. 격투 끝에 정두현을 살해하고 자신도 비장한 죽음을 맞는다. 넷째, 그들은 홀연히 나타나 그들의 역할인 정의의 실현을 하지만 그것을 계기로 사랑의 연인관계에 뛰어들지 않는다. 즉 기존의 연인관계, 넓게 말해 사회적 질서를 깨뜨리지 않는다. 그들은 비련의 여주인공과 사랑하는 관계로 비화하지 않으며, 삼각관계를 만들지도 않는다. 그들이 돈, 애욕, 질투와 같은 세속적 욕망이나 질서로부터 멀리 떨어져 있어 나타나는 아웃사이더적 풍모는, 그들이 여주인공에 대한 애정관계에 있어서 놀라울 정도의 자제심을 보인다는 점에서도 드러난다.

이러한 사실들을 정리하면 그것은 곧 서부극의 주인공의 형상과 긴밀한 유사성을 보여준다. 서부극의 주인공은 홀연히 나타나며, 정의의 실현자로서의 역할을 한다. 그는 세속적 욕망이나 질서로부터 벗어난 아웃사이더적 풍모를 갖고 있으며, 정의감에 불탄다. 남성적 용맹함을 갖고 있지만 여성에게는 한없이 자상하고 예의바르다. 또 정의의 실현을 위해서는 완력을 사용하

서부극의 주인공은 사회의 위협에 단호히 맞서는 정의감과 야성적 풍모를 갖춘 매력적인 인물로 그려졌다.

며, 그것을 당연시한다. 하지만 여주인공과 사랑으로 발전하여 기존의 연인관계나 가족관계에 영향을 미치지 않는다. 이런 사실들은 우리가 앞에서 수호천사형 구원자들의 성격과 행동, 그리고 풍모에서 확인한 사실들과 일치한다.

또한 영화소설과 서부극과의 유사성은 건달 혹은 악인형 인물에서도 확인할 수 있다. 그들은 대부호, 혹은 대부호의 자제들이며 유학생 출신의 엘리트들이지만 성적으로 방탕하고 자신의 행동에 대해 무책임하며, 졸부적 근성을 갖고 있다. 비련의 여주인공을 파멸시키거나 곤경에 처하게 하며, 사회적 책임의식은 기대조차 어렵다. 하지만 그들은 극적인 계기를 맞아 자신을 철저히 반성하고 개인에 대한 애정에서부터 사회적 책임의식까지 갖는 선인으로 바뀐다. 「僧房悲曲」의 이필수는 죄책감 끝에 광증을 보이며 한명숙을 만나서는 눈물로 참회한다. 「회심곡」의 병일은 경애에게 지난날을 참회하며 진실한 사랑을 호소한다. 또 「애련송」의 깅필호는 전재산을 교육사업에 바치고 자신은 일생 사회사업에 헌신하려 한다. 그런데 이들의 변신이 각별한 점은 이들의 변신의 계기가 한 여성의 진실하고 헌신적인 사랑에 감동을 받았기 때문이라는 점이다. 가부장적, 남성중심적 전통이 여전히 상존한 당시에 교화자로서의 여성의 존재를 상상하기 힘들었고, 그것도 악인의 삶을 송두리째 바꾼다는 설정은 생각하기 힘들었는데, 악인이나 건달이었다가 윤리의식과 책임의식을 갖춘 선인이나 여성에게 예의바르고 정중한 신사로 거듭나는 인물형, 그리고 그런 변화를 이끈 교화자로서의 여성인물형이 새로이 나타난다. 이 인물형은 서부극과 연관성이 있다. 서부극에 나오는 굿·배드 · 맨형 인물이 그 예이다. 1910년대에서 20년대에 이르는 미국영화에서는 서부극이 한창 만들어졌지만 당시 서부극에서 가장 인기가 있었던 캐릭터는 굿 · 배드 · 맨이라고 불리는 것이었다. 처음에는 악인이나 건달로 등장하지만 도중에 선인이나 신사가 되어 반대로 악한들과 싸운다는 역할로, 왜 도중에 선인이 되는가 하면 그것은 대체로 마음씨 고운 여성을 만나기 때문이다. 1920, 30년대 서부극의 범람을 타고 가부장적, 유교적 전통이 상존한 당시에 생각하기 힘들었던 굿 · 배드 · 맨형 인물(혹은 교화자로서의 여성인물)이 탄생한 것이다.

4. 영상적 이미지의 재현

1920, 30년대의 영화는 다른 대중문화에 비해 분명한 강점을 갖고 있었다. 비교적 저렴한 이용료, 영상과 소리가 어우러진 멀티미디어적 효과와 재미, 스펙터클한 장면, 빠른 사건전개, 동경의 대상인 서구문물의 소개, 성과 본능의 세계에 대한 자극적 재현 등이 그것이다. 영화소설은 영화의 상기한 매력을 재현하는 데 골몰했으며, 그것은 영화소설 속에 여러 형태로 나타났다. 그 중 영화언어 혹은 영화기법에 대한 고찰은 상당수가 존재하는데, 논의의 중심은 영화소설에 나타난 시나리오적 기술방법[31])이나 파노라마, 팬, 틸트, 플래쉬 백 쇼트 같은 카메라 아이에 대한 것[32])이거나 몽타주 같은 편

---

31) 김경수, 「한국근대소설과 영화의 교섭양상연구」, 『서강어문』, 1999. 12, 서강어문학회.

집기법에 관한 것이었다.

그런데 그런 것들과 함께 가장 주목할 점의 하나는 작자가 영화소설에서 중점적으로 부각시키고자 했던 영상적 이미지의 재현이다. 영화소설 작자는 영화관의 스크린에 펼쳐진 영상적 이미지에 매료되었고, 자신의 소설을 통해 명료하고

카메라의 롱쇼트에 의해 창출된 스펙터클은 영화가 창출한 경이스럽고 새로운 시각이었다.

자극적인 영상적 이미지를 재현하고 싶었다. 그들이 이해한 영상적 이미지란 스크린만이 재생할 수 있는 좀 더 특별한 것이었는데, 그것은 역시 자극적이고 선명한 영상과, 격렬하고 빠른 움직임, 그리고 웅장한 스펙터클이었다. 물론 영화는 끝없이 스크린 위에 영상을 투사하는 것이지만 앞서 말한 것들이야말로 영화가 줄 수 있는 가장 확실하고 매력 있는 영상적 이미지였던 것이다.

그 첫 예가 여인납치, 추적, 격투 장면이다. 심훈의 「탈춤」에서 유준상은 간계를 꾸며 혜경을 납치한다. 사전에 거짓 전보를 치고 변장을 한 채 자동차를 몰고와 혜경에게 동승하게 한다. 또 이 장면을 목격한 강홍열이 전속력으로 달리는 자동차에 후미에 매달려 유준상의 별장까지 잠입한다. 아울러 또 유준상이 겁탈하려는 순간에는 유준상과 홍열 사이에 격투가 벌어진다.

---

32) 강현구, 「최독견의 〈僧房悲曲〉에 나타난 映畵의 영향」, 『한국문예비평연구』 제4집, 한국현대문예비평학회, 1999.6.
　　김려실, 앞의 글.

홍열은 혜경의 비명을 듣고 길이 넘는 담 위에서 사뿐 뛰어내려 검은 마스크로 얼굴을 가리고 소리나는 곳을 찾는다. 저편 유리창에 두 남녀가 껴안고 다투는 그림자가 비친다. 홍열이 그 곳을 향해서 달음질을 하려 할 즈음 청지기가 행랑아범을 데리고 목목이 지켜서서 7, 8명이 한꺼번에 달려든다. 홍열은 달려드는대로 닥치는 대로 집어 팽개를 친다.

격투 …… 격투…… 격투……격투……

홍열은 번개와 같이 몸을 날려 7, 8명 장정을 다 때려 누이고 혜경의 소리가 나는 곳으로 달려간다. 준상은 혜경을 덜썩 안고 침실로 들어가려 할 즈음에 홍열이가 유리창을 부수고 뛰어 들어온다. 준상은 복면한 사람을 보고 깜짝 놀라서 여자를 내려 놓는다. 홍열은 달려들어 또 한바탕 격투가 일어난다. 격투…… 격투 …… . 혜경은 어쩔 줄을 모르고 쩔쩔맨다. 철퇴 같은 홍열의 주먹에 준상은 방 한구석에다가 머리를 틀어 박고 쓰러진다. 혜경은 까무라쳐 소파 위에 쓰러진다. 33)

오로지 빠르고 박진감 넘치는 육체적 움직임의 연속으로만 이어져 긴장감을 자아내며 흥분을 야기시킨다. 이것은 작자가 스크린에 펼쳐질 영상의 생성에 골몰했음을 보여주지만, 작자는 여기에서 한 걸음 더 나아가 자극적인 영상적 이미지의 구축을 위해 매우 의도적인 장치들을 설정한다. 즉 인물들로 하여금 '검은 마스크'를 쓰게 하고, '7, 8명이 한꺼번에' 달려들게 하며, '유리창을 부수고' 뛰어들게 한다. 한마디로 쇼트마다 자극적인 영상적 이미지의 재현에 온 힘을 기울이고 있다. 작자는 영화소설에서 서사의 진행이 주는 재미도 중시하지만, 동시에 자극적인 영상적 이미지가 뿜어내는 충격성과 흥

---

33) 심훈, 「탈춤」, 『한국문학』 권12, 삼성당, 1988, pp.526~527.

분, 그 자체도 중시하고 있다. 이런 설정은 우여곡절 끝에 준상의 집에 머물게 된 혜경을 준상이 범하려는 순간에도 이어져, 육혈포를 당기자 '유리창이 산산조각'이 나도록 하며, 혜경은 침대에서 '한자 가량이나 솟았다 떨어지게' 그린다. 납치, 추적, 격투 씬, 그리고 그것을 둘러 싼 자극적인 영상적 이미지의 재현은 최독견의 「僧房悲曲」에서 이필수가 김은숙을 납치하여 범하려는 순간 벌어지는 활극에서도 나타난다. 이필수와 김은숙, 그리고 한명준이 벌이는 다툼과 격투가 보여주는 격렬한 육체적 움직임은 물론이고, 이필수가 김은숙을 향해 총을 겨누는 장면에서도 '권총은 옅은 허공에서 은줄(銀線)을 그리며 바른편 어깨와 수평선(水平線)을 지게' 하는 뚜렷하고 자극적인 영상적 이미지를 창출하며, 격투 끝에 이필수가 총을 맞고 쓰러지자 한명준이 그를 절벽 아래로 밀어버리는 장면에서도 '떨리는 입술을 걷어 올리고 흰 이를 내어밀며 침통히 웃는' 기묘한 표정의 형상을 강조하여 그리고 있다.

이러한 극적인 영상적 이미지의 재현은 흔히 영화의 경우 라스트 씬의 강렬한 이미지를 통해 나타나기 마련인데, 또 그것으로 관객의 뇌리에 가장 인상적인 영상적 이미지를 그려 주며 영화의 종결을 멋지게 꾸미는데, 그 사실은 영화소설에서도 동일하게 나타난다. 「탈춤」의 마지막 장면을 보자. 육체적, 정신적 고통의 누적으로 혜경은 폐결핵에 걸리고 홍열의 극진한 간호에도 불구하고 마지막을 고한다. 혜경의 죽음을 애달파하며 홍열은 혜경의 시신을 자신의 헌망토로 덮어 수레에 실은 채 황혼녘의 어두워진 길을 더듬으며 공동묘지로 향하는데, 그 황량하면서도 스산한 분위기의 장면이 한 폭의 그림처럼 강렬하고 인상적인 이미지를 만들어내고 있다.

　잎사귀는 다 덜어지고 줄거리만 앙상하게 남은 길거리에 포플러
사이로 관을 실은 수레는 묘지를 향하여 떨떨떨떨 굴러간다. 온종
일 찌푸렸던 날도 주름살을 펴지 못한 채 저무니 근처 마을에는 벌
써 황혼이 둘러 싸였고 모르는 결에 눈이 한 송이 두 송이 혜경의
관 위로 내려 앉는다.34)

　스산한 황혼녘, 앙상하게 변한 가로수, 관을 실은 수레, 황량한 공
동묘지, 관 위에 떨어지는 눈은 독자에게 영상의 압도적 세례를 퍼
부으며 단편적 이미지들의 몽타주적 구성을 통해 강렬한 시각적 이
미지를 만들어 내고 있다. 이처럼 극적인 장면을 연출하며 인상적인
영상적 이미지를 창출하는 라스트씬의 설정은 안석영의 「愁雨」에도
나타난다. 가난한 영준은 어렵게 구한 직장에서 불의의 일로 파면
당하고 애희와의 결혼 생활을 어렵게 꾸려간다. 다행히 둘의 애정이
깊어 고비를 하나하나 넘기지만, 응모한 소설이 당선되는 기쁨 속에
서 뜻하지 않게 임신한 애희가 수술을 하게 되고 태아는 죽게 된다.
그토록 간절히 바라던 아이라 낙태의 아픔은 크기만 한데, 「愁雨」에
서는 비통함 속에서 아이를 매장하는 장면을 라스트씬으로 잡았다.

　그 이튿날 비는 또 온다. 영준이는 찌들은 레인코트를 입고 낙태
(落胎)된 아이의 조그만 관을 흰 보에 싸서 옆에 끼고 병실을 나온
다. 애희 어머니가 따라 나와서 가는 영준의 뒷 모양을 물끄러미 바
라보고 섰다. 관을 끼고 층계를 내려가는 을씨년스런 영준의 그림

──────────────
34) 심훈, 「탈춤」, p.569.

자가 어슴프레 하게 흰 벽에 비치고는 스러졌다.

굳은 비 오는 공동묘지에 영준이가 섰다. 일군은 무덤을 맴돌고 표목을 박고 떼를 입혔다. 그리고 영준에게 품삯을 받아가지고 비탈길로 사라졌다. 우뚝이 서 있든 영준이는 그만 그 무덤 앞에 주저앉는다.

- 너는 세상에 나보지도 못하고 가는구나. 나는 네가 아들이었으면 이 땅에 큰 시인(詩人)을 만들려 하였다. 과연 아들이었는데 ......

- 잘 가거라. 오히려 더러운 인간들 틈을 벗어난 것이 행운인 줄 모른다. 잘 가거라 ......

영준은 눈물을 거두고 일어섰다. 비 오는 천지에 혼자 서서 수많은 망령들의 날개들을 보는 것 같이 그는 저 편 지평선까지를 바라보고 섰다.[35]

추적추적 내리는 비, 흰 보에 싸인 아이의 관, 을씨년스러운 영준의 뒷모습, 비감어린 영준의 대사, 망연자실한 영준의 시선이 어우러지면시 영화소설의 문면에서도 영화의 라스트씬이 보여주는 강렬하고 인상적인 영상적 이미지를 내뿜고 있다. 작자는 영화가 갖는 독특한 강점-영상적 이미지 창출의 수월성-을 영화소설에서도 한껏 고조시켜 연출하고 있는 것이다. 이러한 예민하고 거침없는 시각이 있었기에 장면을 그리면서도 짧은 빛의 명멸까지도 놓치지 않고 '을씨년스러운 영준의 그림자가 어슴프레하게 흰 벽에 비치고는 스러졌다'고 잡아낼 수 있었던 것이다.

영상적 이미지의 재현을 위한 작자의 의도적 설정의 또 다른 예

---

35) 안석영, 「愁雨」, 『안석영문선』, 관동출판사, p.333.

를 보자. 흔히 소설은 인물의 격한 감정을 토로할 때도 그 인물의 표정을 묘사하거나 대화로 직접 드러내면 되는데, 영화는 동일한 경우에 인물표정의 클로즈업이나 대사뿐만 아니라 이들과 함께 다른 극적 장면을 몽타주하여 제시할 수 있다. 예를 들어 소리와 웅장한 영상을 몽타주하여 살리면 장면의 효과를 높일 수 있다는 것인데, 이러한 사실을 영화소설은 놓치지 않고 있다. 최금동의 「鄕愁」에서 심서룡은 대부호의 딸인 서인숙과 사랑을 하는데 둘 다 음악가여서 한층 서로를 잘 이해한다. 하지만 서인숙 집안에서 변호사 오영일과의 결혼을 재촉하자, 심서룡은 고민 끝에 일본으로 도피하자고 제안하고 서인숙도 동조한다. 하지만 심서룡은 짐을 꾸리던 중 시골에서 사랑을 나누던 명주의 편지를 발견하고 동요하기 시작한다. 편지를 읽어 내려가며 격정에 싸이게 된 그는 극심한 갈등에 휩싸인다.

『명주……』
　그는 또 한번 목청이 터지도록 불너본다. 그러나 그것도 밧삭말은 입속에서만 돌앗다.
　불덩이가티 달아오르든 몸이 왼통식어 등에서는 찬땀이 흐른다. 전신에 싸늘한 오한을 느낀다. 맥이 풀려 쓰러지려는 다리에 전신의 힘을 준다.
　빗소리는 갈스록 놉하간다.
　하늘이 빠개지는 듯한 우뢧소리가 일어난다.
　엄청난 암흑이 몰여오는 것 같다.[36]

굵은 글자로 된 부분이 심서룡의 격정적 감정을 극적으로 고조시

---

36) 최금동, 「향수」, 〈매일신보〉, 1939.10.7.

키기 위해 암흑천지가 되면서 우뢰소리와 함께 비가 퍼붓는 장면을 몽타주한 것이다. 이것은 영화가 갖는 몽타주와 같은 영화언어의 강점을 영화소설이 차용한 것으로 소리와 빛이 어우러진 영상적 이미지의 재현에 대한 작자의 집요한 관심을 여실하게 보여준다.

4부
최독견의 「승방비곡」에 나타난 영화의 영향

1. 영화적 지각

1900년대 초 조선에는 서구열강과 일본에 의해 영화가 도입[1]된다. 처음에는 주로 1분 내외의 이야기도 주제도 없는 필름을 들여와서 다른 물품의 판매촉진용 혹은 흥행용으로 쓰다가, 이후 점차 이야기와 주제를 갖춘 영화가 소개되기 시작하였다. 특히 1910년부터 영화는 독립된 예술적, 문화적 장르로서의 면모를 갖추게 되는데, 그 구체적 예로는 필름의 길이가 길어지고, 에피소드와 극적 성격을 갖으며, 대중들이 일정한 기호로서 받아들이게 되고, 흥행자본이 형성된점[2]을 들 수 있다. 아울러 1919년 비록 연쇄극 형태이기는 하지만

---

1) 조선에 영화가 처음 도입된 시기에 대해서는 1897년설, 1903년설, 1904년설, 1905년설 등이 있으나, 단정적 언급을 할 만한 구체적 기록은 없고 다만 여러 정황으로 미루어 1903년 이전에 이미 영화가 상영되었다는 추론이 가능하다.
   이효인, 『한국영화역사강의 1』, 이론과실천, 1992, p19.
2) 이영일, 「한국영화, 그 시대사적 고찰(2)」, 격월간 『영화』, 1978년 7~8호, p.50.

조선 최초로 조선인이 만든 「의리적 구투」가 발표되면서 영화는 가일층 조선인의 주목을 받게 된다. 이러한 사실들과 병행하여 영화는 대중성을 갖고 영화관, 영화자본, 관객 등의 영화적 골격을 갖추어 나가기 시작했다. 특별한 오락거리나 문화생활을 즐길 수 없었던 대중들은 영화를 가장 중요한 기호물로 받아들이게 되었는데, 이러한 사실은 그 구체적 지표라 할 수 있는 관람객의 경이적 증가에서 확인할 수 있다. 이미 영화가 조선인의 삶에 확고히 뿌리를 내린 1920년대와 30년대의 영화 관람객은 260만 명(1927년), 390만 명(1928년), 410만 명(1929년), 510만 명(1930년), 530만 명(1931년), 570만 명(1932년), 590만 명(1933년), 650만 명(1934년), 880만 명(1935년)으로 해마다 평균 100만 명씩 증가하였는데, 이는 당시 총 인구가 2,400만 명이었음을 감안하면 1935년의 경우 인구의 3분의 1이 극장을 찾았다는 계산이 된다.3) 이와 함께 당시 조선에 소개된 영화의 편성 내용을 보더라도 당시 조선인들이 매우 광범위하고 심도 있게 영화매체에 접근하고 있음을 알 수 있다. 일례로 1925년 한 해 동안 개봉된 영화는 미국영화가 무려 2,130편, 유럽영화가 124편, 조선영화가 8편, 그 외 수

1924년 조선에서 상영된 「로빈훗」. 1920년대에 미국영화 중 가장 대중적인 인기를 끌고 있었던 액션-모험 영화이다.

3) 이중거, 「한국영화사연구」, 중앙대 논문집, 1973년, p.225에서 재인용. 이는 1936년 10월에 창간호이자 종간호인 『조선영화』에 실린 집계라고 한다.

편의 일본영화여서 그 물량의 방대함을 알 수 있을 뿐만 아니라, 소
개된 작품도 1924년의 경우 미국영화로는 「로빈 훗」, 「삼총사」, 「사
로메」, 「뒷문으로」, 「무희」, 「나의 사랑하는 여왕」, 「언덕을 넘어서」,
독일영화로는 「푸아라오의 사랑」, 이탈리아 영화로는 「어리석은 처
녀」 등이 있었고, 1925년의 경우에는 「십계」, 「도살자」, 「백자매」,
「우처」, 「노틀담의 곱추」, 「플란다스의 소년」이 선보이고 있어 중요
한 작품이 거의 모두 망라되고 있다. 이러한 사실들에서 볼 수 있듯이
당대 조선인들은 영화를 폭넓게 수용할 수 있는 여건을 충분히 갖추
었으며, 실제로 새로운 기호물로서 중요하게 수용하였던 것이다. 이
제 영화는 당대 조선인들의 문화와 상상력에 큰 영향을 끼치며, 그
위치를 확고히 해 갔다. 즉 영화는 대중들의 일상적 삶 속에 문화적
현상으로 굳게 뿌리를 내리게 되었으며, 영화적 시각으로 세상을 들
여다보는 일에 익숙해지게 되었다. 최독견(본명은 최상덕)의 「승방비
곡」(조선일보 1927.5.10-9.11)은 그러한 사실들과 밀접한 관련을 맺으
며 창작되었다. 처음부터 영화제작을 염두에 두고 창작되었고 또 실
제로 1930년도에 영화화[4]된 소설 「승방비곡」은 스토리 구조의 차용,

---

4) 「승방비곡」은 1930년에 동양영화사에서 안종화의 연출과 이경선, 김연실,
　성춘경의 출연으로 상영되었다. 카프진영의 서광제는 이 영화를 두고 그 내
　용에 대해 "연애로부터 연애-운명으로부터 운명-우연에서 우연-인생은 운
　명에 지배를 받으며 우연은 인생을 불행하게도 하며 행복하게도 하여 줄 것
　이고 - 그것 이외에는 아무 것도 없다. 유심론적 허무주의의 '아지프로 영화'
　이다"라고 비판하면서도 촬영기교의 우수함 등과 관련하여 영화적 완성도에
　대해서는 긍정적으로 평가를 내렸는데 이러한 평가는 다른 평자의 경우에도
　마찬가지였다.
　　서광제, 「'승방비곡' 비판」, 『조선지광』, 1930년 6월, pp.79-80.

영화기법의 수용, 영화적 시각 등에서 영화의 영향을 강하게 드러낸다. 이 글의 목적은 이러한 사실들을 문학에 수용된 영화의 영향이라는 관점에서 다루려 한다.

최독견이 영화에 대한 관심과 지식을 가졌다는 것은 앞서 살펴본 시대적 정황에서도 살펴 볼 수 있지만 더욱 구체적으로는 찬영회 회원들과의 교유에서 알 수 있다. 팔봉 김기진은 「카프문학시대」란 글에서 懷月 朴英熙, 曙海 崔鶴松 등과 함께 獨鵑 崔象德을 소제목으로 다루어 회고담을 실었는데, 거기서 최독견과 영화연구 모임인 찬영회와의 교류를 다루었다.

> 그런데 당시 〈동아〉, 〈조선〉, 〈중외〉 등 3 신문사 학예부장들은 미국 영화를 수입하는 기신양행(紀新洋行)이라는 회사의 유지영(柳志永)과 함께 「찬영회(讚映會)」라는 회를 조직해 가지고서 영화의 감상, 연구와 우수한 영화의 추천을 하고 있었다. 찬영회의 멤버는 〈동아일보〉의 성해 이익상, 남고 김동진(金東進), 〈조선일보〉의 석영 안석주, 〈중외일보〉의 염파 정인익(念坡 鄭寅翼)과 그리고는 기신양행의 유였는데, 독견은 이들 멤버들과 죄다 친하게 지내는 사이였기 때문에 찬영회원이나 진배없이 어울리기를 잘하였다.5)

'찬영회원이나 진배없이 어울리기를 잘 했다'는 지적은 최독견이 찬영회원들과 가졌던 인간적 교류뿐만 아니라 영화적, 문학적 지식의 교류를 느끼게 한다. 아울러 영화화를 염두에 두고 창작되었다는 「승방비곡」이 1927년에 창작되었다는 점도 영화와의 관련 하에서 볼 때 예사로운 일이 아니다. 「승방비곡」의 발표 한 해 전인 1926년

---

5) 김기진, 「카프문학시대」, 『韓國文壇裏面史』, 깊은샘, 1983, p.129.

에는 한국영화사의 기념비적 작품인 나운규의 「아리랑」이 상영된 해이다. 「아리랑」은 마름의 횡포에 견디다 못한 주인공이 자신의 여동생을 범하려는 마름을 급기야 살해한다는 내용으로, 당시의 민족적 울분을 상징적으로나마 통렬하게 표출했다는 점[6]과 살해장면을 아라비아 사막에서의

1926년작 「풍운아」에서의 나운규.

환상장면과 겹쳐 그린 몽타아즈적 수법의 탁월함[7] 등이 어우러져 작품성을 인정 받았을 뿐만 아니라 흥행에서도 대성공을 거두었다. 「아리랑」은 큰 사회적 파장을 몰고 와 영화에 대한 인식을 사회전반에 걸쳐 확산시켰으며, 직접적으로 많은 지식인들과 자본을 영화로 뛰어들게 만들었는데 당시 영화 제작 편수의 변화를 보면 이런 사실을 극명하게 볼 수 있다. 1926년 3편에서 1927년 14편, 1928년 12편 등으로 급증하였는데, 이는 「아리랑」의 성공에 전적으로 자극받은 바이다. 이렇듯 1927년은 「아리랑」이 몰고 온 영화에 대한 환상에 가까운 믿음이 사회전반에 깊게 드리운 시기로서 「승방비곡」이 영화화를 염두에 두고 창작되었다는 점은 그런 시대적 분위기와 무관하지 않다.

이처럼 영화의 사회적 확산, 지식인들의 문화적 기호, 아리랑의 흥행적 성공에 수반된 영화제작에 대한 관심고조, 작가의 개인적 취

---

6) 유현목, 『한국영화 발달사』, 한진출판사, 1980, p.120.
7) 노만, 『한국영화사』강의안 논집, 1964, pp.70-71.

향 등이 어우러지면서 「승방비곡」은 영화의 속성, 기법 등을 여러 면에서 수용하게 된다. 「승방비곡」에 나타난 영화의 영향으로는 첫째로 영화적 시각의 수용을 들 수 있다. 여기에서 '영화적'이란 표현을 쓴 것은 「승방비곡」에 나타난 세계에 대한 새로운 지각 방식이 영화장르에서 우연히 발견된 것이 아니라 급속히 산업화, 도시화되어 가는 세계에 대한 근대적 역사체험에서 필연적으로 잉태되었음을 강조하려는 의도이다. 주지하다시피 근대에 들어 촉진된 급속한 산업화, 도시화는 기차, 콘베이어 벨트, 백화점 등이 상징하듯 가속화된 속도, 움직임들의 인위적 해체와 조합, 볼 것의 과잉, 낯선 것들의 번다한 우연적 충돌을 만들어 내는데 이 모든 것들이 빠른 움직임의 연속적 지각이 가능하고 커트들의 조합으로 몽타주 구성이 가능한 영화매체 속에서 온전한 표현의 양식을 얻게 된 것이다. 「승방비곡」에서도 변화하는 현실과 체험에서 연유된 새로운 지각방식을 그리고 있으며, 이를 영화적 시각과 관련시키고 있다. 그 사실을 구체적인 실례를 통해 보자.

가) 기차는 구렁이 같이 긴 몸을 꿈틀거리며 부산진을 돌았다. 우편으로 천천히 따르던 파란 바다는 어느덧 슬그머니 떨어져 버리고 좌편 붉은 산 마루터기에 쫓겨 올라 간 무리의 납작한 초가집들이 흐릿한 하늘밑에서 마치 수 많은 무덤처럼 엎디어 있을 뿐이다. 나에게는 다만 앞만이 있을 뿐이라는 듯 모든 것을 뒤로 남기고 기탄 없이 기차는 넓은 들을 바라보며 속력을 놓기 시작하였다.[8]

---

8) 최독견, 「승방비곡」, 『한국문학전집』 7, 민중서관, 1959, p.331.
  이하 동일 소설 인용의 경우 본문에 페이지만 기입.

나) 길게 내 뿜는 담배연기는 한숨의 그림자처럼 교의 밑에서 피
어 올랐다. 거미줄 뭉치 같이도 끈적끈적한 필수의 시선은 그래도
은숙의 몸에서 떨어지려고 하지 않았다. 은숙은 무슨 보기 싫은 물
건을 피하려는 것처럼 몸을 싹 돌리어 창 밖을 향하고 앉아서 파란
강을 내다 보았다. 백로의 날개 같은 하얀 돛이 뿌리를 박고 선 듯
한 멀리 보이는 낙동강, 차창에 매달리어서 언제까지나 따라 오는
낙동강, 발밑으로 스스르 기어드는 낙동강, 턱 밑으로 바싹 대어들
다가 슬며시 떨어져서 손질하며 달아나는 낙동강. (pp. 331-332)

　빠른 속도로 움직이는 기차는 여행자에
게서 사물들의 실체에 대한 직접적 접촉을
빼앗아가는 대신 단지 창문으로 내다보는
시선을 통해 사물의 움직이는 상만을 제공
할 따름이다. 또 그 움직임은 겉으로 보아
객실에 있는 여행객의 정지된 상태와는 관
계없이 단지 시각적으로만 인지할 수 있는
움직임이며, 이 충격적인 기술적 동작의 점
점 빨라지는 속도는 단지 현실인지의 변화
로서만 알 수 있다.[9] 가)와 나)에서 기술
되었듯이 외부의 사물은 움직임의 상으로
만 제시되며 기차의 움직임의 속도는 강의
움직이는 상에 대한 현실인지의 변화로 묘

근대화, 산업화의 상징인 기차는 그 빠른 속도에
비례해 인간이 이제까지 경험치 못했던 낯설고
새로운 시각을 창출하였다.

사되고 있다. 이제 바다나 초가 그리고 강은 하나의 고유한 실체로서

---

9) 요아힘 패히, 『영화와 문학에 대하여』, 임정택 옮김, 민음사, 1993, p.111.

가 아니라 흔들리는 선이나 꿈틀대는 유령같이 유영하는 존재로 보이며, 그 유영의 변화가 기차의 속도를 추측케 할 뿐이다. 결국 이러한 사실들은 기차 객실에서의 시선에 외부의 '움직임'만을 '낯설게' 남겨 놓게 되고, 여행자를 단순한 관찰자로 남게 하며, 결국에는 지속적 움직임으로부터 시선을 거두어 온갖 상상이 꿈틀대는 내면으로 향하게 한다. 그런데 이러한 형상은 바로 영화관의 현실 혹은 영화적 지각이라 칭할 만한 것이다. 즉 객실 창문의 자리에 기차여행과 더불어 시야에서 사라져 버린 내용을 움직임의 단순한 상으로 제공하는 무엇이란 곧 바로 영화관 화면인 것이다.

자기 자신은 움직이지 않는 관객은, 이제 더 이상 통과한 풍경만을 단지 기록하는 것이 아니라 그것을 넘어서 외부세계, 꿈, 희망, 간단히 말해서 상상적인 것을 기록한 움직이는 상의 관찰자이다. 기차여행의 공간적 배치를 경제화 해 놓은 것이 영화관이다. 그 둘의 배치는 똑 같다. 그러나 객실 창문 앞에서 움직인 상들의 내용이 영화관에서는 더 자유로워졌다.[10]

그런데 여기서 앞서 지적한 사실들과 관련하여 또 한가지 생각해 볼 수 있는 영화적 지각 혹은 영화적 시각은 이른바 '파노라마'에 관한 것이다. 전체의 상을 하나의 유연한 흐름으로 일별해 내는 파노라마는 기차여행이라는 새로운 경험 속에서 이미 유추해 낼 수 있는 것이다. 즉 기차의 객실 창문으로부터의 전망은 기차가 지나가고 있는 풍경을 향한 파노라마적 전망이 된다. 이 파노라마는 거리의 무수

---

10) 요아힘 패힘, 앞의 책, p.114.

한 인파, 백화점의 넘치는 물건, 도시의 현란한 문물 등이 상징하듯 산업화, 도시화의 물결이 가져 온 '보이는 것의 과잉' 속에서 그것들을 사실감 있게 전체적으로 재현해 내고 또 그것들을 소유하고 있다는 환상을 심기 위해 새롭게 도입된 영화적 수법이다. 즉 영화는 '파노라마적인 쇼트'를 가지고 '현실인

1931년 화신상회의 창립기념 대매출행사에 모인 군중들. 화려한 외관, 넘치는 상품, 수 많은 군중으로 상징되는 백화점은 근대사회가 만들어낸 대량생산과 소비를 향한 욕망의 전시장이기도 했다.

상'을 상승시킬 수 있도록 또 영화관 안에서 쉽게 환영을 상승시킬 수 있도록 이러한 연속적 지각의 효과를 받아들였다. 「승방비곡」에는 이러한 파노라마적 전망을 보여주는 대목이 있다.

오늘 저녁 때 표훈사까지 온 영일은 저녁 밥을 먹고 여러 중과 같이 저녁 예불(禮佛)을 마치고 자기의 쉴 방으로 돌아와서 내일의 길을 생각하고 일찍이 자리에 누웠다. 그러나 잠은 아니왔다. 고산역(高山驛)에서 자동차를 타던 것부터 구름이 쉬어 넘는다는 철영(鐵嶺) 높은 봉이며, 금강산 밑에 깃들이고 있어도 밥 먹고야 산다는 표정으로 안개같이 떠오르는 말휘리(末輝里), 거탑리(巨塔里)부근에서 보던 저녁 연기며, 우주(宇宙)를 대표하는 보배 금간산을 배경으로 모리배(謀利輩)들이 장을 벌이고 있는 이름 높은 장안사며, 마의태자(麻衣太子)가 추격하는 고려군(高麗軍)을 막던 태자성(太子城)이며, 저승 지옥의 출장소 같은 지옥문(地獄門) 황천강(黃泉江) 명경대(明鏡臺)며, 영원암(靈源菴) 옥초대(玉蕉臺)며, 대 위에서 바라보던 봉

우리 봉우리들이며, 물(水)의 미술(美術)로 유감이 없는 대수렴(大水簾) 소수렴(小水簾)이며, 수렴동에 서서 북으로 바라보이는 경치며, 망군대(望軍臺)에서 사면으로 바라보이던 총총히 세운 검극(劍戟) 같은 무수한 봉우리들이며, 김동거사(金同居士)의 혼(魂)이 잠겼다는 음침한 명연담(鳴淵潭)이며, 그 아들 삼형제가 애통 끝에 화석(化石)하였다는 형제바위 등 엊그제 본 이런 모든 경치가 옛날에 보았던 그림처럼, 혹은 활동사진 실사처럼 그의 머리에서 풀려 나왔다. (pp.342-343)

금강산의 온갖 절경들을 나열한 이 장면은 파노라마적 쇼트들로 구성된 영화적 지각을 보여주며, 작자 스스로도 그 점을 의식하여 '활동사진처럼 그의 머리에서 풀려나왔다'고 진술하고 있다. 바로 이러한 사실들이 「승방비곡」에 영화적 지각 혹은 영화적 시각이 존재한다는 구체적 사례들이며, 또한 작자 스스로도 그것을 의식하고 있다는 것을 보여주고 있다.

2. 영화 모티프의 차용

브레히트는 1930년에 문학가들에게 새로웠던 영화에 대해 "영화를 보는 사람은 문학작품을 다른 식으로 읽는다. 그러나 작품을 쓰는 사람도 그의 입장에서 보면 영화를 보는 사람이다"라고 말하였다. 이 말은 새롭게 등장한 영화가 작가 혹은 창작물에 영향을 주고 있음을 단적으로 지적한 것인데, 우리는 그러한 사실들을 1920, 30년대 작가나 창작물 속에서 어렵지 않게 발견할 수 있다. 일례로

1930년대 도회의 일상을 다룬 박태원의 「愛慾」의 한 장면을 보자.

포트랩을 단숨에 들이킨 자는 레지놀드 데니가티 생겼다고 하면 응당 만족해 할께다. --- 양장은 신통치 않아도 그 둥글고 여유 있는 것이 어덴지몰으게 복스러워 보이는 얼골은 콘스텐스 베넷트 비슷하다. --- 참말 몰으겠다는 표정을 하고 그 중 구석에 앉은 자는 시멘트 바닥에다 침을 뱃고 그것을 구두 바닥으로 문질렀다. 엽 얼굴이 구태여 말하자면 조-즈 랩트 비슷하나 ---11)

등장인물의 묘사까지도 외국 유명 영화 배우들을 자유로이 인용할 수 있다는 것은 영화 이해의 수준이 만만치 않음을 보여줄 뿐만 아니라, 당대인들이 영화로 세상을 들여다 보고 영화로 상상한다는 것을 보여준 것이다. 그런데 문학에 수용된 영화적 요소 중 표면적으로 가장 두드러지게 확인할 수 있는 것 중의 하나는 문학의 영화 모티프 차용이다. 「승방비곡」에는 다른 소설에서는 보기 힘든 독특한 이야기가 포함되어 있는데 그것은 '삼각관계에 따른 여인 권총납치극'과 '異父 男妹 간의 사랑'이다. 현실에서의 가능성이나 유교적 도덕관념과 관련하여 여타 소설에서는 보이지 않던 소재들이 영화의 내용 속에 담긴 모티프를 차용하여 그려지고 있다. 그 사실을 구체적으로 살펴보자. 「승방비곡」에는 매력적인 성악가 김은숙을 사이에 두고 동경 불교 대학생이자 雲外寺 상좌 스승인 최영일과 돈 많은 유부남 이필수가 벌이는 사랑의 삼각관계가 벌어지는데, 김은숙에게 백안시되는 이필수가 위장 납치극을 벌이면서 소용돌이치는

---

11) 박태원, 「愛慾」, 박태원 작품집 『李箱의 悲戀』, 깊은샘, 1991, pp.60-61.

긴박한 사건이 전개된다. 즉 이필수가 지인에게 김은숙을 납치하도록 교사하고 스스로 나서 김은숙을 구해낸다는 청부납치극을 벌이면서 사건은 급박하게 돌아가고 이에 맞선 최영일과 한명진의 개입으로 팽팽한 긴장감을 보인다. 당대의 여러 논자들이 지적한 '박진감 있는 재미'는 대부분 이 사실과 관련된다. 사실 납치극의 전개와 해결은 소설의 근간적 줄거리를 이루며 「승방비곡」을 '고귀한 여인 구하기'의 이야기로도 해석할 수 있게 하고 있다. 그런데 이 과정에 '피스톨'은 중요한 소도구로 등장한 채 의도적으로 부각되어 그려지며 사건의 분위기를 압도해 간다. 피스톨은 일정한 거리를 유지하거나 수의 다과가 현격할 경우 무용지물이 되는 칼과 달리 단번에 좌중을 압도하고 소리와 화약 냄새 그리고 격정적인 불꽃과 연기를 보인다는 점에서 압도적인 카리스마적 분위기를 갖는다. 당대의 영화 속에서 피스톨이 단순한 소도구를 넘어 스스로의 독특한 분위기를 만들며 관객의 집중적 관심을 받는 이유가 여기에 있다. 자동차와 오토바이 그리고 권총이 엮어내는 긴박감 있고 신선한 사건 전개가 「승방비곡」에 독특한 매력을 부여하는데, 이는 영화와의 관련성에 대한 언급 없이 소설의 자체적 전통 속에서만 설명하기는 힘들다. 「승방비곡」의 납치장면을 보자.

　은숙의 탄 자동차가 운외사 어귀에 막 정거를 하려 할 때에 바로 등 뒤에서 모터 소리가 요란히 나자 한 대의 자동자전거가 자동차 뒤에 정거를 하고 낯 모를 청년 한 사람이 기민한 동작으로 은숙의 자동차로 뛰어 올라갔다.
　청년의 바른 손에는 피스톨(拳銃)이 쥐어 있었다. 『운전수 꼼짝 말

고 그대로 앉았어』이렇게 먼저 운전수를 협박하여 놓고 청년은 서
슴지 않고 은숙의 옆으로 바싹 붙어 앉은 뒤에 총부리를 비스듬히
운전수의 옆구리로 향하고『나 가자는 대로 자동차를 몰아야 해.
만일 길에서 누구를 보고 고함을 치든가 하면 알지---- 어서 옆으로
몰아가 --』『당신도 아무 말 말고 나를 따라 와야지 그렇지 않으면
큰 일이요』(pp. 388-389)

　　앞서 지적했듯이 삼각관계, 여인납치극, 자동차와 오토바이 그리
고 권총이 동원된 추적극 이 어우러져 긴박한 사건전개를 이루는 내
용은 「승방비곡」의 독특하고 신선한 재미를 형성하는데, 이는 당대
의 문학사에서는 낯선 장면으로서 영화와의 관련성을 분명하게 드
러낸다. 즉 삼각관계와 여인납치소동은 당대의 전형적인 흥행장르인
데 이는 해외영화와 신파극단의 각본에서 가장 흔히 보이는 내용이
자 모티프이다.[12] 특히 자동차나 오토바이를 이용한 스케일이 크고
속도감 있는 추격전 등은 당시에 소개 된 해외영화의 대표적 씬으로
서 그 영향관계를 확실하게 유추해 볼 수 있다.
　　이와 함께 「승방비곡」에는 영화의 모티프 차용으로 보이는 이야

---

12) 이러한 사건구성은 한국영화에도 이후까지 지속적으로 영향을 주게 되는
　　데, 일례로 1933년에 발표된 한국영화 「아름다운 희생」을 들 수 있다. 그 줄
　　거리를 김유영의 글을 통해 옮겨 본다.
　　'어떤 일을 계획하고 귀향하던 두 청년이 흉한에게 유인되어 투신자살하려
　　는 어떤 여성을 구하는 것으로 시작된다. 이후 이 세 사람은 삼각관계의 애
　　정에 빠지게 된다. 두 청년의 우정은 멀어지고 결국 쟁탈전까지 벌어지는데
　　이 때 흉한이 권총을 들고 여성을 납치하기 위하여 나타났다. 두 청년은 또
　　필사적으로 흉한을 물리쳤다. 그 여성은 두 청년 중 한 명을 선택해야만 했
　　으므로 결국 죽음의 길을 택했다'
　　김유영, 「'아름다운 희생'을 보고」, 〈조선일보〉, 1933년 6월 6~9일.

기가 나오는데, 그것은 이부남매간의 사랑이다. 「승방비곡」에서 최영일과 김은숙은 우연히 만나 많은 어려움을 넘기며 애틋한 사랑을 하게 되는데, 결국 나중에 밝혀진 비극적 사실은 둘 사이가 아버지만 다르지 어머니는 같은 이부남매간이라는 것이다. 더욱이 둘 사이의 관계가 연인 사이의 연정 수준에 그치지 않고 결혼약속과 실행으로 이르자 결혼식 당일날 어머니가 자살하는 충격적 사건까지 벌어진다. 비록 두 사람 다 자신들이 이부남매간이라는 사실을 몰랐다 하더라도 애틋한 연정을 넘어 결혼까지 이른다는 점에서 우리 문학사에는 이례적인 근친상간적 화두를 담고 있다. 유교적 도덕관념이 뿌리 깊은 우리의 현실에서 근친상간 모티프는 결코 다룰 수 없는 금단의 영역이었으며, 비록 그것이 근친이라는 사실을 인지하지 못한 결과라 하더라도 여진히 도덕적 억압기제로부터 자유로울 수는 없었던 것이다. 또 그것은 '자유연애'나 '여권신장'처럼 당대에 새로이 형성되는 문화로 소설의 문면에 등장할 수 있는 것도 아니었다. 그렇다면 그러한 모티프는 분명 해외문화와 해외 문예장르로부터의 유입, 혹은 그것에 영향 받은 당대 조선의 문예장르로부터의 영향을 상정하지 않을 수 없다. 그 중요한 예로 1924년에 발표된 영화 「해의 비곡」을 들 수 있다. 한 영화역사 연구서의 「해의 비곡」 소개 부분을 보자.

조선 키네마는 첫 작품으로 왕필렬(다카사의 조선명) 각본, 연출의 「해의 비곡」(1924)을 제작했는데, 이 영화는 흥행에도 성공했고 일본에 프린트 6벌을 수출하기도 하였다. 이 영화는 '한라산에서 죽은 친구 문기가 건네 준 목걸이를 받은 호영이 산을 헤매다 나무꾼을 만나게 되고 이후 나무꾼의 딸과 사랑을 나누게 되는데 산을 떠

나는 호영은 그 목걸이를 나무꾼의 딸에게 주고 서울에 와서 결혼
을 한다. 호영과 결혼한 여자 역시 똑같은 목걸이를 지니고 있었는
데 그 여자는 죽은 문기의 애인이었다. 이후 시간이 지나 호영의 아
들은 장성하여 제주도에 가서 어떤 여선생과 사랑을 나누게 되는데
그들은 서로 자신들이 지니고 있는 목걸이가 같음을 발견하고 이복
형제간의 이룰 수 없는 사랑에 절망한 나머지 같이 죽는다'는 내용
이다.[13]

  이미 1924년에 '이복형제간의 사랑'이라는 모티프가 영화 속에는
출현하고 있으며, 또 영화의 전적이고 핵심적인 화두가 되어 있다.
각본자가 일본인 '다카사'라는 것이 상징적으로 보여 주듯이 '이부남
매간의 사랑' 혹은 '이복형제간의 사랑'이라는 모티프는 우리보다는
성적 도덕관념에서 비교적 개방적이었던 해외의 문화나 정서 혹은
문예장르의 내용으로부터 유입된 것이며, 「해의 비곡」이 그 전형을
보여 준 셈이다. 노만이 『한국영화사』 강의안 논집에서 지적한 「해
의 비곡」의 '한국현실과의 괴리'[14]란 곧 그러한 사실을 말하는 것이
다. 때문에 우리가 「승방비곡」에 나타난 낯선 화두로서의 '이부남매
간의 사랑'이라는 모티프를 대하게 될 때 「해의 비곡」과 같은 영화
의 영향을 논하지 않을 수 없는 것이다.

---

13) 이효인, 위의 책, pp.40-41.
14) 노만, 『한국영화사』 강의안 논집, 1964, p.29
  "이 작품도 어떠한 가치를 인정하기에는 거리가 먼 것이었다. 더구나 한국
  풍속을 묘사하는데 있어서는 현실과 많은 차이점이 있었다. 마치 외국인이
  한국풍속을 카메라에 수록한다는 것이 갓쓴 엿장수나 유방을 내놓은 촌부녀
  자를 촬영했던 것과 같이 이들이 그린 내용이라는 것도 그와 흡사했다"

3. 영화기법의 수용

영화가 처음 소개 되었을 때 많은 문학자들은 이 새로운 매체의 경이로움에 놀랐다. 현실을 순간적으로 완벽히 재현해 내는 그 놀라운 기능에 찬탄을 보냈으며, '영화적'으로 글을 쓰고 싶다는 욕망을 토로하곤 했다. 그런데 '영화적'이란 주로 카메라가 가져 온 놀랍고 독특한 표현양식을 지칭하는 것으로서, 영화가 새로이 선보인 표현기법을 가르킨다. 예를 들어 샷(shot)과 프레임(frame), 그리고 샷과 샷의 연결과 카메라의 움직임 등은 영화가 다른 예술로부터 빌려왔다고 해도 전적으로 부정할 수 없는 요소 즉 줄거리라든가 대사라든가 배우의 연기라든가 하는 것과는 달리 영화만이 갖는 독특한 표현이며 독특한 記號라고 할 수 있다.15) 때문에 영화적 글쓰기를 꿈꾸는 많은 문학물 속에서 앞서 말한 영화만의 독특한 표현기법들이 수용되었다. 「승방비곡」에서도 몇 가지 눈여겨 볼만한 영화적 기법들이 수용되고 있어 주목된다. 그 실례들을 살펴보자. 먼저 권총을 들고 다투는 격투신에 으레 등장하는 영화적 기법의 예를 보자.

a) 「아! 아! 이런 때에 나를 구원 해 줄 이는 없는가?」 은숙이는 무서워서 눈도 못 감고 마음 속으로 하느님이시어 하고 기도를 올렸다. 이 때이다. 돌연히 문을 박차고 뛰어 들어오는 양복 입은 청년 하나가 있었다. 「이놈들! 이 도적 놈들!」 이렇게 소리를 지르며 은숙의 앞을 막아서는 것은 꿈에도 생각지 않은 필수이었다. 은숙은 이 때처럼 필수를 반가와 한 적이 없었다. 아니 이 때처럼 사람을

---

15) 김정옥 외, 『영화란 무엇인가?』, 지식산업사, 1986, p.30.

반가와해 본 적이 없었다. **필수의 손에 쥐인 권총부리는 약차하면 탕할 듯이 여러 놈을 겨누고 있었다.**

　지금까지 서슬이 푸르던 악한들은 고양이를 만난 쥐 모양으로 이리 저리 흩어져 앞뒤문으로 모조리 다 달아나 버리고 남은 것은 굽싸 놓은 돼지 같은 운전수 하나 뿐이었다.(pp. 398-399)

　b)「오냐, 내 정조를 가져가기 보다는 내 생명을 가져가거라. 이 즘생 같은 놈아!」

　더러운 것을 토하는 듯한 은숙의 말은 필수의 얼굴에 침을 탁 배알는 듯 필수를 모욕하였다. 최후의 교섭은 깨어졌다. 「무엇이 어쩌구 어째!」 필수의 바른 손에 들었던 권총은 옅은 허공에서 은줄(銀線)을 그리며 바른편 어깨와 수평선(水平線)을 지었다. **필수의 극도로 흥분된 잔인성(殘忍性)은 권총을 잡은 바른 손 무명지(無名指)를 초점으로 하여 폭발하려 하였다.** 아아 이십이세의 은숙의 청춘은 그가 지키는 처녀의 정조를 대신하여 흥분된 색마의 권총에 희생되고 말 것이냐? 필수의 떨리는 손가락이 권총 방아쇠를 더듬는 위기일발(危機一髮)의 찰나(刹那)이었다. 필수의 등뒤에서 귀신같이 나타나는 한 청년이 있었다.(pp.424-425)

a)는 필수의 계략에 따라 박인환이 강도로 위장해 김은숙을 납치하고 필수가 김은숙을 구한다는 위장납치극의 격투 장면이며, b)는 위장납치극 끝에 필수가 본심을 드러내어 김은숙을 겁탈하려 하자 은숙이 반항하는 장면이다. 두 장면 모두 긴박한 위기감을 드러내며 전개되는데, 그 위기

영화가 새롭게 창출한 영상의 정점에는 액션이 있었고, 또 그 액션의 정점에는 권총씬이 있었다. 권총은 자극적이고 압도적인 분위기를 창출하며 이야기의 중심에 서는 독특한 시대적 기호가 되었다.

감의 극적인 고조를 위해 권총이 사용되고 있다. 우리가 앞서 지적했듯이 권총은 순간적인 작열성, 치명적인 충격성, 발포시의 자극성 등으로 인해 긴박하고도 공포스런 분위기를 조성하는데 그 자체가 이미 이야기의 중심에 설 수 있는 하나의 독특한 기호로 존재한다. 이런 이유로 두 장면 모두 긴박감과 공포감을 조성하기 위해 총을 클로즈 업(close-up)하고 있다. a)와 b)에서 각 장면은 영화의 샷처럼 짧게 분할되어 있는데(각각 기도 샷 - 필수의 출현 샷 - 권총 샷 - 도피 샷, 은숙의 저항 샷 - 권총을 겨누는 샷 - 권총 샷 - 명진의 등장 샷), 그 중 권총 샷이 권총이 크게 부각되며 특별한 강조를 받는 클로즈 업으로 처리되고 있다. 문스터베르크의 지적처럼 우리가 현실에서 하나의 의미를 선택하고 조직하는 것이 '注意'라는 내면적 활동이라 할 때 영화는 관객의 주의를 집중시키는 기술로 연극에서는 찾아볼 수 없는 클로즈 업을 발명한 것이다. 클로즈 업은 대상에 대한 극적인 강조를 통해 인물의 반응, 심리 혹은 공포스러운 분위기의 산출 등을 야기하는데, 「승방비곡」에서는 분노의 감정과 함께 공포스런 긴박감을 자아내고 있다. 특히 b)의 권총장면은 한걸음 나아가 카메라를 클로즈업된 대상의 특정부분 즉 한 손가락에 들이대는 빅 클로즈업 혹은 익스트림 클로즈업을 구사하고 있다.

앞서 지적하였듯이 클로즈업이 注意의 심적 작용이라면, 플래쉬백은 기억의 심적 작용이라 할 수 있다. 즉 우리가 심리적 작용으로서 가지는 회상을 영화적 시간과 공간으로 표현해 준다. 영화에서 플래쉬 백은 점진적인 페이드 아웃, 페이드 인에 의해 도입되거나 빠른 커트에 의해 도입되기도 한다. 그것은 과거의 정보를 제공하거나 과거의 사건을 극화시키며 과거와 현재를 인지적으로 연결시킬 때 사용된다.16) 「승방비곡」에는 영화의 플래쉬 백을 이용한 회상장면이 여러 차례 보인다. 그 실례를 보자.

기차가 추풍령 소삽한 골짜기를 조심스러이 지나갈 때에는 필수의 취했던 술도 깨었다. 취했던 술이 깰 때에 필수의 온갖 홍분도 이상스러이 사라지고 **그 대신 은숙을 잊기 위하여 일년의 긴 세월을 두고 허덕지덕 애를 쓰든 경로(經路)가 그의 머리 한 귀퉁이에서 솔솔 풀리어 나왔다.**
꽃피고 달 밝은 작년 봄이었다. 경성 종로 중앙 기독교 청년회 강당에서 경성민립 고아원 창립 후원 음악회(京城民立孤兒院 創立後援音樂會)가 열리었다. 이날은 조선의 유수한 남녀음악가들이 총출연을 하게 되었다. 여자가 모이는 곳이라면 빠져 본 적이 없는 필수는 이날도 모양을 낼대로 내고 백권석에 가 앉았다. 〈독창 김은숙〉 이런 프로그램이 다달았다. 초조한 청중의 박수에 끌리어 김은숙 양은 어린 공작(孔雀)처럼 연단에 나타났다. 스페니쉬 세레나드라는 유량한 독창이 시작되었다. 청중은 신비(神秘) 그것에 취한 사람 모양으로 질식이나 할 듯한 홍분에 고요하였다. 필수는 신비한 멜로디보다는 먼저 그 미모(美貌)에 취하였다. 이화학당 시대부터 음악의 천재로 불리우던, 명년에 동경 여자 음악학교를 졸업하는 김은숙 양의 당야 출연은 유감 없이 성공하였다. (p.334)

이 장면은 서울로 향하는 기차 속에서 추근덕거리던 이필수가 김은숙에게 냉대를 대하자 상심하여 작년 처음 김은숙을 보게 된 동경에서의 독창회를 떠올리는 장면이다. 그런데 이 회상장면이 영화의

---

16) 버나드 F.딕, 『영화의 해부』, 김시무 역, 시각과언어, 1994, P.132.

플래쉬 백 기법으로 처리 되어 있다. 즉 굵은 글자로 된 부분이 현재의 기차 속 장면에 겹치어 동경에서의 과거 장면이 페이드 인으로 서서히 드러나는 부분이며, 밑줄 친 부분이 극화되어 나타나는 플래쉬 백 상의 과거장면이다. 이러한 처리를 통하여 김은숙과 이필수의 과거에 대한 정보를 자연스럽게 전달하고 있으며, 그 전달방식도 극화된 채 긴장감 있고 생생하게 그릴 수 있었던 것이다. 이 장면의 플래쉬 백은 영화 속에서 작동되고 기술되는 단순히 과거의 단편들로 이루어진 '비인격적인 플래쉬 백'이 아니라 등장인물의 추억 내지 심문의 결과로 이루어진 '인격적인 플래쉬 백'으로서, 김은숙의 냉대로 당황과 분노에 싸였던 이필수가 술이 깸과 동시에 흥분이 가라앉으면서 착잡한 마음에 과거 일년동안의 아픈 기억을 자연스럽게 오버랩하여 회상토록 처리한 능숙한 기량의 기법이다.

다음으로는 카메라의 움직임과 존재를 더욱 더 실감 있게 감지할 수 있는 부분을 살펴보자. 카메라는 대상과의 거리, 위치 그리고 스스로의 움직임을 통하여 수많은 영화언어를 창출했으며, 사실 많은 문학가들이 영화적 글쓰기를 염두에 두었을 때 그것은 카메라의 눈을 상정한 것이었다. 그래서 작가는 영화를 통해 본 카메라의 움직임을 머리 속에 각인한 채 그의 글쓰기에서 원용했던 것이다. 그 실례를 보자.

　　명함을 보고 난 은숙의 시선은 흑 세루 바지 밑에서 언덕진 무릎의 고개를 지나 풍부한 어깨로 올라와서 청년의 하얀 귀밑까지를 더듬어 올라갔다. 이 때껏 하늘을 바라보던 청년의 눈에는 차창에 나타나는 환영(幻影) 같은 여자의 얼굴을 바라보았다. 그는 허공을 버리고 자기의 등 뒤를 바라다 보았다. 남녀의 눈과 눈이 마주쳤다. 은숙의 눈은 게눈 같이도 빠르게 이편으로 돌고 청년의 눈은 침착한 동작으로 다시 창밖으로 향하였다. 은숙은 무료한 끝에 배스키트에서 잡지를 꺼내 들고 보기 시작했다. (p.332)

이 장면은 서울로 향한 기차안에서 김은숙과 최영일이 처음 대면하게 되는 장면인데, 굵은 글자 부분은 영화의 틸트 쇼트를, 밑줄친 부분은 팬쇼트를 원용하였다. 먼저 틸트 쇼트란 고정된 축을 중심으로 하여 카메라가 수직으로 회전하는 것을 말하는데, 패닝과 마찬가지로 틸트도 하나의 대상 혹은 인물에 대한 감상자의 인지도를 높일 수 있다. 즉 김은숙의 시선이 최영일의 다리로부터 귀밑까지 이어지며, ‘더듬어’란 표현이 상징하듯 관능적 분위기를 자아내며 최영일을 매력 있는 인물로 형상화하고 있다. 다음으로 밑줄친 부분은 팬쇼트로 고정된 축을 중심으로 하여 카메라(시선)가 수평으로 움직이고 있다. 이 장면은 팬을 사용하여 순결한 남녀의 당황스러운 표정을 잘 그리고 있다. 그런데 이 장면에서 특히 눈여겨보아야 할 점은 밑줄 친 부분 중 굵은 글자 부분이다. 은숙의 눈이 ‘이편으로 돌고’란 무슨 의미를 갖고 있는가? ‘이편으로 돌고’란 표현은 은숙을 관찰하고 있는 작품 외적 존재의 시선을 부지불식간에 뚜렷이 드러낸 말로서, 그 작품 외적 존재란 다름 아닌 카메라인 것이다. 지금 작자는 카메라를 들이대고 피사체의 움직임을 찍어내는 상황을 가상하며 글쓰기를 시도했고, 그 때문에 무의식 중에 카메라 쪽을 향한다는 의미의 ‘이편으로 돌고’란 표현을 쓴 것이다.

5부
유성기 음반 속의 영화적 서사

1. 유성기 음반과 서사

1899년(광무3년) 3월 3일자 〈황성신문〉에는 "西洋 格致家 (연구가 - 필자주)에서 발명한 留聲機를 購買하야 … 置 하얏는데 其中으로 歌笛笙琵聲이 運氣하는 出하야 突然히 演劇場과 如하니 …"라는 기사가 있어 유성기와 음반은 이 때 이미 들어왔던 깃으로 생각된다. 신기한 문명의 이기로 사람들의 관심을 끌던 유성기와 음반은 초기에는 주로 朝鮮唱을 위주로 음반이 제작되었는데, 특히 1920년대에 들어 음반산업이 산업화되고 윤심덕의 「사의 찬미」가 공전의 흥행적 성공을 거두면서 대중화 시대를 맞는다. 「봄노래」, 「황성옛터」, 「노들강변」 등의 대중가요, 「토막」, 「어머니의 힘」, 「버드나무 선 동리의 풍경」등의 창작극, 「승방비곡」, 「사랑을 찾아서」, 「유랑」 등의 '영화설명'이 음반으로 제작되며 대중적 기호물로 자리잡는다. 1930년대 중반

1920~1930년대에 유성기는 영화와 함께 대중문화의 중심매체로 성장한다. 대중가요, 가곡, 영화설명, 판소리, 만담 등 다양한 장르가 유성기 음반 속에 담긴다.

에 이르면 음반판매량은 5만여 장에 이르며 유성기의 보급대수는 30
여만 대에 달한다.[1]

　1920, 30년대에 제작된 유성기 음반 속에는 이미 지적했듯이 연
극, 영화, 고전소설, 동화 등의 서사물이 들어 있다. 한 편당 길이가
5분에서 15분 사이로 비교적 짧고, 소리에만 의존해야 하는 점 때문
에 아무리 기존의 작품을 음반 속에 수용했다 하더라도 변형이 가해
질 수밖에 없으며 문자매체, 영상매체를 소리매체로 옮기는 근본적
성격의 변화도 있었다. 때문에 유성기 음반 속의 서사는 새로이 탄생
된 독자의 양식으로 분류하여 살펴 볼 필요가 있다. 즉 당대에 새롭
게 유성기 음반을 통하여 전달되는 서사의 내용상, 형식상 특징은 무
엇이었는지, 청중이라고 불릴 수용자들에게는 어떠한 매력으로 다가
섰는지 등을 살펴 볼 필요가 있다. 이러한 관심은 현재적 의미도 크
다 하겠다. 최근에 신경숙의 「딸기밭」, 안도현의 「그대에게 가고 싶
다」처럼 소설이나 시를 낭송된 소리와 음악으로만 전달하는 오디오
북이 성행하고 있고, 인터넷의 활발한 보급을 타고 '오딧세이 닷컴'이

---

1) 1920년대 후반부터 조선은 대중문화의 도약기를 맞는다. 불특정 다수를 향
　한 문화가 생산되고, 그것을 적극적으로 향유한 대중이 존재했던 시기이다.
　영화, 출판, 방송, 가요, 스포츠 등 대중문화의 여러 영역이 산업화·기업화
　되면서 대량생산이 가능해졌고, 대중들의 기호와 정서에 부응하는 흥행성은
　한층 강화되었다. 조선키네마사, 금강키네마사, 독립프로덕션 등의 영화제
　작사, 시에론, 빅타, 콜롬비아 등의 음반제작사, 한성도서, 박문서관, 삼문사
　등의 출판사들이 끊임없이 탄생하고 활동하였으며, 영화관, 박람회장, 스포
　츠행사장에는 관객이 넘쳤는데, 일례로 1927년 260만명이었던 영화관객은
　1935년 880만명으로까지 기하급수적으로 늘었고, 대중소설이 주축이 된 30
　년대 후반의 문학전집류 간행열풍을 타고 발간된 책부수가 20만권에 달했으
　며, 음반판매량은 1930년대 중반에 이르러 5만장에까지 이르렀다.

나, '소리아' 같은 사이트에서는 시, 소설, 동화 등을 파일형태로 내려받아 들을 수 있게 하고 있다. 이들은 기존 작품을 선별, 축약하기도 하고 드라마 형태로 꾸미기도 하는데, 때로는 오디오북이나 오디오 포털 사이트만을 위해 새로운 작품을 발표하기도 한다. 새로운 형식의 서사물의 성공적 정착을 위해 다양한 형식적 실험을 계속하고 있는 셈인데, 1930년대의 유성기 음반 속의 서사는 그 전범이 될 수 있을 것이다. 나아가 디지털 시대를 맞아 격변하고 있는 문학발표매체의 변화 속에서 문자로 발표된 문학에만 관심을 두는 시야를 벗어나 소리와 영상과 문자를 두루 아울러 살펴 보려는 자세도 필요하다는 점에서 유성기 음반속의 서사에 대한 연구는 의미가 있다 하겠다.

여기에서는 당시에 음반으로 제작된 판소리, 민요, 대중가요, 연극, 영화 중 '영화해설' 혹은 '영화설명'이라 불리우던 기존 영화가 압축·변형되어 수록된 음반극을 중심으로 살펴보려 한다. '영화설명'을 택한 이유는 1920, 30년대에 영화가 가장 중요한 대중적 기호물로 성장한 점2), '영화설명'이 이 시기에 번성한 점을 두루 고려한 결과이다.

---

2) 1920년대 이르러 당대에 '문화의 패왕'이라고 불렸던 영화는 가장 주목할 만한 성장을 이루었다. 조선키네마사, 금강키네마사, 독립프로덕션 등의 많은 영화제작사가 탄생하였으며, 전국에 퍼져 있는 공연장의 수는 96개소였고 영화상설관만도 39개에 달하였다. 영화제작 및 수입도 활발하여, 조선영화의 경우 영화제작비 및 영화전문인력의 절대적 부족에도 불구하고 1926년 3편, 1927년 14편을 필두로 1935년까지 총 77편이 제작되었으며, 외화수입의 경우 1925년 한해만 보더라도 미국영화가 2130편, 유럽영화가 124편 등으로 방대한 양이었는데, 이런 규모는 1930년대까지 계속 이어졌다.
한국영화학교수협의회 편, 『영화란 무엇인가』, 지식산업사, 1990, p.180.
이효인, 『한국영화역사강의 1』, 이론과실천, 1992, p.9. 참조.

2. 컨벤션과 변사

유성기 음반 속의 극, 영화설명 등의 서사물은 그 길이가 5분에서 15분 사이로 상당히 짧은 편이다. 때로는 변사가 혼자서 지문과 대화를 다 소화하는 경우도 있고, 때로는 변사가 지문을 남녀 배우들은 대화를 나누어 맡는 경우도 있었다. 통상적으로 변사나 배우의 목소리가 매우 빠르기는 했지만 재미와 흥미를 주면서도 짧은 길이로 온전한 한편의 서사를 보여주기 위해서는 특별한 형식이 필요했다. 즉 영화나 연극을 10분 안팎 분량으로 소리만 동원할 수 있는 음반에 담기 위해서는 선별과 축약, 그리고 변형과 같은 양식적 모색이 필요했다.

유성기 음반이 음반 앞뒤면을 합쳐도 6분 가량밖에 안되고, 설사 두장을 할애해도 12분 정도에 그쳐 유성기 음반극은 태생적으로 길이에 한계를 갖을 수밖에 없었지만, 이 점은 음반극이 압축된 형식으로 서사를 전개하는 독특함을 가져오기도 했다.[3] 음반극에 수록된 영화를 보면 때로는 서사의 절정부만 수록된 경우도 있고, 때로는 인물이나 정황에 대한 소개가 큰 비중으로 소개되고 오히려 선인과 악인 사이의 결투 같은 절정부가 소략한 설명에 그친 경우도 있다. 자칫 보기에 음반극의 서사의 전개가 기존 영화의 서사를 임의

---

3) 음반극에 대해 본격적인 논의를 시작한 최동현, 김만수는 이 점과 관련해 영화설명과 같은 음반극이 '영화의 가장 화려하고 격렬한 절정부분만 유성기 음반에 수록하였다'고 지적하였다.
   최동현, 김만수, 『일제강점기 유성기 음반 속의 극·영화』, 태학사, 1998, p.23.

적이고 작위적으로 축약·변형하여 자연스러운 극적 흐름을 보여주지 못하는 것으로 평가되기 쉽다. 하지만 음반극은 서사의 구성에 있어 비교적 일관된 원칙을 보여주고 있다. 즉 기존의 영화를 음반극 형식으로 만들면서 가장 효율적인 양식을 고민했고 그에 따라 서사를 구성하였다.

음반극이라는 새로운 형식을 만드는 데 있어 가장 고민했을 점은 당연히 짧은 길이와 소리로만 전달해야 하는 양식적 특징을 갖고 어떻게 수용자가 쉽고 재미있게 받아들일 수 있는 서사물을 만들 수 있을까 하는 점이었을 것이다. 청자가 빠른 시간내에 인물과 사건을 분명하게 인지하고 음반극의 서사에 흥미를 갖고 몰입할 수 있게 만드는 점이 초미의 관심사가 되었을 것이다. 당대 음반극은 그 점을 해결하기 위해 하나의 기술적 방식을 도입하였는데, 그것이 바로 컨벤션의 적극적 수용이다.

영화에서 컨벤션(convention)이란 영화일반이나 특수한 영화유형에서 보편화된 극적 요소나 제재, 또는 양식화된 표현방법을 일컫는 말이다. 작가와 그것을 수용하는 사람 사이에서 가공의 것을 받아들이기로 한 묵시적 동의라 하겠다.[4] 영화의 예를 들면 100년의 영화사에서 컨벤션은 관객에게 친숙한 느낌을 심어주거나 흥행의 목적을 위해 약간씩 변형을 가한 채 꾸준

영화 「셰인」의 마지막 장면. 외부의 위협을 제거한 주인공은 홀연히 광야를 향해 떠나는데, 이 익숙한 장면은 서부극에서 반복되며 컨벤션을 형성한다.

---

4) Gery Vena, How to Read and Write about Drama, Macmillan, 1988, p.169.

히 반복되어 왔다. 이 가운데 애정영화의 경우 스크린만큼이나 비중이 주어지는 음악의 활용, 폭력영화의 살인장면에서 등장하는 슬로우모션, 추적영화의 긴장감 넘치는 음향효과 등은 바로 컨벤션이란 이름으로 정형화된 영화표현의 한 양식이다. 특히 컨벤션은 서부극의 경우 가장 두드러지는데, 먼지가 휘날리는 광야에서 까칠한 외모와 빛나는 총구로 홀연히 나타난 주인공을 통해 앞으로 결투와 정의에 관한 이야기가 펼쳐질 것임을 암시하는 첫장면, 극적 긴장감이 고조된 씬에서 악당과 주인공을 차례로 편집한 후 절정의 순간에 서로의 총구를 교차편집하는 카메라 기법, 영화의 시작과 끝을 배경음악을 깔면서 처리하는 편집기법 등이 그 예이다. 컨벤션을 통해 관객은 힘들이지 않고도 영화나 연극을 이해할 수 있고, 익숙한 흥미 속으로 빠져들게 된다.5)

먼저 1920, 30년대 영화의 컨벤션을 개략적으로 정리하면 다음과 같다. 영화는 무엇보다도 문학이나 연극에 비해 빠른 움직임과 스펙터클한 장면, 그리고 강렬한 영상적 이미지를 용이하게 그릴 수 있다는 점에서 강점을 갖는다. 1920년대부터 세계영화를 주도한 미국영화에서 중요한 장르인 서부극, 코미디, 모험극 등은 모두 액션을 근간으로 하는 것이다. 서부극은 말을 타고 벌이는 추적, 치열한 총격씬 등이, 코미디는 추적, 때리기, 던지기 등이 어루러진 이른바 슬랩스틱이6), 모험극은 집요한 추적, 오지에서의 생존7) 등이 그것이

---

5) 이경기, 『영화예술용어사전』, 다인미디어, 1999, p.185.
6) 스티븐 C 얼리, 『미국영화사』, 이용관 역, 애건사, 1986, p.286
7) Jack C. Elis, 『세계영화사』, 변재란 역, 이론과실천, 1988, p.164.

다. 액션은 특히 소리가 없던 무성영화 시절에는 영화가 독특하게 그릴 수 있는 영역이었다.

이와 함께 멜로드라마는 18세기 이래로 대중소설과 대중연극의 단골 레파토리로서 대중들의 기호 속에 자리를 잡았다는 점과 선인이 악인의 계략으로 온갖 고난을 겪다가 끝내는 행복을 찾는다는 극적인 사건전개의 재미와 폭력을 동반한 격렬한 행동이나 감상적·선정적 정서가 가져다주는 카타르시스를 제공한다는 점에서 영화로도 거듭 그 모습을 드러냈다. 1920, 30년대 영화는 액션 - 멜로드라마로서의 특질을 보여준다. 즉 박진감 넘치는 활극과 비극적 운명에 처한 선인의 극적 삶이 혼효되어 나타난다. 순결한 마음씨와 고결한 이상을 가진 선인이 사악하고 방탕한 악인과 벌이는 인생유전의 드라마가 독자의 눈물과 희열을 자아내면서도 한편으로는 추적과 격투가 어우러진 극적 사건이 긴장감 넘치는 스릴과 흥분을 불러온다.

실제로 당대영화는 선인과 악인을 명확히 구분한 채 악인의 간계로 인한 선인의 고통스러운 삶을 극대화하는데 그 과정에서 여인납치, 격투, 구출 등의 박진감과 위기감 넘치는 액션이 수반된다. 특히 액션의 역동성을 살리기 위해 오토바이와 자동차를 동원한 추격전 같은 빠르고

미국 영화사 초기의 주요한 장르인 코미디, 서부극, 모험극 등에서 액션은 흥분과 재미를 유발하는 가장 중요하고 익숙한 장치이다. 추적과 격투, 질주 등이 어우러진 빠른 동적 움직임의 세계는 영화만이 선보일수 있는 장기이자 매력이었다.

스펙터클한 장면을 연출하며 격투에서는 작열하는 화염과 충격적인

굉음으로 극적 영상을 창출하는 권총을 동원한다. 당연히 독자나 관객은 빠르고 동적인 움직임과 기구한 인생유전이 보여주는 재미와 흥분 그리고 연민의 정서를 마음껏 누릴 수 있었던 것이다. 이런 사실들과 관련하여 영화의 가장 전형적인 컨벤션은 인물구성에서 두드러진다. 우선 추적과 격투로 압축되는 액션이 독자의 몰입을 이끌기 위해서는 독자가 대립되는 인물 어느 한편에 강한 일체감을 가져야 한다. 자연히 액션물은 명확한 선·악 이분법으로 인물을 가를 수밖에 없다. 독자가 중립적 입장에서 추적과 격투를 지켜본다는 것은 흥분과 재미를 아예 외면한 경우가 아니라면 상상할 수 없는 일이다. 또한 멜로드라마는 그 사건구조 자체가 악인의 음험한 계략에 의해 처하게 된 선인의 인생유전을 다룬 것이어서 선·악 이분법적 구분은 당연한 것이다. 때문에 액션 - 멜로드라마적 성격의 영화는 선인 (신사)과 악인(건달)의 구분이 명확한데 항상 악인은 방탕한 부호이거나 냉혹한 지주 혹은 채권자이고, 선인은 순결한 마음씨와 고결한 이상을 가졌지만 경제적, 사회적 약자이다. 최독견의 「승방비곡」의 이필수는 대부호의 아들이자 동경유학생 출신인데, 결혼을 했으면서도 성적으로 방탕하여 순진한 여학생들을 꼬여 성적 노리개로 삼는다. 천일미술학교 한명숙을 농락하여 정조를 뺏은 후 곧 외면하고 다시 동경유학생 출신인 김은숙을 범하려 한다. 나운규의 「아리랑」의 오기호는 악덕지주 천상민의 청지기로서 탐욕스러우며 영희의 집에서 천가에게 빚을 진 것을 이용하여 영희를 강간하려 한다. 박루월의 「회심곡」의 방면장 역시 채무관계를 이용하여 채무자의 집 딸을 농락한다. 반대로 이경손의 「백의인」의 기호, 안종화의 「은하에 흐르는 정열」의 백순영, 최금동의 「애련송」의 안남숙, 이종명의 「유랑」의 순이는 고결한 이상을 가졌거나 순결한 마음씨를 가진 선인이다. 하지만 그들은 경제적으로 어렵거나 집안을 위해 희생해야 한다는 생각이 있어 악인을 일방적으로 물리칠 수 있는 처지가 아니다. 결국 선·악 구분이 극명한 인물들 간의 갈등과 대립을 통해 멜로드라마적 비극성과 활극류의 스릴을 함께 추구한 것이다.

당대영화에서 반복되는 또 다른 컨벤션은 영화의 라스트씬에서 볼 수 있다. 영화에서 라스트씬은 영상이 갖는 강렬한 시각적 자극 때문에 오랫동안 긴 여운으로 관객의 뇌리에 남는다. 그래서 예를 들어 서부극에서 롱쇼트로 잡힌 주인공이 홀연히 말을 타고 황야로 떠나는 라스트씬이 반복되는 것처럼, 많은 컨벤션이 라스트씬에서 보인다. 우리는 앞서 1920, 30년대 영화가 액션 - 멜로드라마적 성격을 갖고 있다고 말했는데, 그것은 액션이 주는 활달한 움직임과 숨죽이는 긴장감이 주는 재미의 멜로드라마가 주는 슬픔과 비애의 정서적 희열을 겨냥한 것이었다. 영화의 라스트씬은 이 두 정서를 정점까지 고양시키며 강렬한 인상을 여운으로 남긴다.

당대영화의 라스트 씬은 활극이나, 혹은 여주인공의 질병으로 인한 죽음과 처연한 이별이 주이다. 우선 선인과 악인의 갈등은 끝내 목숨을 건 격투로 이어지며 극적 긴장감을 한껏 고조시킨다. 「아리랑」에서 현실의 박해 속에서 정신이상이 된 오영진은 자신의 가족과 마을 사람을 괴롭히던 지주 천상민과 그의 청지기인 오기호를 저주한 끝에 자신의 누이를 겁탈하려는 오기호와 그의 하인들을 낫으로 찔러 죽이며, 「풍운아」에서는 호색한인 안재덕이 순결한 혜옥을 겁탈하려 하자 그녀를 사랑한 창호가 나타나 격투를 벌이며 결국은 분노한 영자가 쏜 총에 안재덕이 죽는다. 이처럼 대부분의 경우 영화의 악인이나 건달과 선인이나 신사간의 대립과 갈등은 그 정점까지 달한 상태에서 목숨을 건 격투로 이어지며 선혈이 낭자한 살인으로 이어진다. 강렬한 액션이 주는 박진감과 긴장감이 강렬한 영상적 이미지를 만들며 이어진다.

이와 함께 홀연하고 처연한 이별이 이어진다. 영화 「아리랑」에서 영진은 살인범으로 잡혀 가족과 마을 사람들의 애통한 아리랑 노래 속에 아리랑 고개를 넘어 떠나가며, 「풍운아」에서 가난하고 무지한 사람들을 돕던 니콜라이 박은 호색한인 안재덕이 죽고 자신을 쫓던 아편밀매단이 체포되자 홀연히 다시 봉천으로 고달픈 유랑의 길을 떠난다. 「승방비곡」에서도 사랑하던 사이인 영일과 은숙이 이부남매임이 밝혀지고 은숙모가 자살하자, 영일은 남매간으로 남아 달라는 은숙의 간청을 뿌리치고 홀연히 이별의 길을 떠난다. 홀연하고 처연한 이별의 마지막 장면은 흔히 특정한 분위기를 전달하거나 상징적 이미지를 재현하는데, 하나의 사건을 감성적으로 혹은 웅장한 느낌을 주며 여닫는데 적합한 '극단적인 롱쇼트'(extremly long shot)를 사용한다.

아울러 질병으로 인한 죽음과 이로 인한 연인간의 애달픈 이별을 주로 담는 '여성용 영화'는 라스트씬에 흔히 순결한 여주인공의 고통스럽지만 고결한 죽음을 등장시킨다. 「은하에 흐르는 정열」의 연숙은 정신적, 육체적으로 피폐해져 죽으면서도 사랑하는 순영이 벌이는 교육사업을 도와달라는 애틋한 유언을 남긴다. 또한 「애련송」에서는 집안에서 운영하던 학교를 유지하기 위해 원치 않는 결혼을 했던 남숙이 병약한 몸을 이기지 못해 죽어가면서도 철민과의 순수하고 아름다운 사랑을 가슴에 남긴다. 그런데 「애련송」에서도 앞서의 「승방비곡」의 경우처럼 '극단적인 롱쇼트'(부분적으로 클로즈업 쇼트 병행)를 사용하여 슬픔과 비애의 정서를 웅장하면서도 강렬한 영상적 이미지로 그려내고 있다.

그러면 유성기 음반 속의 음반극이 불과 10분 내외의 짧은 재생시간을 감안하여 혹은 청중의 흥미를 위하여 컨벤션을 적극 수용했다는 것은 무엇인가? 우선 수용의 실상을 보자. 나운규의 「아리랑」의 음반극을 보면 인물의 등장·소개 시에 성격을 단적으로 규정하여 말하는데, '슬퍼하는 누이동생과 탄식하는 아버지', '정신병에 걸린 영진', '동리의 부호로 약한자를 압박하는 천상민', '돈많은 자의 세력을 믿고 꽃같은 영희를 겪으려는 기호'라고 명시한다. 이 때문에 독자는 인물의 성격을 즉가적으로 인지 - 경제적 약자인 선인, 악인과의 결투에 나서게 될 광인, 대부호이면서 호색한인 악인, 마름이나 시종으로 약자를 착취하는 악인처럼 영화의 관습적 인물에 대한 즉각적 이해 - 하게 되고 이 음반극이 악인의 간교하고 악랄한 착취로 인한 선인의 고통스런 삶의 역정과 선인과 악인 사이의 격렬한 투쟁을 그린 이야기라는 것을 암시 받게 되며 청자는 선인의 편에 서서 음반극의 서사적 전개에 빠르게 몰입하게 된다.

실제로 음반극 「아리랑」에서 인물에 대한 개략적 소개 후에 바로 집에 홀로 남겨진 영희를 기호가 범하려는 위기의 순간과 기호와 현구의 격투, 그리고 영진이 낫을 들고 기호와 부하들을 살해하는 극적 사건이 다루어지는데, 이미 선인의 편에 몰입한 청중은 긴박감 넘치는 사건에 흥분과 스릴을 느끼며 선인의 승리에 환호하게 된다. 특히 음반극 「아리랑」은 1926년작 영화 「아리랑」과 1930년작 「아리랑 그 후 이야기」를 하나의 새로운 서사로 통합하는 개작을 감행하는데, 1926년작 「아리랑」에 선인과 악인 사이의 목숨을 건 격투를 후반부에 다시 한번 삽입한 형식이 되었다. 1926년작 영화 「아리랑」의 마지막 장면은 영희를 범하려던 기호 일당과 순결한 청년이자 영희가 사모하는 현구 사이에 싸움이 벌어지고 이 광경을 지켜보던 영진이 낫을 들어 기호일당을 처단한 끝에 영진이 살인죄로 잡혀 순사에게 끌려가는 장면이다.

영진이는 영희와 현구에게 노래를 부르기를 재촉하였다. 그리하여 현구는 슬프게도 노래를 부르는 것이다.
'아리랑 아리랑 아라리요
아리랑 고개로 넘어간다
나를 버리고 가신 님은
십리도 못가서 발 병나네'
　　　(中略)
오늘날까지 영진은 동리 사람의 슬픔에 울었고, 그들의 기쁨에 웃었던 것이다. 최후까지 그들의 복되기를 빌던 몸이 그들을 위하여 가장 위대한 희생의 길을 걷는 것이다. 이 설움에 젖은 산과 들이 돋아오는 아침해에 빛나 있을 때 불행한 그들의 불러내는 설움의 여음(餘音)을 뒤로 들으며 먼길을 떠나 갔다. [8]
학대받던 민중들이 지배층에 저항해 싸웠고 또 그들을 응징했지

---

8) 나운규, 「아리랑」, 『조선시나리오선집 1』, 집문당, 2003, p.70.

만, 살인죄라는 엄연한 현실 때문에 혈육과 이웃, 그리고 정든 산천을 떠나 순사에게 끌려가는 처연한 장면 - 당대 영화의 라스트씬에 자주 등장하는 관습적 제재 - 이 관객(독자)의 비감한 슬픔을 자아내는데, 실제로 나운규의 「아리랑」 상영 당시 영진이 일본순사에게 잡혀가는 장면에서 변사가 즉흥으로 이 청년이 7년 전에 전국에서 벌어진 항일운동(3.1운동 - 필자 주) 때, 관헌의 고문 때문에 발광한 것이라고 설명하자 관객이 크게 흥분했고, 그 자리에 있던 순사가 상영중지를 선언하기까지 했다. 상영이 끝날 때 쯤 가수가 일어나서 창작민요인 주제가 - 아리랑 - 를 부르자 관객들은 함께 노래했다.9) 이 극적 장면은 음반극 「아리랑」에

춘사 나운규는 「아리랑」의 대히트로 전국적인 인기를 얻으며 당대 최고의 감독이자 배우로 활동한다. 이후 나운규 프로덕션을 설립하여 「풍운아」, 「사랑을 찾아서」, 「오몽녀」 등 수많은 영화를 제작한다.

도 그대로 수용되고 있다. 하지만 음반극 「아리랑」에는 이 장면까지가 전체의 반 정도에 불과히다. 이 장면 나음에도 비중 있는 사건 하나가 더 음반극의 반 정도를 차지하며 제시된다.

　세월은 덧없이 흘러 광음이 어느덧 지나갔다. 고향을 떠나 도회로 온 후에 해신이라는 여자와 사랑하며 지내던 영진이는 어느날 그의 사랑하는 해신이가 까닭모를 사건으로 인하야 경관에게 잡혀가는 것을 보았던 것이다.
　영진 : 여보십시오. 대관절 이게 웬일입니까.
　해신 : 용서해 주십시오. 저는 영진씨를 홀로 남겨 놓고 갑니다.
　　(中略)

---

9) 요모타 이누히코, 『일본영화의 이해』, 박전열 역, 현암사, 2002, p.128.

영진이의 상한 가슴에는 새로운 슬픔이 넘쳐 흐른다. 경관에게 붙들려 가는 해신이의 뒷모양. 정신없이 바라보며 탄식하던 영진이는 비로소 그것이 모두 천상민의 양자라고 하는 재일이의 간계에서 생긴 줄을 짐작하였다. 응- 그렇다 모두가 재일이 놈의 소위다. 원한과 원망에 떨리는 가슴을 진정치 못하는 영진이 그 즉시로 재일이를 찾아와 두 사람 사이에는 생명을 다투는 무서운 싸움이 시작되었다. 무서운 싸움 끝에 천재일을 죽이고 경관에게 쫓기어 달아나던 영진이는 몸을 피하고자 어떤 집으로 뛰어 들어갔더니 그는 천만 뜻밖에도 지금까지 찾으려고 갖은 애를 다 쓰던 영희의 집이었다.

(中略)

이윽고 가장 유쾌한 듯이 춤을 추며 나오는 영진이의 안전에는 또다시 남모르는 환상의 세계가 전개되는 것이다. 포승에 얼키어서 경관에게 끌려가는 그의 뒤로부터는 풍년 노래와도 같이 수많은 군중과 소년군이 행렬을 지어 따라오며 가장 기쁘고도 즐거운 낯으로 영진이의 그 어떠한 승리를 축하하는 듯 무수한 깃발을 날리어 주는 것과 같이 보인다. 오-남모르는 환상의 세계, 현실이 만일 끝까지 이렇다면 차라리 그는 그 환상의 세계에서 영원히 깨고 싶지 아니하였던 것이다. 지금에 또 다시 미쳐진 그의 영혼은 설혹 그의 육체가 불 가운데 재가 된다 할지라도 그것조차 알지 못하고 오직 몽상의 낙원으로 영원히 끌려갈 뿐이다.

영진이가 기호일당을 죽인 죄로 순사에게 잡혀 아리랑 고개를 넘어가는 처연한 이별 장면 뒤에 「아리랑」 음반극은 후일담을 다루고 있는 셈이다. 예문에서 볼 수 있는 것처럼 일년 후 출옥하여 고향을 떠난 영진이는 도회에서 해신이를 만나지만 천상민의 양자 재일이의 간계로 해신이가 순사에게 잡혀가자 분노가 폭발하여 재일이와 목숨을 건 격투를 벌이고 다시 살인죄로 순사에게 붙들려 다시 돌아오기 힘든 길을 떠난다. 바로 이 장면이 음반극의 반을 차지하며 마지막 장면으로 설정되었는데, 이것은 음반극이 영화의 단순한 축약에 만족하지 않고 청자의 재미와 감동을 위해 소리로만 듣는 음반극 특유의 양식을 고민했다는 것을 볼 수 있게 하며 한편으로는 음반극이 영화의 컨벤션을 얼마나 중시했는지를 말해주고 있다. 즉 음험하고 호색적인 악인으로 말미암아 순진가련한 여성이 위기에 처하고 그로 인해 악인과 연인이자 선인인 남성 주인공 사이에 목숨을 건 격투가 벌어지고 남성주인공이 살인을 범해 순사에게 잡히는 긴박감 넘치고 처연한 서사가 반복된다. 특히 마지막 환상장면은 당대 영화에서 흔히 라스트씬에 빈번하게 등장하는 '극단적인 롱쇼트'(extremly long shot)를 사용한 웅장하고 엄숙한 분위기의 장면이 컨벤션으로 나타난다.

이처럼 전적으로 컨벤션을 중심으로 서사를 구성히는 음반극의 득성은 다른 음반극의 경우도 마찬가지여서 「사랑을 찾아서」에서는 유랑하는 주인공과 만주 마적단과의 육혈포를 동원한 처절한 싸움이, 동료들을 위해 희생하면서도 끝까지 숭고한 이상과 의연한 자세를 보이는 주인공의 죽음이 재현되며, 「풍운아」에서는 유랑적 삶으로 야성적 풍모를 지녔지만 여성과 약

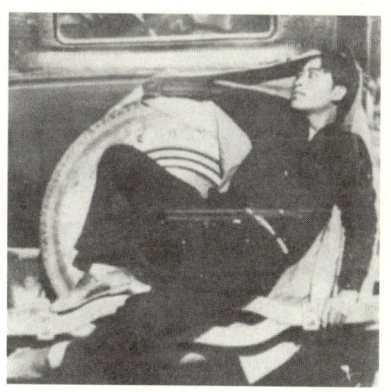

1926년 나운규 원작, 감독, 주연의 「풍운아」. 빼앗긴 조국에 대한 향수와 슬픔을 다룬 수작이다.

자에게는 한없이 자애로운 구원자형 인물인 니콜라이 박의 출현, 대부호이자 호색한의 비참한 최후, 구원자형 인물의 홀연한 떠남이라

는 마지막 장면 등이 나타난다. 또한 「승방비곡」에서는 1920, 30년
대 가장 성행했던 '여성용 영화'(women's picture)[10]의 가장 대표적인
컨벤션인 혈연이라는 숙명적 한계에 부딪힌 남녀간의 이루어질 수
없는 사랑이 음반극의 전적인 내용이 되고 있다.

　음반극이 소리에만 의존하고 길이에 한계를 가진 점을 극복하고
아니 오히려 그런 속성을 적극 활용하여 독특한 양식으로 정착하기
위해 동원된 두 번째 기술적 방법은 변사의 적극적 활용이다. 음반
극은 함동호, 성동호, 서상필, 김영환, 이홍우 등 1920, 30년대 최고
의 변사들이 영화적 서사를 낭송한 것이다. 간혹 등장인물의 대사를
배우들이 직접 낭송한 경우도 있지만 이 경우도 변사의 낭송이 훨씬
비중이 있었다. 무성영화 시절 배우들의 대사나 효과음이 없던 시
절, 더욱이 아직 관객들이 영화언어에 익숙하지 못했던 시절 변사는
영화관람에 있어 가장 귀중한 존재였다. 영화의 내용을 소개하고 때
로는 등장인물이 되어 남녀 배우의 대사를 온갖 몸짓을 섞어가며 실
감나게 말하던 변사는 당대 최고의 인기 스타였다. 변사는 때로는
관객들과 대화를 주고받기도 하며 극장의 열띠고 들뜬 분위기를 만

---

10) 여성용 영화(Women's Picture)는 미국에서 1910~20년대 사이 여성관객이
　　늘면서 이들의 구미에 맞는 작품이 선보이면서 태어났다. 흔히 신파조 영화
　　(Terjerker)나 눈물을 흘리게 하는 감상극(Weepie)을 지칭하는 것으로 이들
　　영화는 주인공들의 로맨틱한 사건과 실연, 타락, 질병, 등의 역경을 극복해
　　나가는 과정 등을 묘사하는 데 중점을 둔다. 주제 자체에서부터 대부분이
　　여성관객들의 취향에 맞추어 제작되고 있는 것이 특징이다. 특히 D.W 그리
　　피스 감독의 〈짓밟힌 청춘〉이후로 상당 기간 동안 여성용 영화의 주된 줄거
　　리는 연애사건이 실패로 돌아가 그로 인해 괴로워하는 남·여 주인공들의
　　행동을 묘사하는 것이 중심이 되었다.

들었다. 긴박하거나 애절한 장면마다 변사는 온갖 목소리의 기교를 부려가며 영화감상을 이끌었다. 이쯤 되면 변사는 단순히 영화를 설명하는 것이 아니라 영화를 보면서 혼자 '공연'을 하는 것이나 다름없었다. 때문에 심지어는 변사를 보고 영화관람을 결정하는 풍조까지 생겨났다. 변사는 1930년대 후반에 이르러 발성영화 전성기에도 여전히 건재하며 영화감상을 이끌었는데, 이 사실은 변사에 대한 당대인들의 애착을 말해주는 것이다.

  1920, 30년대 음반극은 변사의 매력과 강점에 전적으로 의존한다. 변사는 소설의 지문에 해당하는 설명을 통해 서사의 완급을 자유자재로 조절하며 음반극의 길이의 한계를 훌쩍 뛰어 넘었고, 때로는 장중하고 고압적인 목소리로, 때로는 간드러지는 교성으로 때로는 처절한 탁성으로 청자의 심금을 울렸으며 긴박하고 흥분된 정서적 체험을 불러일으켰다. 음반극의 청자는 비록 소리로만 듣지만 변사의 다양한 목소리의 기교를 통해 스크린 위의 영상, 오케스트라의 음악, 변사의 목소리가 어우러진 극장체험 속으로 빨려 들어 갈 수 있었으며, 이것은 그 자체로 흥분된 경험을 가져오는 것이었다. 특히 변사들은 각자 특정의 영화장르를 낭송하는 데 장기 - 김덕경은 사극에, 서상호와 우정식은 문예극에, 이병조는 활극, 최병룡은 희극, 김영환은 연애극에서 각각 두각을 나타냈다[11] - 를 갖고 있어 표현기법이나 발성법이 주는 재미와 흥분은 그 도를 더했다.

---

11) 송명록, 「影寫五十年의 銀幕事情」, 『신동아』 1971년 6월호, p.319.

3. 격정의 시대

유성기 음반에서 흘러나오는 변사의 목소리는 목숨을 건 격투장면을 그릴 때나 한 여인의 불우한 삶의 비애를 토로할 때나 격정적이라는 점에서는 마찬가지이다. 음량의 크기나 낭송의 빠르기만 다를 뿐이지 청자의 심금을 흔들어 놓으려는 듯 격정적으로 감정을 표출한다. 이것은 변사의 관습적 발성법 혹은 표현기법이라 쉽게 넘길 수도 있지만 한편으로는 변사의 목소리만으로 한편의 서사를 꾸려가는(간혹 배우들의 대화가 섞이기는 하지만) 음반극이 인기를 끈 것을 보면 분명 대중적 기호가 있었음을 보여준다. 왜 당대의 대중은 어쩌면 지극히 단조로울 수도 있는 1인극, 그것도 목소리만의 1인극에 관심을 보였을까? 왜 이미 영화와 연극의 웅장한 스케일이나 화려한 볼거리에 익숙해진 관객들이 변사가 홀로 목소리만으로 꾸려가는 음반극에도 관심을 가졌을까? 물론 영화에 매료된 당대인들이 변사의 목소리를 통해 음반극의 소리를 들으며 극장체험을 떠올린 결과이기도 하지만 이와 함께 중요하게 지적해야할 사실은 변사의 '격정적' 목소리 혹은 표현방식에 대한 정서적 공감 때문이다. 분명 1920, 30년대는 격정의 시대이다.

식민지 지배가 장기화되고 자작농이나 소작농이 소작인으로 몰락하며, 세계공황의 여파로 인해 조선의 경제가 침체되어 실업난이 가중되고, 일제의 조선 고등교육기관 억제책에서 보듯 조선인의 신분 상승이 막혀 버린 현실 속에서 당대인들은 들끓는 분노와 처참한 절망감을 응어리로 갖게 되었는데, 일제의 무단정책이 강화되면서 분노와 좌절은 표출되지 못하고 개인의 내면 속에서 휴화산으로 잠복해 있을 수밖에 없었다. 이러한 심정은 상황만 되면 한편으로는 일제나 사회에 대한 격정적 분노의 표출로, 한편으로는 한없는 체념적 정서와 자학적인 행동으로 나타났다. 특히 영화나 연극과 같이 다중이 정서적 반응을 공유하며 감상하게 되는 예술장르에서는 훨씬 더 그러한 상황이 조성될 여지가 컸다.

일례로 1920~1930년대 대중소설 특히 영화소설에서는 '교육사업'이 거듭 강조되어 나타나는데, 그것은 교육을 통한 민중들의 의식개혁을 의도한 정치적·사회적 신념의 표출이기도 하지만 한편으로는 조선의 독립에 대한 대중들의 활화산같은 열망을 극적으로 반영한 것이기도 하다.

이와 함께 서구의 영화나 일본의 신파조 연극은 유교적 관습 속에서 감정표출에 익숙치 못했던 우리들에게 노골적인 혹은 다소간 과장적이기까지 한 감정표출의 솔직함과 재미를 주었는데, 이 역시 감정이나 정서의 격정적인 표출에 대한 기호의 형성에 일조를 하였다. 가부장적 전통, 효중심의 문화, 근대의 계몽주의적 사고 등으로 억눌려 왔던 감정의 세계 혹은 감정의 표출이 일상인의 삶에서 혹은 영화나 연극, 소설이나 음반극 속에서 분출되기 시작한 것이다. 슬픔과 분노, 욕정의 감정 등이 억눌림 없이 적극적으로 노출되는데, 그것은 당대인의 변화된 삶에 대한 반영이기도 했고, 시대고와 욕구의 분출이 억압된 특히 젊은층의 소망적 사고이기도 했다.

실제로 당대의 소설 속에는 이러한 사실이 그대로 드러나는 경우가 있는데, 1930년대 최대의 흥행작인 김말봉의 『찔레꽃』에 그 예

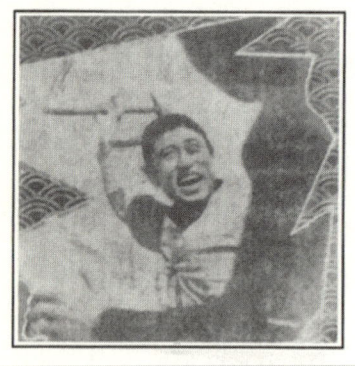

1920~30년대 한국영화와 대중소설에 나오는 격정의 세계는 일제하라는 시대적 질곡과 보수적 관습에 대한 분노와 저항의 몸짓이라는 점에서 시대적 개연성을 갖는다.

가 보인다. 『찔레꽃』에서 감정표출의 적극성을 가장 극적으로 보여주는 장면은 조경애가 失戀과 혐오하는 사람과의 혼담으로 쌓였던 분노가 폭발하는 장면이다. 대부호의 딸이자 동경유학생 출신인 조경애가 울분에 차 충동적으로 말을 타고 서울 시내를 질주하는 장면은 이전 소설에서는 상상하기조차 힘든 장면인데, '어디서 배상해 울 수도 없는 잃어버린 청춘의 울분을 실은 채 꿈 속 같이 아늑하게 뻗친 아스팔트 위를 바람같이 달리는데'라고 극적으로 묘사된다.

아울러 격정적 감정표출에 대한 경사를 유도하게 되는 또 한가지 다른 사실은 1920, 30년대의 가장 중요한 화두인 '여성'과 관련된 문제이다. 주지하다시피 1920, 30년대는 근대화 시기에 설립된 여성교육기관12)과 해외유학을 통해 배출된 신여성들의 주체적인 노력과 개화를 지향하는 인텔리 남성들의 목소리를 통해 '여성해방'과 '남녀평등'이 주창되던 시기이다. 여성이 억압과 미몽으로부터 벗어나 사

---

12) 김진송, 『현대성의 형성 - 서울에 딴스홀을 허하라』, 현실문화연구, 2002, p.203.
　　자율적인 현대 여성운동은 여성교육에서 출발한다. 1886년 여성교육기관으로 이화학당이 설립된 이후 정신여학교, 배화학당, 숭의학교, 호수돈학교, 성보여학교, 숙명여학교, 덕성여학교, 신명여학교, 동덕여자의숙 등 선교사나 민간의 교육기관이 설립되면서 이른바 교육받은 여성으로서 신여성이 등장하고 이들에 의해 여성운동이 바야흐로 시작되었다.

회적 지위를 얻고 가족과 사회의 제도를 개혁하려는 움직임은 여성의 사회진출이 활발해지면서 한층 힘을 얻게 된다. 하지만 엄연한 가부장적, 남성주의적인 현실의 벽은 여전히 높았고, 그만큼 여성들은 자각의 강도에 비례해 울분과 좌절의 격정적 감정도 더했다. 당시에 여성의 해방을 꿈꾸고 실천했던 대표적 신여성인 나혜석, 윤심덕, 김일엽의 고통스런 삶의 역정과 비극적 최후가 그것을 웅변으로 말해 준다. 바로 이러한 여성들의 강렬한 정서적 체험은 그 절실함만큼이나 정서적 반응을 촉발하기 쉬운 것이었고, 그 때문에 영화가 즐겨 찾는 소재이자 주제가 되었다. 1920, 30년대에 상영된 창작영화에서 흔히 보이는 여성용 영화가 그 전형적 예를 보여준다.

상기한 사실들과 관련하여 1930년대 음반극은 당대 대중의 정서이자 기호가 된 '격정'에 휩싸여 있다. 음반극 속의 삶은 꽉 막힌 출구 속에서 분노와 좌절로 끓어오르는 용암 같은 격정이 터질 곳만 찾아 헤매는 형국을 보여준다. 그것은 부딪히는 곳마다 파열음을 내며 강렬하게 작열한다. 그래서 그것은 항상 죽음의 끝까지 몰려가는데, 음반극의 삶은 항상 자살이나 살인으로 질주한다. 음반극 속의 자살이나 살인으로 표상되는 충동적 삶은 신파조 서사의 어설픈 수용으로 지적될 성질이 아니다. 당대인의 호응과 지속적 기호는 분명 당대인의 내면에 도사린 격정 혹은 격정적 삶에 대한 절실한 반영에서 비롯된 것이다.

때문에 음반극은 악인에 대한 분노와 대결에서도 항상 살인이나 죽음을 전제하는 것이 당연할 만큼, 가난과 실향으로 인한 불우한 처지에 대한 한탄도 자살을 전제하는 것이 당연할 만큼 격정적이다.

「사랑을 찾아서」에서 만주땅에 출몰하는 악인단(惡人團)의 장세원과 명기운의 무리에 쫓겨 정가성(鄭家城)에 피신한 함동수는 일행에게 참담한 심정으로 말하는데 문자 그대로 '동지들을 향하여 부르짖는다'.

"우리에게는 어머니의 나라가 있다마는 간 곳마다 쫓기는 우리의 신세! 오 - 인제는 어디를 가야 옳다는 말인가. 정든 고향과 사랑하는 형제를 두고 바람 차고 눈 날리는 수천리 타관에서 정처없이 표류하는 우리들의 목숨도 어쩌면 이것이 마지막일는지도 모른다. 자 - 사랑하는 동지들아 우리가 만일 이 벌판에서 죽는다한들 장례식인들 누가 지내주겠느냐. 언제든지 한번은 죽고야 말 사람들이니 그러면 우리들이 미리 여기에서 산 장례식이나 지내어두자" 동수의 말이 끝나자 그들은 손톱을 깎아 한곳에 묻어놓고 동지 일곱사람의 산 장례식은 처량한 나팔소리에 거행이 된다.

"자 - 인제는 장례식도 끝나고 또다시 싸울 때가 돌아왔다. 삼보야 너는 경숙이와 순남이의 손을 이끌어라. 그리고 충렬이와 정희는 탄환을 맞더라도 같이 맞아 죽도록 서로 붙잡고 놓아주지 말아주시요. 나는 할아버지와 함께 들어오는 놈들을 막을 터이니"

이러한 격정적 삶과 감정의 표출은 자신의 신분과 사랑사이의 갈등에서도 - "오냐 그렇다. 다같은 사람으로 인생의 꽃이라는 청춘으로, 이성을 그리워하는 것이 무엇이 모순이며 죄악이랴. 나두 역시 사람이다. 신도 아니요, 짐승도 아닌, 사람이다. 사람이 가장 사람답게 살려는데 이상할 것이 무엇이냐? 나는 무엇보다도 여자를 가까이 하지 말라던 스님의 훈계를 나의 기억 밖으로 몰아내자. 완전히 잊어버리자. 그것보다도, 나의 스님의 정신을 지배한 석가의 금욕주의를 배척하자. 그리고 어리석게도 얻어오던 우상같은 불각을 헐어버리고 쓸쓸한 폐허에다가 나의 사랑전당을 높이 세우자"(승방비곡), **여성에게 가해지는 가족에 대한 무조건적 헌신에의 강요나 그에 대한 저항에서도** - "영애:어머니, 아버지, 오빠! 이 몸뚱이는 세분의 허영에 대한 도구가 되기 위해서 생겨난 몸은 아닙니다. 부:네 요년이 이런 천하의 괘씸한 년의 말버릇이 있담. 요런 년은 때려 죽여야 한다. 네 요년. 자기의 행복과 사랑을 위해서 반항의 깃발을 들었던 영애는 아버지의 독한 매를 맞았으나 한결같은 그 마음은 변할 리 만무하고 개성을 무시하는 어버이의 행동은 도리어 자기 딸의 용기만 돋구어 줄 뿐이었다"(젊은이의 노래), **오해로 인한 연인 사이의 다툼에서도** - "무엇이야? 에이 고약한 년아. 나는 그래도 썩어진 너를 참다운 인간으로 만들려고 했구나. 아! 내가 어리석었다. 바보이였다. 너같은 정신이 썩어진 년에게 마음을 빼앗겨 가지고 죄없는 처자와 가정을 버리었었구나 이것이 바보가 아니고 무엇이냐. 오냐 가마. 나는 갈테이다. 버리었던 나의 가정을 찾아서 나는 돌아갈 터이다. 에이! 놓아라"(봉자의 죽음), **사랑하는 사람의 행복을 위해 거짓으로 변심을 가장할 때도** - "흥 사랑? 누가 너를 사랑한단 말이냐. 아이고 기가 막혀. 너의 무엇을 보고 사랑한단 말이냐. 돈이 있냐 인물이 똑똑하냐 단지 있다면 의학사라는 썩어진 간판 뿐이로구나. 다 나에게는 소용이 없다. 나에게는 단지 돈 뿐이다. 돈만 있으면 누구든지 자유로 할 수 있는 봉자인 줄 몰랐드냐. 정신을 좀 차려요!"(봉자의 죽음), **혈육의 원한을 풀기 위해 복수를 다짐할 때도** - "아! 정희야 네가 이게 웬일이냐. 눈을 떠 이 오래비를 보아라. 오래간만에 오래비가 돌아왔다. 네가 어쩌다가 이 지경이 되었단 말이냐. 부모 없이 불쌍히 자라난

네가 이렇게 억울하게 죽지 않으면 안될 이유가 무엇이었더란 말이냐. 오냐 나는 너의 사정을 잘 알고 있다. 기필코 너의 누명을 벗기어 주마. 억울하게 죽은 너의 복수를 하고야 말 것이다."(며느리의 죽음) - **언제나 울분과 좌절, 그리고 저주 같은 원초적인 감정들의 분출로 거듭 드러날 만큼 격정적이다. 진실로 1930년대 음반극은 온통 격정과 격정의 세계이다.**

이 음반극 속의 격정의 세계를 일층 생명력 있게 드러내는 것이 변사의 목소리이다. 1920, 20년대 극장의 분위기를 오케스트라의 음악과 더불어 열띠고 들뜬 분위기로 이끌었던 변사는 격정의 세계를 더욱 더 역동적으로 드러나게 한 존재이다. 당시의 변사는 영화에 대한 단순한 해설자의 존재를 넘어 스크린 위의 영상을 제외하고라도 목소리와 몸짓으로도 볼 것을 제공하는 퍼포먼스의 주체이기도 했다.

그 당시의 극장으로 말하면, 야시장에서 싸구려로 파는 이야기 책 또는 고대소설을 읽을 때에나 나옴직한 목쉰 말투로 전설(前說)을 끝내야만 의례히 영사가 시작되기 마련이었다. 그러면 변사는 한껏 목소리를 가다듬어 제스처도 멋지게 해설을 전개하는데, 흥에 겨울 때의 그 얼굴 표정이 또한 볼만했다. …… 옛날의 변사들은 참으로 눈물겨운 노력을 해야만 했다. 특히 의음(擬音)을 내느라고 그들은 무척 골몰했는데, 예를 들면 대포 소리나 다이나마이트 터지는 소리 대신에 북을 두드렸고, 격투장면에는 발을 동동 구르고, 실감을 내기 위해 테이블을 쿵쿵 치면서 호들갑을 떨어야 했던 것이다. 영사 개시 전에는 의례히 악대(樂隊)가 흥겹게 행진곡도 연주했고, 한껏 모양을 낸 변사가 무대에 나타나면 우뢰 같은 박수가 터져 나왔

는데, 지정된 자리에 앉은 변사는 갖은 애교를 다 부리면서 청산유
수와 같은 열변을 한바탕 늘어놓기 일쑤였다.[13]

당대 영화관객의 상당수가 변사를 좇아 영화관람을 선택할 정도
였으며, 유성영화가 본격적으로 도입된 1930년대 후반까지도 변사
는 여전히 건재하였다. 흔히 스크린 위의 영사가 진행중이라도 변사
의 해설이 뒤따르지 않으면 관객들은 거칠게 반응하며 변사를 찾을
정도였다. 분명 당대 관객들은 변사의 목소리에 기호를 갖고 있었으
며, 그 중 또 상당수의 관객은 영화관람의 우선순위가 변사의 목소
리와 몸짓이 엮어내는 퍼포먼스였다. 그런데 이런 당대인에게 스크
린 위의 영상이 때로는 변사의 공연과 충돌을 일으키기도 한 경우를
벗어나 전적으로 매력적인 변사의 목소리만을 좇아 편하고도 흥분
되게 한편의 영화적 서사를 감상할 수 있었으니 음반극은 독특한 매
력을 가졌다 하겠다. 변사는 예의 그 탁하면서도 웅변투인 목소리와
발성법으로 때로는 절규하고 때로는 호소하며 음반극의 격정적 세
계를 청자들에게 그 울림 그대로 가감없이 전달할 수 있었다. 격정
의 세계와 변사의 목소리는 서로 상승작용을 일으키며 음반극의 독
특한 매력을 형성한 것이다.

4. 소리의 세계

유성기 음반극은 소리매체라는 특성을 십분 살려, 변사의 목소리,

---

13) 안종화, 『한국영화측면비사』, 현대미학사, 1998, p.30.

오케스트라의 음악, 가곡풍 독창, 대중가요적 독창 등을 다양하게 활용하고 있다. 원작인 영화에 대비하여 길이가 짧고 소리로만 이루어진다는 점을 특색 있는 강점으로 활용하려 노력한 것인데, 경쾌한 음악에서 장중한 음악까지, 열정적인 웅변투의 목소리에서 잔잔한 호소조의 변사의 목소리까지, 오케스트라의 양악에서 국악까지, 청명한 목소리의 독창에서 민요풍의 타령까지 실로 다양한 소리들이 서사의 내용과 분위기에 맞게 어우러지고 있다.

물론 이 점은 유성기 음반극이 당대인에게 새롭게 다가 선 유성기와 음반이 소리매체라는 점을 적극적으로 의식한 결과이기도 하지만 한편으로는 음반극이 당대에 상영된 영화를 음반으로 제작했다는 점에서 영화의 재미와 감동을 그대로 재현하려한 즉 극장체험을 그대로 재현하려 한 의도의 결과이기도 하다. 극장체험이란 당대인들이 영화 관람 시에 극장에서 느꼈던 모든 정서적, 감각적 체험을 말하는 것인데, 1920, 30년대 극장체험은 좀 색다른 면이 있었다. 즉 '극장체험의 재현을 동반한 음반극의 감상'이라고 할 때 극장체험의 재현의 의미는 당대의 특수한 사정이 반영된 것이었다. 이 사실을 살펴보기 위해 1920, 30년대 극장의 풍경을 그린 잡지의 기사 일부를 보자.

〈극장간판〉 이 간판도 수년전에 비하면 여간 발전된 것이 아니다. 그러나 늘 보면 그 간판에 그 그림은 그림으로 보아서는 덜 추하나 그 영화 중에 그 영화전편을 통하여 제일 중요한 씬을 빼어놓고 영화자체에 있어서도 제외하여 버려도 실패가 안될 장면만을 그리는 데가 많은 것이 그 간판.

〈극장내부〉 근일에는 단성사의 영화막(스크린) 상하좌우에 장치가 예전보다는 색채라든지 구성이 좀 아담한 듯하다. 그리고 조선극장은 옛날과 그리 현격한 변화가 없지만은 그저 추하지는 않다. 우미관도 그저 그러하다. (중략)

〈음악〉 어느 극장이나 오케스트라는 좀 변화가 지체되는 감이 있다. 영화 차환할 때마다 새 곡조로 갈았으면 어떨지. 너무 들어서 도리어 감정을 괴롭게 한다. 그리고 좀 정도를 높였으면 한다.

〈변사〉 변사제군에 하나 제안한다. 다른게 아니라 그 '하다', '하셨다'가 글쓰는 데는 모르겠지만 말로 하는 때에 듣는 사람으로서는 어떨지? 처음 극장가는 노인은 대분개할 것이다. 그 조를 '하였습니다', '하였었습니다' 하면 어른에게나 어린이에게나 퍽 다정하게 들릴 것이다. 더구나 인정극에리오.[14]

1920년대 영화관 내부 풍경을 비판적 어조로 정리한 이 글은 당시의 극장체험에 있어 역시 중요한 요소는 스크린, 음악, 변사란 점을 보여주고 있다. 무성영화 시절의 특징이기도 하지만 당시의 영화 관람은 스크린 위의 화면을 볼 뿐만 아니라, 오케스트라의 음악과 변사의 목소리를 동시에 듣는 것이었다. 이 셋이 어우러져야 제대로 된 관람으로 여겨졌던 것이다. 특히 영화가 처음으로 본격적으로 성행하여 아직 관객들이 영화언어를 제대로 이해하지 못한 1920년대에, 그것도 소리를 통한 정보의 전달이 원활치 못한 무성영화 시절에 음악과 변사의 목소리는 관람의 편이와 재미를 담보해 주는 중요한 존재였다. 이 사실을 한 영화인이 쓴 당대의 글을 통해 보자.

---

14) 최승일, 「극장만담」, 『별건곤』, 1927년 3월호.

전일 '양 키프라'의 노래를 들으려고 시외 어느 관에 갔더니 '키프라'가 한참 가극 '토스카'를 노래하고 있는데 갑자기 그 중도에서 발성이 적어지며 변사 아저씨가 '맑은 시냇물 소리와도 같은 그의 노래는 사람의 … ' 하고 나오기 시작함으로 변사의 뱃심에 어처구니가 없어서 얼이 도망갔다. 그랬더니 다음 장면에 음악이 나오면서 주역의 두 사람이 사랑을 속삭이는 '러브씬'에 이르러 영화는 바이올린 선율로 연주되고 들리는 것은 영사실의 기계 도는 소리 … 라고 하는 판에 벽력 같은 소리와 함께 '변사 죽었니, 해설하라!' 하는 고함이 관중 속에서 일어났다.15)

이 글이 발표된 것은 1937년인데, 이 시기는 이미 유성영화가 완전히 정착된 시기로 무성영화는 더 이상 창작되지 않는 시기이다. 그런데 여전히 오케스트라의 음악연주와 변사의 목소리는 스크린 위의 화면과 함께 영화관람의 주요한 요소로 자리 잡고 있음을 볼 수 있다. 물론 이 시기에 1920년대와는 달리 오케스트라와 변사가 점차 사라지고는 있지만 1920년대 물론이고 나아가서는 1930년대까지 음악과 변사의 목소리는 관객들에게 극장체험으로서 여전히 남아 있었던 것이다. 그렇다면 1920, 30년대 음반극 제작자에게는 음반극을 제작할시, 당대의 관람객들이 영화를 볼 때 가졌던 극장체험을 가장 근접하게 또 절실하게 살려 주는 것이 중요했던 것이다. 때문에 음반극은 도저히 생성할 수 없었던 스크린 위의 영상을 뺀 변사의 목소리와 음악의 생생한 생성에 심혈을 기울인다.

음반극은 1, 2편을 제외하고는 모두 오케스트라 음악을 전주로 하여 시작된다. 그 길이가 극히 짧은 경우도 있지만 대부분 각각의 음

---

15) 夏蘇, 「영화가 백면상」, 『조광』, 1937년 12월호.

반극의 극적 분위기에 맞는 음악을 삽입함으로써 영화적 서사의 세계로의 몰입을 자연스럽게 유도하였는데, 이 점은 극장체험의 생성을 동시에 유발하는 것이기도 했다.

1930년대의 극장에서는 영사를 바로 시작한 것이 아니라 오케스트라의 음악이나 변사의 전설을 먼저 들려줌으로써 마치 영사 전에 소등하는 것처럼 영화에의 몰입을 적극적으로 이끈 것이다. 또 그 음악의 성격에 따라 영화적 서사의 내용을 미리 암시받기도 했다. 즉 애잔한 전주를 들려주어 가정비극 같은 멜로드라마적 서사를, 장중한 전주를 통해 전쟁극적 서사를, 경쾌하고 빠른 전주를 통해 액션물적 서사를 짐작하게 했다. 특히 「방아타령」이나 「처녀총각」처럼 토속적 세계를 다룬 음반극은 국악이나 민요독창을 전주로 택함으로써 음반극의 분위기까지도 감지할 수 있게 했다.

전주가 연주되고 나서야 본격적인 변사의 목소리가 시작되는데, 때로는 오케스트라의 여주나 독창이 배경음악으로 흐르면서 변사의 낭송이 이어지기도 하고 때로는 문자 그대로 전주가 끝남과 동시에 변사의 목소리만이 이어지기도 한다. 특히 「개척자」의 경우처럼 사랑하는 사람사이의 애틋한 심정, 집안의 결혼강요, 연인의 애매한 태도로 인한 절망, 좌절 속에 택한 자살, 연인과 가족의 참회 등으로 극적 상황이 이어지거나, 「며느리의 죽음」처럼 악인의 음모로 인한 선인의 고통스런 비애의 토로, 혈육의 죽음에 대한 분노의 감정 표출, 음모가 밝혀지며 겪는 악인의 자책감 등의 극적인 감정표출이 이어질 경우 음반극의 전편에 배경음악이 깔리는 경우도 있다. 물론 그 경우도 「개척자」의 경우는 무거운 분위기의 오케스트라의 협주

곡이, 「며느리의 죽음」은 애달픈 대금의 독주가 이어져 음반극의 주제에 맞는 음악이 세심하게 선별되고 있다. 특히 액션 - 멜로드라마적 성격이 강한 음반극의 특성에 맞게 선인과 악인사이의 목숨을 건 격투 장면에서는 예외 없이 급박하고 자극적인 선율의 배경음악이 흐르고 있다.

그러나 음반극이 소리매체라는 점을 감안하여 소리의 다양한 활용에 심혈을 기울인 점 중에서도 가장 두드러지게 공을 들인 부분은 음반극에 삽입된 신여성의 독창이다. 「아리랑」, 「김옥균전」, 「방아타령」, 「풍운아」, 「볼카:코사크 대장 이야기」, 「젊은이의 노래」, 「봉자의 죽음」, 「비오는 포구」, 「유랑」 등 많은 음반극에 가냘프고 애잔한 음색의 독창이 흐른다. 유경미, 복혜숙, 이애리수, 강석연 등 신여성들의 독창이 삽입되었는데, 우리는 당대에 신여성, 음악가, 독창회 등의 기호들이 당대인들의 낭만적이고 소망적인 동경의 대상임을, 자유연애의 표상임을 잘 알고 있다. 당대의 많은 영화나 소설 속에는 이러한 사실이 그대로 드러난 경우가 많은데, 일례로 신문연재소설로, 단행본 소설로, 영화로, 연극으로, 음반극으로 최고의 인기를 누렸던 최독견의 「승방비곡」의 한 장면을 보자.

꽃피고 달 밝은 작년 봄이었다. 경성 종로 중앙 기독교 청년회 강당에서 경성민립고아원창립후원음악회(京城民立孤兒院創立後援音樂會)가 열리었다. 이날은 조선의 유수한 남녀음악가들이 총출연을 하게 되었다. 여자가 모이는 곳이라면 빠져 본 적이 없는 필수는 이날도 모양을 낼대로 내고 백권석에 가 앉았다. 〈독창 김은숙양〉 이런 프로그램이 다달았다. 초조한 청중의 박수에 끌리어 김은숙양은 어린 공

작(孔雀)처럼 연단에 나타났다. 스페니쉬 세레나드리라는 유랑한 독
창이 시작되었다. 청중은 신비(神秘)에 취한 사람 모양으로 질식이나
할 듯한 흥분에 취하였다. 이화학당 시대부터 음악의 천재로 불리우
던, 명년에 동경여자음악학교를 졸업하는 김은숙 양의 당야 출연은
여지없이 성공하였다.16)

모던한 외모, 근대교육적 지식, 자유분망한
연애관 등으로 당대인들에게 선망의 대상이 된
신여성들이 그 매력적 풍모를 가장 극적이고
상징적으로 보여줄 수 있는 무대가 바로 독창
회였다. 세련된 옷과 매너로 아름다운 선율에
맞춰 노래 부르며 청중의 경탄스런 시선을 받
는 신여성이란 곧 바로 대중의 스타였고, 그 노
래란 스타와 동일시 되는 꿈과 동경의 기호였
다. 특히 대중문화기 성행하는 시기인 1920, 30
년대에 이미 이월화, 복혜숙 등은 연극, 영화

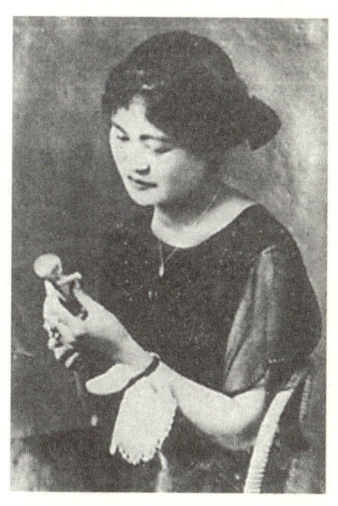

등을 통해 대중의 스타로서 성장했으며, 그들
의 연기, 노래 등은 절정의 인기를 누렸다. 바

대중가요 「사의 찬미」로 대중의 스타로
부상한 윤심덕. 영화, 연극, 가요 등 대중
문화의 여러 장르에서 많은 신여성들이
배우와 가수로 대중적 인기를 누렸다.

로 이러한 점 때문에 음반극에 수록된 신여성의, 대중적 인기인이
된 여배우들의 독창은 이미 그 자체의 감상만으로도 흥미와 감동을
주는 대상이었다. 더욱이 인기 여배우들이 애잔하고 가냘픈 목소리
로 감상적인 정조의 사랑과 이별을 노래할 때면17), 다중의 관객이

---

16) 최독견,『僧房悲曲』, 한국문학전집 7, 민중서관, 1959, p.334.
17) 초록바다 물결도 곱게 잠들고

함께 정서적 체험을 공유하며 감상하던 극장체험과는 달리 한적한 사적 공간 속에서 감상하던 유성기 음반 감상은 한층 정서적 울림이 은밀하고 컸을 것이다.

등불없는 거리에 밤도 깊은데
님 그리워 헤매는 애달픈 신세
젊은이의 노래도 이리 떨린다
            「젊은이의 노래」

흘러가는 이 신세 그립던 마을
흐르고 더 흘러서 어디로 가나
정든 고향 내 집을 너무 그리워
해가 지고 저문 길 눈물에 하직하네
            「유랑」

6부
영화소설과 영화적 상상력

1. 영화와 영화소설

1920년대에 들어 조선은 영화, 출판, 방송, 가요, 스포츠 등 대중 문화 전반에서 두드러진 성장을 보이는데, 특히 당대에 '문화의 패 왕'이라고까지 불리던 영화는 비약적인 발전을 이룬다. 이 시기 영화 의 성장은 관객의 수에서 가장 명료하게 확인할 수 있는데, 구체적 으로 영화관람객을 보면 260만 명(1927년), 390만 명(1928년), 410만 명(1929년), 510만 명(1930년), 530만 명(1931년), 570만 명(1932년), 590 만 명(1933년), 650만 명(1934년), 880만 명(1935년)으로 해마다 100만 명씩 증가하는데 이는 당시 총 인구가 2400만 명이었음을 감안하면 1935년의 경우 인구의 3분의 1이 극장을 찾았다는 계산이 된다.[1]

이러한 영화의 부각에 대해 영화인과 문학인들은 주목을 하였고, 시각은 다르다 하더라도 영화는 핵심적인 화두로 등장하였다. 영화 인들은 영화창작론에서부터 영화언어의 매체확산에까지, 문학인들

---

1) 이중거, 「한국영화사연구」, 중앙대논문집, 1973년 p.225에서 재인용. 이는 1936년 10월에 창간호이자 종간호인 조선영화에 실린 집계라고 한다.

은 영화가 가져 올 문학에의 영향이라는 원천적 문제2)에서부터 영화적 기법 혹은 영화언어의 문학적 수용에 대한 기술적 문제3)에 이르기까지 심각하게 고민하였다. 바로 이 추세를 타고 영화소설이 탄생하였다. 문자매체로서의 소설에 영화의 상상력과 기법을 적극적으로 수용한 영화소설이 창작되기 시작하였다. 이 시기 이후 현재까지 영화소설은 그 탄생배경과 창작의도를 여전히 간직한 채 영화와 부침을 같이 하며 면면한 생명력을 이어오고 있다.

영화소설은 영화의 상영과 직접적 관련을 맺은 경우 - 영화의 상영을 전제로 창작되었거나 혹은 상영된 영화를 소설화한 경우 - 도 있고, 영화의 상영과는 무관하게 영화적 시각의 소설적 수용을 의도한 경우도 있다. 소설가에서부터 시나리오 작가에 이르기까지 영화소설 창작자들의 신분도 다양하고 시나리오와 소설 간의 양식상의 격차에서 위치한 지점도 각기 다르며 서사의 내용도 상이하지만 영화소설은 영화적 상상력과 카메라 아이와 몽타주 같은 영화언어를 중심에 두고 소설적 서사를 완성했다는 점에서 공통된 특질을 갖는다.

영화소설은 영화의 부침과 그 궤를 같이한다. 영화가 번성했던 1920~1930년대, 1960년대, 2000년대에 영화소설도 활발하게 창작된다. 여기에서는 이 세 시기를 구분하여 각 시기마다의 영화소설의 특징을 살펴보려고 한다. 그런 노력은 영화소설의 흐름을 밝혀 소설사를 내실 있게 정리하는 데 작은 기여를 한다는 점에서도 의미가 있지만 한편으로는 문자매체와 영상매체의 관련성, 문자매체로서의

---

2) 김남천, 「문학·허구·기타」, 『조선문학』, 1937. 4, p.136.
3) 박태원, 「창작여록 - 표현·묘사·기교」, 『조선중앙일보』 1934. 12. 31.

소설이 가질 수 있는 가능성의 탐색이라는 점에서도 의미가 있다. 논의 대상 영화소설은 앞서 지적한 세 시기에 영화적 상상력과 기법을 적극적으로 수용했으면서도 작자의 변이나 소설제목에 영화소설이라 분명히 명기된 작품으로 한정한다.

2. 영상적 이미지와 '前說' - 1920~1930년대 영화소설

1920년대 중반부터 1930년대 말까지 영화는 가장 주목할 만한 성장을 이루었다. 조선키네마사, 금강키네마사, 독립프로덕션 등의 많은 영화제작사가 탄생하였으며, 전국에 퍼져 있는 공연장의 수는 96개소였고 영화상설관만도 39개에 달하였다.[4] 영화제작 및 수입도 활발하여, 조선영화의 경우 영화제작비 및 영화전문인력의 절대적 부족에도 불구하고 1926년 3편, 1927년 14편을 필두로 1935년까지 총 77편이 제작되었으며[5], 외화수입의 경우 1925년 한해만 보더라도 미국영화가 2130편, 유럽영화가 124편 등으로 방대한 양이었는데, 이런 규모는 1930년대까지 계속 이어졌다.

이 시기에 영화는 당대인에게 가장 중요한 오락거리이자 기호물로 성장하였는데, 이런 추세를 반영하여 영화의 감동과 재미를 재현하려 한, 영화의 상상력과 기법을 수용하려 한 영화소설이 창작되었다. 1926년에 동아일보에 연재된 심훈의 「탈춤」을 효시로 하여 1939년 매일신보에 발표된 최금동의 「향수」에까지 일제하에서 발표

---

4) 한국영화교수협의회 편, 『영화란 무엇인가』, 지식산업사, 1990, p.180.
5) 이효인, 『한국영화역사강의1』, 이론과실천, 1992, p.59.

된 영화소설은 확인할 수 있는 것만 해도 24편이다. 이들 영화소설은 발표되면서 제목앞에 '當選映畵小說', '短篇映畵小說', '映畵小說'을 분명히 명기하였으며, 심지어는 「탈춤」에서처럼 작품의 일부분을 시나리오 형식으로 만들었다.6) 영화소설이 새로운 소설형태라는 분명한 장르의식을 보여준 셈이다.

이 시기의 영화소설이 보인 영화적 상상력과 시각은 영상적 이미지의 재현에서 가장 근원적이고 중요한 특질을 보인다. 영화는 자극적이고 선명한 영상과 격렬하고 빠른 동적 움직임, 웅장한 스펙터클을 선보였고, 그것에 매료된 영화소설 작자들도 소설에 영상적 이미지를 재현하는데 집착을 보인다. 영화소설에 나타난 영상적 이미지는 가시화나 동적 움직임에 대한 집착에서 지속적으로 보이는 것이지만, 역시 영화소설의 영상적 이미지가 가장 특징적이고 두드러지게 보이는 경우는 웅장하고 장엄한 장면 즉 스펙터클의 연출에서이다. 영

1916년작 미국영화 「Intolerance」. 영화가 독특하게 창출한 웅장한 장면 즉 스펙터클은 영화소설의 문면을 통해서도 시도되었다.

6) 심훈은 「탈춤」의 신문연재 시, 결혼식 장면을 시나리오 형식으로 쓰겠다는 말을 연재물 중간에 삽입하였다.
   심훈, 「탈춤」, 『한국문학』 권12 심훈편, 삼성당, 1988, p.553.
   … 결혼식까지 하게 되기전에 여러 가지 층설이 있어 세밀한 묘사를 해야 할 것이나 스틸(삽화사진)이 부족해서 부득이 경정경정 뛸 수밖에 없이 되었고 결혼식 장면은 전문 용어만은 쓰지 않고 원 영화 각본을 꾸미는 체로 시험삼아 써봅니다 … (작자)

화는 '극단적인 롱쇼트'(extremly long shot)에서 보듯이 카메라 렌즈의 기계적 조작을 통해 얼마든지 먼 거리에서 광활한 공간을 시각적으로 잡아낼 수 있다. 이러한 새로운 시각으로 그려진 웅장한 장면은 곧 새롭게 창출된 장면이라 할 수 있겠는데 영화는 이것을 다중의 군상이 벌이는 전투장면 등에서 빈번하게 사용하였고, 관객은 그 새로운 장면에 경탄하였다. 그것은 새로운 시각의 발명이라 할 만한 것이라 하겠는데, 일제시대 최고의 흥행작인 영화「아리랑」은 그 단적인 예를 보여준다. 1926년 제작비 15,000원을 들여 3개월에 걸쳐 촬영된「아리랑」은 같은 해 10월에 단성사에서 상영되면서 공전의 흥행적 성공을 기록한다.「아리랑」의 성공은 조선의 농촌장면과 아라비아의 사막장면을 교묘히 대비시킨 몽타주와 같은 비교적 세련된 영화기법을 선보였고[7], 민족적 현실에 대한 울분의 토로, 고발이 관객의 심정적 공감을 얻은 데 크게 기인한다. 그런데 이와 함께 주목해야 할 점은 격투신, 살인극 같은 자극적인 사건설정과 빠른 사건전개, 그리고 웅장한 장면연출이다. 구체적으로 천상민과 기호로 대변되는 지배계층과 영진남매, 현구, 농민으로 대변되는 기층계층의 갈등이 격화되다가 기호가 영희를 겁탈하려는 사건을 계기로 기호와 현구 사이에 격투가 벌어지고 이 소식을 들은 수천명의 농민들이 영진의 집으로 몰려간다. 이 모든 사건은 빠른 템포로 진행되어 긴박감을 자아내는데, 무엇보다 가장 절정인 장면은 수천 명의 농민이 민요를 일으키듯 영진의 집으로 몰려가는 장면이다. 이 장면에서 당시로서는 상상하기 힘든 무려 800여명의 엑스트라를 동원하여 웅

---

7) 김종원, 정중헌,『우리영화 100년』, 2000, pp.120~122 참조.

장한 장면을 연출하였다.8) 당연히 '극단적인 롱쇼트'로 촬영된 이 장면은 카메라 렌즈의 도움을 받아 시점이 확장된 경우라 하겠는데, 또 영화가 갖는 독특한 강점이라 하겠는데, 영화소설은 이런 웅장한 장면 즉 스펙터클을 문면에 수용하였다. 그 구체적 예로 1937년에 동아일보에 연재된 최금동의 『애련송』의 마지막 장면을 보자.

　○ 수녀원
　땡그렁- 땡그렁땡 …
　수녀원의 종소리는 변함없는 목청으로 아침을 알리건만, 오늘따라 저소리는 끝없이 서글프게 들려온다. 어제밤 그리도 몸살을 앓던 비바람도 지금은 씻은 듯이 개이고, 흑요석(黑曜石)처럼 아름다운 하늘에 십자가의 윤곽이 어슴프레히 나타났다. 새벽의 정적을 깨치고 떠오르는 맑고 깨끗한 레쿠이엠의 합창. 백여명의 수녀들이 손에 손에 묵주와 성경과 촛대를 받들고 발걸음도 엄숙하게 성당으로 모여든다. 새칼한 장막에 움직이는 그윽한 촛불들. 제단아래 잠든 듯이 누워 있는 남숙 - 그 모든 것을 다 버리고 승천하는 여인의 얼굴은 거룩하기 그지 없다. 레쿠이엠은 더욱 높아가고 - 종소리는 끊임없이 울린다. 9)

　『애련송』에서 젊은 바이올린니스트 최철민과 청구중학교 설립자의 딸이자 Y여전 음악과 학생인 안남숙은 사랑하는 사이이다. 하지만 청구중학교가 운영난에 처해 폐교의 위기에 이르자 안남숙은 청년부호로 청구중학교를 지원하겠다는 강필호와 원치 않는 결혼을 하게 된다. 하지만 안남숙은 여전히 최철민을 잊지 못하고 괴로움과

---

8) 김종원 · 정중원, 앞의 책, p.114.
9) 최금동, 「愛戀頌」, 『한국시나리오선집 1』, 집문당, 1982, pp.269~270.

죄책감에 시달린 나머지 집을 나와 수녀원에 들어간다. 하지만 극도로 피폐해진 육신과 정신으로 말미암아 최철민과의 애틋한 재회 속에 죽음을 맞게 된다. 예문이 바로 그 장면인데 작자는 매우 의도적으로 소설의 문면에 영화가 갖는 강점인 스펙터클의 연출을 재현하고 있다. 순결한 여인의 죽음이라는 비감어린 마지막 장면을 극적으로 살리고자 작자는 백여 명의 수녀들이 연출하는 웅대한 스케일 - 무려 백여 명의 수녀들이 똑같은 제복을 입고 묵주와 성경을 손에 든 채 엄숙하게 걸어가는 장면을 상상해 보라, 또 100여개의 촛불이 흔들리며 연출하는 빛의 장관을 상상해 보라 - , 새벽이라는 시점, 그리고 레쿠이엠의 장엄한 합창을 동원하여 엄숙하고도 웅장한 절정의 분위기를 연출하며 강렬한 영상적 이미지를 그리고 있다. 바로 이런 장면이 영화가 카메라의 기술적 도움을 받아 독특하게 창출했던 스펙터클의 소설적 수용이라 하겠는데, 그것은 달리 말해 영화소설이 갖는 독특한 시각 혹은 매력이라 하겠다.

영화의 영상적 이미지를 소설의 문면에 도입하려는 두드러진 노력은 액션의 도입에서도 드러난다. 영화는 무엇보다도 문학이나 연극에 비해 빠르고 격렬한 움직임을 자유롭게 그릴 수 있다는 점에서 강점을 갖는다. 영화의 태동기에 이미 열차의 운행, 소방수의 활약 등과 같은 역동적인 움직임이 압도적으로 선호되었으며, 극영화를 발전시킨 에드윈 포터의 1903년작「대열차강도」에 이르면 벌써 악한들이 열차를 탈취하여 승객들의 금품을 빼앗아 도망가고 민병대가 끝까지 추적하여 결투를 벌이는 극적 액션의 정점을 보여준다. 1920년대부터 세계영화를 주도한 미국영화에서 중요한 장르인 서부극, 코

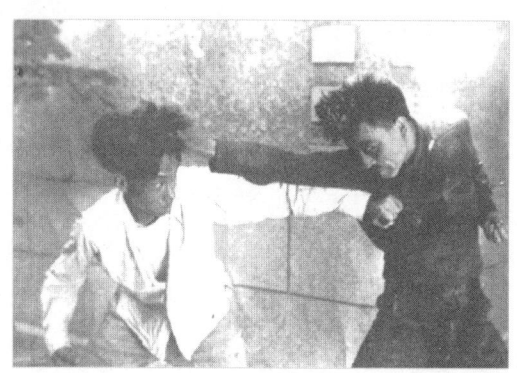
나운규 각색, 감독, 주연의 「철인도」. 무성영화 시절 활극은 영화가 독보적으로 창출할 수 있는 독특한 매력이었다.

미디, 모험극 등은 모두 액션을 근간으로 하는 것이다. 서부극은 말을 타고 벌이는 추적, 치열한 총격신 등이, 코미디는 추적, 때리기, 던지기 등이 어우러진 이른바 슬랩스틱이[10], 모험극은 집요한 추적, 오지에서의 생존[11] 등이 그것이다. 액션은 특히 소리가 없던 무성영화 시절에는 영화가 독특하게 그릴 수 있는 영역이었다. 이 시기 영화의 특질에 맞게 영화소설도 액션의 구현에 깊은 관심을 갖게 됨에 따라 영화소설의 문면에는 액션이 넘쳐난다.

1927년작 최독견의 『승방비곡』에서는 대부호이자 호색한인 이필수가 동경음악학교 출신 여학생인 김은숙에게 사랑을 고백하나 외면당하고, 김은숙이 동경불교대학을 졸업한 최영일을 사랑하는 데 격분하여 위장납치극을 벌인다. 당대 소설에 흔히 등장하는 사랑의 삼각관계인 듯이 보이지만 소설에서는 납치극을 중심으로 한 활극이 서사의 중요한 축으로 등장한다. 즉 이필수의 지인인 박인환 일당이 김은숙을 납치하고, 미리 짜고 감금장소에 나타난 이필수가 그녀를 구해주며, 그 음모를 눈치 챈 김은숙의 연인인 최영일과 이필수가에 원한을 가진 한명진이 구출극, 복수극에 나서는 이야기가 서

---

10) 스티븐 C 얼리, 『미국영화사』, 이용관 역, 애건사, 1986, p.286.
11) Jack C. Elis, 『세계영화사』, 변재란 역, 이론과실천, 1988, p.164.

사의 중요한 축이 된다. 사건의 진행과정에서 자동차와 오토바이가 동원된 납치극과 추적극, 권총을 두고 벌어지는 격투씬 등이 긴박하고도 격렬하게 그려진다. 자연히 독자는 삼각관계의 애틋한 심정적 갈등보다는 액션이 주는 통렬하고 긴장감 있는 재미에 몰두하게 된다. 예의 스크린 위에 펼쳐지는 액션에 숨죽이며 감동하고 환호하던 관객의 체험을 그대로 재현한 형국이다. 또한 1929년에 박문서관에서 단행본으로 발표된 영화소설 『아리랑』에서는 현실의 박해 속에서 정신이상이 된 오영진이 자신의 가족과 마을 사람을 괴롭히던 지주 천상민과 그의 청지기인 오기호를 저주한 끝에, 자신의 누이를 겁탈하려는 오기호와 그의 하인들을 격투 끝에 낫으로 찔러 죽이며, 1930년작 영화소설 「풍운아」에서는 호색한인 안재덕이 순결한 혜옥을 겁탈하려 하자 그녀를 사랑한 창호가 나타나 격투를 벌이며 결국은 분노한 영자가 쏜 총에 안재덕이 죽는다. 이처럼 대부분의 경우 영화소설의 악인이나 건달과 선인이나 신사간의 대립과 갈등은 그 정점까지 달한 상태에서 목숨을 건 격투로 이어지며 선혈이 낭자한 살인으로 이어진다. 강렬한 액션이 주는 박진감과 긴장감이 자극적인 영상적 이미지를 만들며 이어진다. 바로 이런 점 때문에 영화소설은 폭력적이고 모험적인 육체적·동적 움직임의 세계를 소설에 도입하였다고 평가받을 수 있다.

영화소설이 영화적 상상력과 시각을 중요시 한 두 번째 경우는 당대의 무성영화 상영에서 제대로 된 영화감상을 위해 필수적으로 등장했던 변사와 관련된 사실이다. 무성영화 시절 영화의 이해와 감동을 고조시키기 위해 때로는 해설을 맡아 때로는 배우의 목소리를 맡아 열연했던 변사는 당대의 인기스타였다. 관객들은 스크린 위의 화면과 함께 변사의 목소리와 연기를 보아야 제대로된 영화감상이 이루어진 것으로 여겼다. 자연히 영화의 감동을 소설에 도입하고자 했던 영화소설은 변사의 역할을 소설의 문면에 드러내고자 하였는데, 가장 두드러진 경우는 변사의 목소리의 도입으로 나타난다. 독자의 감상적 정서와 호기심이 가장 극적으로 고조되는 장면에서, 절박한 위기의 상황에서, 씬(scene)에 해당되는 장면의 큰 전환부에서 소설의 문면에 변사의 목소리를 재현하여 극장의 들뜨고 흥분된 체험을 소설의 문면에도 즉 독서의 과정에도 나타나게 했다. 그런데 이와 함께 변사의 역할에 대한 소설적 수용의 중요한 예는 '前說'의 도입에서 나타난다. 그 구체적 내용을 보자. 나운규의 영화소설 「잘 있거라」는 서두에 '槪要'를, 「사나이」는 서두에 '梗槪'를 두었는데, 이는 소설의 핵심 줄거리를 정리한 것인데 무려 1,000여자를 넘는 긴 분량이다. 이 두 영화소설은 단편분량이라 소설을 읽는데 편리함을 도모하기 위해 이처럼 긴 분량의 개요를 둘 필요도 없고, 무성영화 시절의 자막이라고 하기엔 너무도 긴 분량이라 자막화가 어울리지도 않고 기술적으로도 불가능하다. 그럼 이것들은 무엇인가? 이 점을 밝히기 위해 나운규 작 「아리랑」의 서두에 文— 이 쓴 머리말을 살펴보자.

　　머리말
　　가장 우리 조선의 색채가 있고 따라서 빈약한 농촌의 그 무엇을 자아낸 춘사(春史) 나운규 씨의 원작영화 '아리랑'을 영화소설로 쓰기에는 무한한 주저를 몇 번이나 거듭하였는지는 나로서도 그 수를 헤아릴 수 없을 만치 되었든 것이다. 그리고 공연한 서투른 솜씨에 원작을 그대로는 표현시키지는 못할지라도 원작에 상처나 주지 않을까? 하는 염려도 또한 적지 않았던 것이다. 그러나 이 '아리랑'을 쓸 때에는 단성사(團成社) 서상필(徐相弼) 형의 많은 도움이 있었음으로 안심은 되었던 것이다. 〈文一〉

머리말은 나운규의 원작을 문일이 정리·각색했다는 것과 함께 그 과정에서 서상필로부터 많은 도움을 받았다는 것을 보여준다. 서상필은 무성영화 시절 문예극 영화에서 단연 두각을 나타냈던 서상호의 동생으로서 본인 역시 변사로서 이름을 날렸다. 무성영화시절 감칠 맛나는 해설을 통해 영화의 감상을 돕던 변사로는 우정식, 김덕경, 김영환, 최종대, 김학근 등이 있었는데, 1922년 경기도 감찰부가 변사시험을 시행할 때 당시 서울에서 활동하고 있는 변사의 수가 60여 명에 이르렀다.[12] 서상호는 力士로서 형인 상호의 길을 따라 처음엔 영사기사로 출발했다가 후일 활동사진 해설계의 중진(重鎭)으로서 명성을 떨쳤다. 그의 별명은 '로로'였으니 '로로'인즉 미국 활동사진 명금(名金)에 나온 배우의 이름인데, 상필의 생김새가 이 '로로'와 비슷한 데서 나온 말이었다.[13] 서상필이 변사라는 사실과 상기한 예문의 '서상필 형의 많은 도움'을 고려하면 나운규 원작, 문일 각색의 영화소설 「아리랑」 집필과정에 서상필의 변사로서의 경험이 크게 영향을 주었다는 사실을 알 수 있다.

변사는 음향이나 인물의 대사가 없던 무성영화 시절, 영화의 내용

---

12) 동아일보, 1922. 6. 1.
13) 안종화, 『한국영화측면비사』, 현대미학사, 1998, p.34.

을 설명하고 주인공들이 주고받는 대사를 혼자서 주고받았다. 역할
과 상황에 따라 다채로운 목소리를 낼 뿐만 아니라 실감나는 연기도
수반하여 관객의 인기를 끌었다. 관객들은 변사와 호흡을 맞춰가며
영화감상을 하였고, 곧 그것은 영화감상의 익숙한 풍경이자 기호물
로 자리를 잡았다. 1910년대에서 30년대까지 변사는 대중적 스타였
으며, 경제적으로도 풍족했는데, 그것은 영화에서 맡았던 변사의 역
할이 대중적 호응을 크게 얻었다는 것을 의미한다.

그러면 앞서 제기한 영화소설의 서두 부분에 등장하는 소설 전편
의 줄거리를 소개하는 '梗槪', '槪要'와 변사는 무슨 관계가 있는가?
즉 소설이나 시나리오에는 어울리지 않는 소설의 핵심적 내용에 대
한 소개는 어떠한 이유로 영화소설에 수용되었는가? 이 사실을 살펴
보기 위해 무성영화 시절에 대한 한 증언을 인용해 보자.

그 당시의 극장으로 말하면, 야시장에서 싸구려로 파는 이야기 책
또는 고대소설을 읽을 때에나 나옴직한 목쉰 말투로 전설(前說)을
끝내야만 의례히 영사가 시작되기 마련이었다. 그러면 변사는 한껏
목소리를 가다듬어 제스처도 멋지게 해설을 전개하는데, 흥에 겨울
때의 그 얼굴 표정이 또한 볼만했다. …… 영사 개시 전에는 의례히
악대(樂隊)가 흥겹게 행진곡도 연주했고, 한껏 모양을 낸 변사가 무
대에 나타나면 우뢰 같은 박수가 터져 나왔는데, 지정된 자리에 앉
은 변사는 갖은 애교를 다 부리면서 청산유수와 같은 열변을 한바
탕 늘어놓기 일쑤였다.14)

인용문에서 말한 스크린 위에 영사가 시작되기 전에 변사가 의례

---

14) 안종화, 앞의 책, p.30.

히 한 '전설'이란 일본의 영화상영방식이 도입된 것이다. 일본의 다이쇼(大正 1912-26) 중기 이후에는 극장 안이 어두워진 상태에서 변사가 등장하는 것이 일반적인 형태로 자리 잡았으나, 초기에는 영화를 상영하기 전에 미리 무대에 나와 영화에 관한 내용이나 등장인물의 배역 등을 설명하기도 했는데 이를 전설(前說, 마에세쯔)이라고 했다. 전설을 얼마나 재미있게 진행할 수 있는가에 따라 변사의 인기가 달라지기도 했는데, 급료를 결정하는 평가기준이 될 정도였다.15)

영화소설의 작자들이 영화소설을 '새로운 독법 - 극장에서 한편의 영화를 감상하듯이 읽는 독법'으로 읽어 줄 것을 강조한 점을 상기해 보면 영화소설 서두의 '경개' 및 '개요'는 바로 극장에서 스크린 위에 영사를 개시하기 전에 변사가 영화의 줄거리를 요약해서 설명해 주던 '전설'인 것이다. 독자는 바로 이 전설에 해당되는 경개 및 개요를 읽으면서 스크린, 악대, 변사로 구성되는 극장체험 속으로 들어갈 수 있었으며, 인물의 심리나 성격, 그리고 사건의 진행에 대한 세밀한 묘사 없이 비교적 간결하고 동적 움직임 중심으로 기술되는 영화소설의 진행을 따라 잡을 수 있었던 것이다.

방식은 다소 다르지만 영화소설의 서두에 '前說'을 두는 예는 심훈의 「탈춤」과 나운규 원작, 문일 각색의 「아리랑」에서도 볼 수 있다. 두 편의 경우는 모두 '前說'이 소설의 주제를 제시하고 있는데 다만 차이점은 그 기술이 직설적이냐 상징적이냐 하는 점이다. 심훈의 「탈춤」의 前說은 가난한 청춘남녀가 대부호이자 호색한인 악인에게 고통을 당하고, 순결한 여주인공을 사랑한 수호천사형 인물이 악인과

15) 조희문, 「영화의 대중화와 변사의 역할」, 『디자인연구』, pp.232~233.

맞서 싸우는 이야기를 다룬 주제를 탈춤에 빗대어 상징적으로 표현하였고, 나운규의 「아리랑」의 前說은 조선의 가난한 농민들이 받는 고통과 수난이라는 주제를 직설적으로 토로하고 있다.16)

3. 스틸사진과 영화소설 - 1960년대 영화소설

해방 후의 정치·사회적 혼란과 1950년대 초의 6·25전쟁으로 한동안 침체기를 걷던 한국영화는 1955년부터 1960년대까지 다시 도약기를 맞는다. 영화사상 유례없이 많은 제작을 하게 되었고 많은 영화인을 배출하였으며, 영화소재도 다양해졌다. 1960년 무렵 한반도 전역에는 2백42개소의 영화상설관과 70여개의 영화제작사가 있었으며 1년에 1백여 편에 이르는 영화제작이 이루어졌다. 외국영화의 숫자는 주는데 비해 극장 수는 계속 늘어 우리영화 편수나 관객의 수는 1960년대 말까지 계속 늘어만 갔다.17)

---

16) 사람은 태고로부터 탈을 쓰고 춤추는 법을 배워왔다. 그리하여 제각기 가지 각색의 탈바가지를 뒤집어 쓰고 날뛰고 있으니 아랫도리 없는 목도깨비가 되어 백주에 큰길을 걸어다니기도 하고 때로는 제웅같은 허수아비가 물구나무를 서서 괴상스런 요술을 부려 같은 인간의 눈을 현혹케 한다. (中略) 그리하여 모든 인간은 온갖 모양의 탈을 쓰고 계속하여 춤을 추고 있다. 「탈춤」

　살진 전답(田畓)과
　아름다운 산천(山川)을
　자랑하든 백성(百姓)들이
　길고 긴 세월(歲月)에 쌓인
　설움의 시(詩)를
　읊으려 한다. 「아리랑」

자연히 영화에 대한 당대인들의 관심이
고조되면서 문자매체로도 영화적 상상력과
감흥을 누리려는 영화소설의 간행이 성행
하였다.『쌍면경』,『젊은 연인들』,『슬픔은
여성에게만』,『젊은 아내』,『유관순』,『비극
은 없다』,『춘희』,『사랑은 흘러가도』,『죄없
는 청춘』,『피는 살아있다』,『푸른 하늘 은
하수』등이 영화소설이라 분명히 명기되며
단행본으로 출간되었는데, 특히 이 시기는
영화와 거의 같은 시기에 영화소설이 발표
되었다. 주로 B6판의 크기에 매 페이지마
다 10cm×10cm 크기의 실제 영화장면을
담은 스틸사진(삽화사진, 장면사진이라고도

1960년에 발표된 박두환의 영화소설 『피는 살아
있다』의 표지. 신현호 감독, 전영주, 김진규 주연
의 동명 영화도 제작되었다.

불렸음)을 소설의 서술장면에 맞게 넣었다. 여기에서는『피는 살아있
다』와『푸른 하늘 은하수』를 중심으로 이 시기의 영화소설의 특징을
살펴보려 한다.

먼저『피는 살아있다』는 희곡작가로서 활동하던 박두환이 쓴 영
화소설인데, 애국부인회를 중심으로 항일운동을 한 김마리아의 항일
투쟁상을 그리고 있다. 김마리아는 정신여학교와 일본 동경의 메지
로 여자학원, 미국 시카고 대학교 대학원을 마친 인텔리로서 평생을
항일운동과 교육사업에 헌신한 인물이다. 특히 애국부인회 회장직을
맡으면서 독립사상 고취, 대한민국임시정부 지원 등의 애국활동을

17) 한국영화학교수협의회 편, 앞의 책, p.208.

하다가 일경에 의해 체포되어 징역 3년형을 언도받고 복역하기도
했다. 이 영화소설이 발표된 것이 1960년 4·19 직후이니 항일운동
에 대한 관심이 고조된 사회적 분위기와도 맞았다. 『피는 살아있다』
는 총 74페이지 분량에 82장의 스틸사진이 담겨 있어 영화소설에서
영상이 자지하는 비중이 압도적으로 높다 하겠다. 우선 매 페이지의
상단 혹은 중심부에 해당서사부분에 해당하는 실제 배우들의 연기
장면을 스틸사진으로 실었는데, 이는 문자서술을 따라 읽기 전에 이
미 독자들의 머리 속에 각인된 유명 영화배우들의 상을 떠올리고 배
우들의 동작을 연상해가며 독서하도록 만든 경우이다. 즉 문자서술
을 따라 시각적으로 독서해 가는 과정 속에서 영화관의 스크린에서
현시되는 화면을 동시에 연상하도록 만든 것이다. 독자는 사적 공간
에서 사적인 시간에 독서하게 되는 그래서 독서과정 전체를 완전하
게 통어하며 읽게 되는 독서체험의 강점과 문자가 주는 깊이있는 사
색과 추상적 관념에 대한 비교적 자유로운 표출이라는 강점을 함께
가지면서도 스크린 위에 펼쳐지는 영상이 갖는 완벽한 시각적 이미
지의 재현과 동적이고 빠른 영상의 전개가 갖는 매력을 동시에 느끼
도록 한 것이다. 그래서 『피는 살아있다』에서는 보통의 소설에서는
흔한 인물의 외모나 동작, 그리고 배경에 대한 세심한 묘사나 서술
없이도 스틸사진의 상대적으로 놀라운 재현력에 힘입어 빠른 사건
전개에 치중할 수 있다. 일경과의 격투 중 총알을 맞아 피를 흘리는
독립투사를 그리는 장면에서 붉은 핏자국이 선명히 배인 흰 한복을
입은 고통스런 표정의 배우의 스틸사진이나, 김마리아가 일경에 체
포되어 고문당하는 장면에서 형틀에 매달려 살이 드러난 채 인두로

지져지는 배우의 스틸사진은 독자들에게 충격적인 감각적 재현을 일거에 해내고 있다. 바로 이런 부분에서 스틸사진과 문자 서술은 서로간에 상승작용을 일으키며, 사색적이면서도 감각적인 체험을 극적이고 절실하게 전달하고 있다. 분명 영화소설만의 특이한 독서체험이라 하겠다.

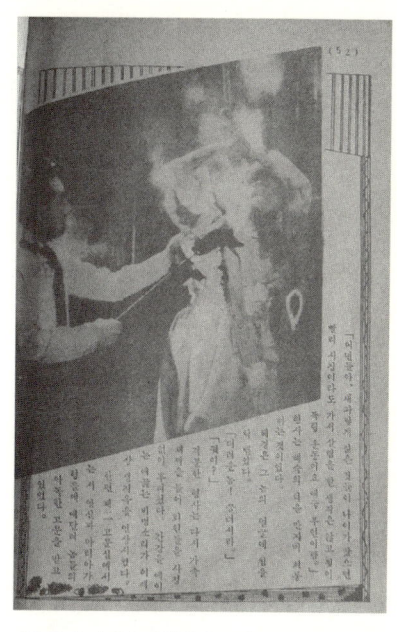

그런데 스틸사진이 첨부된 영화소설에서 특히 주목해야 할 점은 등장인물 혹은 그들의 행동이 갖게 되는 특이한 위상이다. 『피는 살아있다』의 스틸사진은 영화의 필름을 직접 받은 것이어서 출연배우들이 그대로 등장한다. 당대의 최고배우들인 김

배우들이 실연한 영화장면을 담은 사진은 스틸사진, 장면사진, 삽화사진 등으로 불렸다.

진규, 황정순, 문일봉, 허장강, 황해, 김승호, 이예춘 등이 스틸사진에 모습을 드러내는데 이는 영화소설을 읽는 과정에서 간단치 않는 역할을 한다. 이 배우들은 이미 많은 영화 편들을 통하여 독자의 머릿속에 특정의 이미지를 확실하게 구축해 놓은 특정의 기호체라 할 수 있다. 예를 들어 당대에 강렬한 연기로 악인의 이미지를 확실하게 구축한 허장강 같은 경우 이미 前篇의 영화들을 통해 구축한 악인 상의 면모는 고스란히 영화소설 속에 묻어들어올 수밖에 없다. 때문에 영화소설 『피는 살아있다』에 나오는 악랄한 韓人 巡査 유근수는 일반소설에 그려지는 단순한 인물에 그치는 - 일반소설 속에서 등장인물들은 소설 속에서 묘사되는 형상 그대로만 형상화 될 수밖에 없

허장강, 김진규, 황정순, 문일봉, 황해, 이예춘 등 당대 최고 인기배우들이 열연한 실연사진을 영화소설 매페이지마다 수록하였다.

다는 의미에서 - 것이 아니라 배우 허장강이 갖는 특정의 이미지에 끊임없이 영향을 받게 되는 특별한 인물로 탄생된다. 결국 달리 표현하면 스틸사진을 통해 압도적 영상의 재현을 동반한 영화소설의 경우, 등장인물은 문자서술이 그려내는 형상과 실제 배우들의 형상 사이에서 끊임없는 동요와 파장을 일으키며 만들어지는 특이한 등장인물이 된다.18) 즉 문자서술이 담고 있는 정보를 넘어 배우들의 스틸사진이 이미 형성한 영상적 이미지가 확장된 정보와 의미를 끊임없이 보충해가며 개입을 한다라고 말할 수 있다.

이처럼 문자서술과 스틸사진이 어우러진 독특한 양식의 영화소설이 독자들에게 색다른 상상력과 감흥을 불러온다는 점을 작자나 출판기획자는 명백히 인식하였는데, 그 사실은 『푸른하늘 은하수』에서 구체적으로 확인된다. 유한철의 『푸른하늘 은하수』는 경제적으로 파탄지경에 이른 부부가 야반도주를 하면서 갓 태어난 아이를 남의 집

---

18) 프랑시스 바누아는 『영화와 문학의 서술학』에서 영화자체내에서도 배우가 갖는 특정의 형상이 관객들에게 영향을 미칠 수밖에 없다는 점을 "영화의 주인공이 배우(관객은 자신이 보는 것이 배우라는 사실을 잊을 수 없다)와 행위자 사이에 위치한다는 것은 이러한 의미에서다. 스타의 얼굴과 몸은 허구를 시동시킨다"라고 지적하였다.
　　프랑시스 바누아, 『영화와 문학의 서술학』, 동문선, 2003, p.175.

문 앞에 버리고, 이 아이를 적적하게 살아가던 홀아비 뱃사공이 주어다 기르면서 벌어지는 가슴 아픈 사연이 축인 영화소설이다. 1960년대에 흔히 등장했던 최루성 멜로드라마이다. 홀아비 뱃사공 박만석은 옥이를 데려다 기르면서 가난하지만 삶의 희망에 넘치게 되며 성심껏 아이를 보살핀다. 밀수단 두목인 강억두가 예전의 인연을 빌미 삼아 끊임없이 괴롭히지만 박만석은 아이를 위해 꿋꿋이 참아낸다. 하지만 옥이의 친부모가 재기에 성공하여 옥이를 찾아 나서자 박만석은 옥이를 잃을지도 모른다는 불안감에 싸이고 급기야는 옥이와 함께 멀리 떠나 살기 위해 강억두가 제안하는 범죄에 가담하게 된다. 하지만 범행이 발각되어 유치장에 갇히는 신세가 되자 옥이의 장래를 위해 친부모에게 옥이를 넘기려 한다. 그 과정에서 옥이를 일부러 내치는 박만석과 그 사실을 알고 더욱 박만석에게 매달리는 옥이, 그리고 죄의식과 자식에 대한 그리움 사이에서 고민하는 친부모들의 가슴 아픈 사연이 독자들을 슬픔과 안타까움으로 몰아 넣는다.

그런데 『푸른하늘 은하수』는 한 단행본 안에 두 이본을 함께 넣어 수록하고 있어 이채롭다. 즉 상기한 줄거리를 담은 두 이본의 『푸른하늘 은하수』가 수록되어 있다. 그런데 처음에 수록된 『푸른하늘 은하수』는 매 페이지마다 10×10cm 크기의 스틸사진이 수록되고 문자서술은 인물들의 행동과 대화를 중심으로 간결하게 꾸며져 있는데 반해, 뒤편의 『푸른하늘 은하수』는 인물의 외모나 행동에 대한 세세한 묘사, 서사의 개연성을 주기 위한 구체적 설명 등이 스틸사진 없이 문자서술만으로 이루어져 있다.

| 소설 | — | 문자서술 영화소설 | — | 스틸사진 영화소설 | — | 영화 |

　　즉 문자매체와 영상매체의 차이 그대로 소설이 보다 더 언어의 상
징성에 기댄다면 영화는 영상적 이미지에 의존한다 하겠는데,『푸른
하늘 은하수』두편 모두 영화소설임은 분명하지만 앞 편이 영화 쪽
에 비교적 더 근접한 스틸사진 영화소설이라면 뒤편은 소설에 보다
더 근접한 문자서술 영화소설이라 하겠다. 그런데 작자나 출판기획
자가 희귀하게 한 단행본 안에 같은 줄거리, 같은 제목의 소설 두
편을 나란히 실었다는 것은 두 편 사이에 엄연히 다른 문학적 특질
이 존재함을 인정한 결과라 하겠고, 독자가 두 편을 읽을 시 분명히
다른 문학적 감응을 일으킬 것이라는 점에 대해 확신이 있었을 것이
다. 이제 그 두 편 사이의 차이를 적시해 보자. 먼저 영화소설의 첫
장면을 보자. 옥이의 생부, 생모는 돈을 벌 욕심으로 광산에 자신의
전재산과 마을 사람들의 재산을 투자한다. 하지만 광산에서 금이 전
혀 나오지 않아 파산지경에 이르자 둘은 북만주로 밀항할 계획을 세
운다. 둘은 배편은 간신히 구하지만, 갓난아이는 태울 수 없다는 선
주의 말에 쫓겨 아이를 남에게 주어야할 상황에 처한다. 갓난아이를
버려야 한다는 죄책감과 아이에 대한 그리움으로 둘은 심한 고통을
겪게 되는데 이 장면을 그리는 데 있어 두 편은 사뭇 다르다. 스틸사
진 영화소설은 초라한 방에 병색이 완연해 누워 있는 아내 역의 여
자배우와 아내의 손을 꼭 잡고 아내를 위로하며 함께 슬퍼하는 남자
배우의 스틸사진이 먼저 실리고 문자서술로는 아내의 고통스런 심정

과 절규가 간략히 그려져 있다. 이미 스틸사진을 통해 아내와 남편이 느낀 슬픔과 고통이 독자의 감각에 각인될 뿐만 아니라, "그건 안돼요. 난 못해요. 어떤 일이 있더라도"라는 대화도 배우의 육성으로 느껴지는데, 목소리 즉 청각이 주는 정서적 친밀감 때문에 독자에게는 그 정서적 반응이 한층 강렬할 수밖에 없다. 이 때문에 이 부부의 슬픔과 고통도 세세한 설명 없이 간략하고 단정적으로 기술될 수 있는 것이다. 하지만 문자서술 영화소설은 스틸사진의 영상적 이미지의 도움을 받을 수 없기 때문에, 역으로 긍정적 측면에서 말해보면 언어가 갖는 사색적, 상징적 특질을 한껏 고양시키기 위해 두 부부의 심리와 행동을 속속들이 묘파한다.

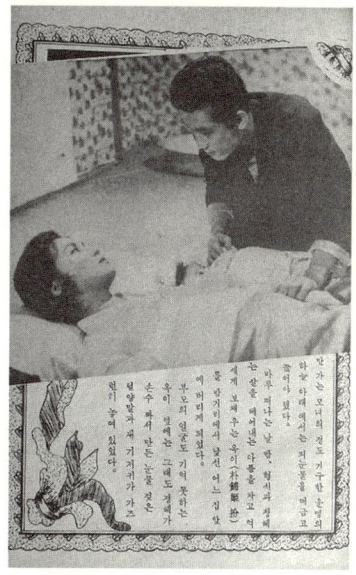

1961년에 발표된 『푸른하늘 은하수』에서 생활고로 아이를 버리는 처절한 심정의 부모 역을 맡아 열연하는 최무룡과 주증녀.

정혜는 눈앞이 캄캄해졌다. 자식을 다리고 갈수 없다니… 이일을 어떻게 했으면 좋을지…

그들의 머리에는 아무런 생각도 떠오르지 않았다. 옥이를 버리고 가다니! 도저히 상상조차 할 수 없는 말이다.

(中略)

어떠 일이 있드래도 자식을 버리고 갈 수는 없다는 아내 앞에서 형식도 함께 눈물을 흘리면서 지금의 당신의 애끓는 정을 나도 충분히 이해는 하지만 이번 기회가 수포로 돌아간다면 우리 일생은 마지막이고 죄없는 이 어린 것마저 죄인의 자식이 될 것이니 차라리 옥이를 버리고 가자고 타이르는 것이다. 남편의 울먹거리는 말소리를 들으면서 정혜는 자기의 가슴에 어린 자식을 힘껏 꺼안고 볼에다 얼굴을 부벼대면서 그것은 안될 일이라고 거듭 몸부림 치는 것이었다.[19]

이처럼 스틸사진이 가져오는 생생한 영상의 도움 - 배우라는 실물 인물들이 펼치는 생생한 연기장면의 도움 - 이 없이, 문자의 상징적, 개념적 힘에 의지하여 세밀한 설명과 묘사에 치중하는 문자서술 영화소설은 스틸사진 영화소설에서 생략되었던 많은 부분들을 복원시킬 수밖에 없는데, 구체적으로 만석이 옥이를 헌신적으로 돌보는 장면, 밀수범 억두 일행이 만석을 괴롭히는 장면, 옥이의 담임인 황규애 선생이 옥이를 보살피는 장면, 만석이 옥이와 도피할 자금을 마련하기 위해 억두 일파와 군용선을 습격하다 체포되는 장면 등에서 여러 일화나 삽화를 동원하고 인물의 동작이나 외모에 대한 세밀한 묘사나 설명을 덧붙힘으로써 장면을 생생하고 핍진하게 그려내게 된다.

심지어는 스틸사진 영화소설이 갖는 한계, 즉 한 페이지에 스틸사진을 한 장을 제시하고 빈 공간에 문자서술을 하는 방식으로는 한정된 분량의 서술을 할 수밖에 없다는 물리적 한계 - 하지만 이것은 스크린 위에 펼쳐지는 영상이 지루하지 않기 위해서는 한 씬(scene)이 대략 2-3분을 넘지 않아야 한다는 영화의 근본적 속성과 관련 된다 - 로부터 벗어나 사적 시간과 사적 공간에서 독서과정 전체를 완벽하게 통어하며 읽을 수 있는 문자서술 영화소설은 새로이 첨가된 장면이나 사건 그리고 설명을 갖게 된다. 예를 들면 옥이의 생부모가 옥이를

19) 유한철,『푸른하늘 은하수』, 중앙인쇄소, 1960, pp.91-92.

남의 집 앞에 버리면서 함께 남겼던 애절한 사연의 편지 전문과 어머니에 대한 그리움이 녹아든 옥이의 글이 전문 그대로 전사된다. 특히 스틸사진 영화소설에서 선술집 여주인 구점분이 일방적으로 만석을 사랑하는 것으로 단순화되었던 구점분 - 만석간의 관계는 문자서술 영화소설에서는 비중 있는 이야기의 축으로 등장한다. 구점분의 애절한 그리움과 섭섭함이 교차하는 복잡한 심리나 행동이 세밀하게 그려질 뿐만 아니라 만석이 구점분에 대해 느끼는 감정 혹은 그의 행동들이 세세한 설명과 일화 등을 통해 개연성과 구체성을 갖는다. 한 예를 들면 만석이 점분의 희생적이고 호의적인 태도에 대해 무관심했던 이유가 문자서술 영화소설에서는 설득력 있게 제시된다.

만석에게는 잊지 못할 사랑의 상처가 있었다. 그도 지난날에는 사랑하는 아내가 있었다. 가난하나마 아기자기하게 살아오던 어느 날 집으로 돌아온 그는 사랑하는 아내가 그를 배반한 것을 알게 되었다. 그날부터 그의 앞에서 아내의 그림자는 찾아볼 수 없었다. 그는 그를 배반한 아내였지만 미칠 듯이 아내를 찾아 거리를 헤매였다. 그러나 아내의 행방은 영영 찾을 길이 없었다. 그로부터 그는 이 세상의 계집을 믿지 않게 되었다. 만석은 그저 바람 따라 구름 따라 외로이 살아갈 뿐이었으니 점분의 마음을 짐작은 하면서도 그는 그 뜻을 받아드리지 않았다. (p.94)

아울러 스틸사진 소설에서 점분의 구애와 만석의 무관심이 평행선을 달리던 둘 사이도 문자서술 영화소설에서는 보다 현실감 있게 그려진다. 즉 만석과 옥이를 진심으로 위하는 마음이 거듭 확인하면서 만석의 굳게 닫혔던 마음의 빗장이 열리고, 만석은 점분에게 미안한 감정을 넘어 사랑까지 느끼게 된다. 특히 자신이 옥이의 행복을 위해 떠날 결심을 굳히고서는 점분에게 사랑한다는 말도 남긴다.

4. 영화기법의 창의적 수용 - 2000년대 영화소설

1990년대 말부터 일기 시작한 한국영화 성행은 2000년대에 이르러 절정기를 맞는다. 영화소재의 참신성, 대기업의 영화산업진출, 멀티플렉스 상영관의 전국적 설립에 힘입어 스크린 수는 1,000여 개를 넘었고 30년 만에 처음으로 영화 관람객수가 1억 명을 넘었다. 국내영화의 시장점유율은 1998년 25%에서 2001년 50.1%, 2002년 48.3%, 2003년 47%로 배 가까이 늘었다. 관객 300만 명이상을 동원한 흥행작만 2001년 「친구」(800만 명), 2002년 「달마야 놀자」(340만 명), 「두사부일체」(330만 명), 2003년 「색즉시공」(400만 명), 「살인의 추억」(500만 명) 등 다수였다.

이러한 영화에 대한 폭발적 관심과 더불어 영화적 상상력과 감흥을 문자매체로서의 소설에 도입하려는 시도가 다시 이어졌다. 김혜린의 『크리스마스에 눈이 내리면』, 전휘의 『쿠』, 하일지의 『마노카비나의 추억』, 김정환의 『남

화성 연쇄살인극을 다룬 「살인의 추억」은 배우들의 능란한 연기와 연쇄살인을 방조하는 80년대의 폭압적 상황에 대한 고발, 살인의 공포에 대한 충격적 재현, 시대의 질곡에 무너져 가는 두 형사의 내면심리에 대한 집요한 드러냄 등으로 평단, 관객 모두에게 호평을 받았다.

자, 여자, 그리고 영화』 등인데, 먼저 영화로 발표된 것을 영화소설로 개작하였거나 영화로 발표될 것을 염두에 두고 먼저 영화소설로 발표하였거나 혹은 영화제작과 무관하게 발표된 영화소설 등 그 탄생 배경은 각각 다르다. 하지만 문자매체로서의 영화소설로서 독서를 통한 감상을 전제로 하면서도 독자에게 영화적 상상력과 감흥을 불러일으키는 것을 주목적으로 한 점은 한결 같았다. 이 중 영화소설의 특별한 장르적 성격이 비교적 잘 두드러지고 서사물로서의 문학적 수준도 주목할 만한 하일지의 『마노카비나 추억』과 김정환의 『남자, 여자, 그리고 영화』를 중심으로 최근의 영화소설의 특질을 살피고자 한다. 각각 2002년과 2003년에 발표된 이 두 소설은 두 작가 모두 〈작가의 말〉을 통해 "나는 이제 **영화소설** 한편을 독자들 앞에 내어놓는다"(하일지), "이 작품을 쓰면서 내가 겨냥했던 것은 시나리오 혹은 원작소설의 개념을 뛰어넘는, 그리고 가시적인 가시화(可視化)의 한계를 뛰어넘는 **읽는 영화**다"(김정환)라고 언급함으로써 영화소설로 창작되었음을 분명히 밝혔다.

먼저 하일지의 『마노카니바의 추억』[20]은 한 시인의 문학세계를 탐구하는 TV 다큐멘터리물을 제작하는 일화를 다룬 영화소설인데, 교수이자 시인인 서인하와 학생이자 리포터인 강수미가 벌이는 갈등을 다루고 있다. 20여년 전의 사랑을 지금도 못 잊어 할 만큼 진지한 성격의 서인하는 다큐멘터리 제작 도중 의사로부터 암을 암시하는 듯한 통보를 받게 되어 절망의 나락으로 떨어지는데 한가닥 마음의 위안을 찾아 강수미에게 사랑을 고백한다. 하지만 다큐멘터리

---

20) 하일지, 『마노카비나의 추억』, 민음사, 2002.

제작을 위해 떠난 여행 내내 방송국 PD와 다큐멘터리물 작가, 그리고 운전기사와 자유로운 애정행각을 벌이던 강수미는 서인하에게만은 냉정하게 돌아선다. 그의 사랑에 대한 진지한 태도가 거북하고 숨이 막힌다는 이유이다. 결국 서인하는 자신의 동맥을 끊고 촬영지에 있는 바닷속으로 사라진다. 이 극적인 이야기를 담은 영화소설 『마노카비나의 추억』은 외견상 시나리오의 형식을 취하고 있는데, 총 124장면의 씬구분을 '#1 K대학 교정몽타주(제너릭신)', '#2 계단식 강의실 안', '#3 K대학 인문관 복도와 계단' 하는 식으로 구체적으로 명기하였다. 각 신구분에 담기는 서사가 서술의 시간과 스토리의 시간 모두가 짧은 영화적 특징(영화의 한 씬은 상영의 시간 2-3분을 넘지 않으며, 디에제즈의 시간 즉 제시된 행위의 시간도 특별한 경우를 제외하고는 짧다)을 보이고 있으며, 문면에는 '눈부신 햇살이 쏟아지고 있는 K대학 캠퍼스를 몽타주하고 있다', '카메라 팬(카메라의 수평적 이동 - 필자주) 하면서 저만치 개울가에 세워져 있는 카메라와 그 곁에 둘러서 있는 스테프들이 보인다', '카메라, 천천히 정수길 쪽으로 다가가면 카메라 오디오에서 서인하와 강수미가 나누는 대화가 흘러나오고 있다' 하는 식으로 영화언어 혹은 영화기법을 구체적으로 언급하고 있다. 또

#8 서인하의 서재 겸 침실, 새벽

새벽 어스름 속 선풍기 바람을 받아 책상 위에 펼쳐져 있는 책의 책장이 넘어갔다 넘어왔다 한다. 그때 요란한 전화벨 소리가 들린다. 그와 함께 카메라 팬하면서 곤히 잠들어 있는 서인하를 포착한다. 전화벨 소리가 몇 차례 계속되었을 때에서야 서인하는 잠에서 깨어나 전화를 받는다.

서인하 (선풍기 바람에 감기라도 걸린 듯 기침을 하며) 여보세요.
유하영 (off, 풀이 죽은 목소리로) 교수님 저 하영인데요, 이른 새벽에 죄송해요.
서인하 (의아해하는 표정과 목소리로) 무슨 일이지?
유하영 (off) 집안에 급한 일이 생겨서 도저히 오늘 함께 떠날 수 없게 됐어요.
서인하 (몹시 황당해하는 표정과 목소리로) 지금 와서 갑자기 그러면 어떻게 해? (유하영이 미처 대답을 하지 못하자 다그치듯) 대체 무슨 일이야? 왜 갑자기 그러는 거야?
유하영 (off, 잠시 머뭇거리다가 둘러대는 듯한 목소리로) 사실은 엄마가 위독해요.

20

2002년에 발표된 하일지의 영화소설 「마노카비나의 추억」은 시나리오처럼 씬구분과 카메라 워크 지시어를 문면에 명기하였다.

한 시나리오에서처럼 발화자를 구분하여 대사를 말하도록 하고 있는데 그런 방식은 심지어 다른 장면을 상영하면서 인물이 등장하지 않고 목소리만 흘러나오는 보이스 오프 장면에도 나타나고 있다.

서인하 (off) 군이 이렇게 해야되나?
강수미 (off) 아무래도 낫지요.

그 순간 서인하의 손은 곧 입을 향하여 올라간다. 그와 함께 서인하는 담배를 피우려고 고개를 오른쪽으로 돌린다.

강수미 (서인하가 고개를 돌리지 못하도록 그의 얼굴을 두 손으로 잡으며) 좀 가만히 있으세요. 그렇게 자꾸 움직이시면 분장이 지워진단 말예요. (pp.53-54)

이처럼 작자는 영화소설의 모든 문면에 걸쳐 영화제작과 관련된 씬표시나 카메라 워크 지시 등을 통하여, 독자로 하여금 독시의 진과정을 통하여 영화적 상상력과 시각을 갖도록 만들고 있다. 즉 끊임없이 스크린 위에 펼쳐지는 영상을 그려가며 감상하도록 만들고 있다. 이 때 스크린 위에 펼쳐지는 영상이란 의미는 단순히 영화소설이 시각적 이미지의 재현에 치중하였다는 의미가 아니라 클로즈업되는 얼굴, 차례로 부감되는 수많은 사물들, 겹쳐지며 떠오르는 지난 시절처럼 영화적 시각과 기법이 뚜렷이 자각되는 스크린 위의 영상을 말한다. 즉 카메라가 영화적 효과를 그려가며 찍어냈던 영상 그대로를 자각하며 감상해 주기를, 달리말해 영상과 음향의 변주가 빚어내는 극장에서의 체험 그대로를 좀 더 근접하게 느껴주기를 원

했던 것이다. 작자는 영화매체가 구축한 다양한 영화기법의 효과 -
상이한 두 영상이 겹쳐지며 몽타주적 구성이 가능한 오버랩의 효과, 피
사체에 점점 더 빠른 속도로 다가서며 피사체의 존재를 극적으로 부각하
고 긴박감을 조성하는 줌인의 효과, 많은 사물들을 동시에 보여주고 파
노라마적 조망을 가능케 하는 팬의 효과 등 - 를 영화소설의 문면에서
도 스크린 위에서처럼 고스란히 재현하고 싶은 것이다.

　하지만 이런 사실들과 함께 주목해야 할 점은 작가가 영화의 제
작만을 염두에 두는 시나리오 형식에만 매달지는 않았다는 것이다.
작자는 비록 영화적 상상력과 시각을 요구했지만 한편으로는 영화
소설이 결국은 문자매체임을 인식하여 개념적, 논리적 사고의 표출
에 익숙한 문자매체의 특성을 놓치지 않는다. 작자는 완벽한 현실적
재현력, 빠르고 유연한 이야기의 전환, 동적이고 감각적인 영상적
이미지의 창출이라는 영상매체의 특성과 함께 언어의 상징성에 기
댄 깊이 있고 개념적인 사고의 표출에 적합한 문자매체의 강점 역시
살리고 싶었던 것이다.

　카메라 다시 팬하면서 강의에 몰두하고 있는 학생들을 조망한다.
전체적으로 학생들의 분위기는 퍽 진지한 편이다. 그런데 그 때 강
의실 뒷문이 열리면서 강의실 안의 다른 학생들과는 구별될 만큼
화사한 옷차림(가령 여름용 원피스)을 한 강수미가 쌩긋 웃으며 들
어온다. 그녀는 잠시 강의실 안을 두리번거리다가 강의실 뒤편에
앉은 유하영을 발견하고는 그녀 옆자리에 가 앉는다. 그리고 유하
영에게 무어라 속삭인다. 그 동안에도 서인하의 목소리는 계속된다.
　서인하 (off) 오늘날 세계를 지배하고 있는 것은 신자유주의라 이
름 붙여진 상업주의입니다. 무엇인가를 팔아먹고야 말겠다는 장사

꾼들의 의지만이 세계를 지배하고 있다는 말입니다. 상업주의는 공산주의를 붕괴시켜 버렸고, 민족주의마저 우스꽝스러운 것으로 만들어 버렸습니다. 텔레비전을 보십시오. 쉴새 없이 쏟아지는 것이 상품광고 아닙니까. 인터넷을 열어보십시오. 거기서 읽을 수 있는 것도 상업주의적 속셈입니다. 이것이 21세기초 인류사회의 분위기인 것입니다. 오늘날의 젊은이들에게는 혁명이라는 말이 더 이상 아무런 감동도 주지 못합니다. 그들의 관심사는 새로운 기능을 가진 핸드폰이나 컴퓨터입니다. 그들은 새로운 핸드폰이나 컴퓨터를 사기 위해서 아르바이트를 합니다. (pp.12-13)

　지문부문은 카메라 워크를 지시하고 강수미의 옷차림이나 동작을 간결하고 구체적으로 지시하는 등 일반적인 시나리오 형식이라 할 수 있는데, 보이스 오프로 처리된 서인하의 대사부문은 이와 달리 문자매체적 특성을 여실히 드러낸다. 신자유주의의 특징을 개념적으로 풀어 설명한, 그러면서도 긴 분량이라는 점은 구어로써 청각을 통해서만 듣게 될 때, 즉 영화배우의 목소리로 듣게 될 때 도저히 이해될 수 없는 부문이다. 이 부문은 독서의 속도를 조절해가며 사고하며 읽는 독서에서만 이해가 가능한 부문으로 작자가 영화소설이 문자매체임을 강하게 의식한 결과이다.
　다음으로 김정환의 영화소설 『남자, 여자, 그리고 영화』[21]는 전태일의 이야기를 중심으로 1970년대의 험난했던 노동자와 운동권 지식인의 삶을 다루고 있다. 서울 명문 법대를 졸업한 운동권 지식인 남자를 화자로 하여 전태일의 유년에서 분신까지의 삶과 운동권 지식인 '남자'와 음대출신의 운동권 노동자 '여자'의 삶이 모자이크 식

21) 김정환, 『남자, 여자, 그리고 영화』, 웅진북스, 2003.

으로 얽혀 이야기가 진행된다. 영화 전태일의 시나리오 작업에 참여했던 김정환이 '읽는 영화'를 표방하며 2003년 영화소설 『남자, 여자, 그리고 영화』를 발표하였다. 순수한 열정으로 노동자 운동에 참여한 남자는 운동권 핵심부에 참여한 것은 아니지만 꾸준히 노동운동에

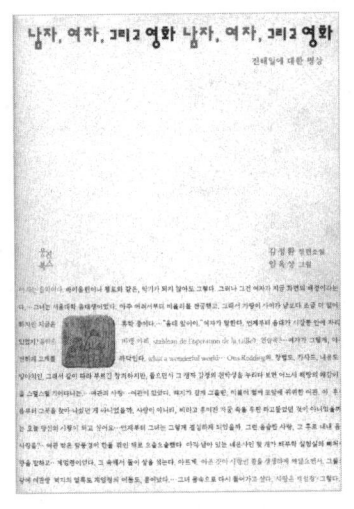

2003년에 출간된 김정환의 영화소설 『남자, 여자, 그리고 영화』의 표지.

매달린다. 그런데 그가 전태일 평전을 만드는 일에 참여하는 것으로 설정함으로써 1970년대 청계천 노동자들과 운동권 지식인들의 삶과 함께 1950년대 전태일의 유년기에서 1970년 분신까지의 삶이 그의 어머니 이소선 여사의 증언 등의 방식으로 펼쳐진다. 일반소설로 말하자면 1970년대 후반에서 1980년대까지의 남자와 여자의 삶이 펼쳐지고 그 속에 전태일의 삶이 끼어든 액자소설 형식이라 할 수 있지만 시간과 공간을 자유롭게 넘나들 수 있는 영화의 강점을 십분 살린 결과이기도 하다. 이 영화소설 역시 하일지의 『마노카비나의 추억』처럼 카메라 워크에 대한 직접적 언급이 '카메라. 그래 아무도 없고 카메라 혼자 그 길을 따라가고', '제발 … 카메라도 그렇게 애원하듯 뒤를 따르면, 사람들 틈을 비집고 들어서는 태일' 하는 식으로 빈번하게 등장한다. 물론 이것은 독자들이 독서과정에서 영화로 제작되어 영사되는 스크린 위의 영상을 끊임없이 연상하며 읽도록 설정한 것인데, 『미노카비나의 추억』처럼 신구분을 한다거나 각 신을 동작의 지시나 외관에 대한 묘사만으로 일관하는 시나리오적 형식을 보

이지는 않는다. 하지만 영화 전태일의 시나리오 작업에 참여한 경험 때문인지 작자는 영화언어 혹은 기법을 빈번하고도 능숙하게 사용하고 있다.

그 첫 번째 예가 장면전환에 나타난 영화기법이다. 『남자, 여자, 그리고 영화』는 앞서 지적한 것처럼 시간·공간적으로 현격한 차이가 있는 남자와 여자의 삶과 전태일의 삶이 모자이크 식으로 구성됨으로 해서 끊임없이 서로 다른 장면을 넘나들게 된다. 자연히 번다한 장면전환이 필요한데 일반적인 소설의 기법만을 사용한다면 불편했을 이 작업이 영화의 디졸브, 아이리스 기법을 통해 자연스럽게 해결된다. 주지하다시피 디졸브는 같은 필름위에 화면이 점차 어두워지는 페이드 아웃과 화면이 점차 밝아지는 페이드 인을 결합한 것이고, 아이리스는 점차 점으로 작아지는 화면(혹은 그 반대의 경우)을 부르는 것인데 둘 다 장면전환에 이용된다.[22] 그 실례를 보자.

장면 풀어지면 다시 선명해지는 태일의 발걸음. 그것이 다시 희미해지면, 나란히 구두통을 매고 서울거리를 헤매는 태일과 태삼. 그들은 남산동 50번지 무허가 하숙집에, 살았다. (a)(p.110)

구치소 앞이다. 출감하는 민청학련 관계자들. 터지는 카메라 플래시. 만세를 부르는 가족과 친지들. 8·15해방 이래 복장만 바뀌었을 뿐 유구한 장면이다. 박수소리 그치면 출소자 환영 플래카드. 마이크 음성으로. 그럼 지금부터 이번에 출소한 민주학우들 자기 소개가 있겠습니다 … 플래카드 줄어들면 다방안이다. 플래카드 밑은 반원형으로 출소자들이 의자에 앉아 있고 나머지 공간은 환영식에

---

22) 다니엘 아루혼, 『영화언어의 문법』, 최하원 역, 집문당, 2002, pp.683-684.

참석한 학생들이 입추의 여지없이 들어차 있다.(b) (p.148)

　예문의 (a)가 디졸브이고 (b)가 아이리스인데, 이런 영화의 장면 기법은 영화소설 『남자, 여자, 그리고 영화』에서 빠른 사건전개를 가능케 할 뿐만 아니라 전태일과 남자, 그리고 여자 달리말해 육체 노동자와 운동권 지식인, 그리고 공활 지식인(실제 노동자로 변신한 지식인) 사이를 자유롭게 오가면서 그들 삶의 연속성과 차별성을 극 명하게 그려주고 있다. 물론 이러한 빈번하고 유연한 장면전환은 영 화의 관습적 장면전환기법에 익숙해진 독자가 독서과정에서도 작자 의 카메라 워크 혹은 편집기법에 대한 노출에 따라 영화적 상상력을 동원할 수 있다는 믿음이 있기에 가능하다. 이 점 역시 영화소설만 이 갖고 있는 기법적 특징이자 강점이라 하겠다.

　이러한 장면전환기법이 고전적이라 할 수 있다면, 『남자, 여자, 그리고 영화』에서는 다양하게 변주된 다른 장면전환기법도 동원되 고 있다. 일례로 전태일의 분신을 극적으로 그린 장면 뒤에 시대적 변화와 함께 변화된 군중들의 삶을 그리는 장면이 나오는데, 그 장 면에서 영화의 독특한 장면전환기법과 오버랩이 어우러져 구사되고 있다.

　누구? 나, 그, 친구? 우리 모두? … 빛바랜 군중상이다. 시청앞 퇴 근길쯤 된다. 그 무표정하고 무료하고 무의미하다. 자동차 빵빵 소 리 전혀 없고 점차 장중하면서도 서정적인 베토벤 후기 현악4중주 14번 1악장이 흘렀다. 비극적인 사고처럼. 마치 눈에 보일 듯이. 흑 백과 가난의 의미, 그리고 죽음의 의미를 상징하는 그 음악이 군중의 무의미성을 의미심장한 그 무엇으로 채우고, 그렇게 음악이 양으로, 음(音)으로는 잦아들면서 질로, 의미로는 더 진해지고 사진은 빛바랜 천연색이 비 내리듯 흐려져 흑백으로 된 후 흑백마저 빛바래고, 그렇게 시간이 과거로 흐르고 정지. 그리고 성냥개비 하나. 그것에 불이 확 붙고 그 불이 번진다. 불은 시야에 눈물처럼 번져, 빛바랜 군중들에게 색깔을 주고 군중들이 살아, 걷기 시작한다. 처음엔 느리게, 점차 정상 속도로. 그들이 노동자의 명랑한 출근으로 또 더 밝은 복장의 청춘남녀들로 변하고, 시커먼 화통 기차가 미끈한 전철로 바뀌며 오버랩된다. 속도. 경쾌한 무게의 속도가 정지하고, 타자 글씨로 박히는, 자막.

그는 노동을 위해 그리고, 사랑을 위해 평화시장으로 갔다. 그는 우리 모두를 변화시켰다. 그가 죽은 것이 아니다. 사회, 그리고 우리 안의 죽음을 그가 태워버린 것이다. 피비린 눈물과 찬란한 전망의 비극적인 관계는 결코 우리를 절망시키지 않고 희망의 규모를 더 크게 한다. 그의 자리, 아니 그의 빈 자리는 여전히, 검게 남아 있다. 그의 이름은 희망이다 …… (pp.43-44)

시청앞 군중들의 모습이, 퇴근길의 모습이 점차 빛바래지며 흑백의 화면으로 변하다가 급기야는 정지화면으로 된다. 이것은 전태일의 죽음이 사회에 가져온 충격을 말하는 동시에 그 시대의 폭압성과 삶의 피폐성을 상징한다. 바로 이 정지화면에서 성냥개비 하나가 클로즈업되고 여기에 불이 붙으면서 빛바랜 정지화면의 군중에 색과 움직임이 덧칠해지고 급기야는 화사한 총천연색의 활달한 동작의 생기 있는 군중상으로 바뀐다. 또 이 부분에서 시커먼 화통기차에 미끈한 전철이 오버랩된다. 이 일련의 장면에는 한 가지 색조로 영상을 동결시켰다가 새로운 장면을 다른 색조로 페이드 인 시키는 화이트 아웃과 컬러페이드 기법이 사용됨과 동시에 오버랩 기법이 구사되고 있다. 장면의 변화와 전환이 문자매체인 영화소설임에도 불구하고 영화의 기법에 대한 인지를 바탕으로 현란하게 이루어진다.

또한 이 장면 다음에 빠르고 동적이던 화면이 정지되고 그 정지된 화면위로 타자글씨로 된 자막이 또박또박 박힌다. 독자는 한자한 자 스크린 위에 펼쳐지는 자막을 연상하며 독서하게 된다. 이 영화소설이 스크린 위에 펼쳐지는 영상을 상상해가며 읽게 만든다는 점에서 영화의 효과와 한계가 스며들 수밖에 없는데, 영상의 흐름만 갖고는 제작한 사람의 가치판단을 드러내는 데 일정 부분 어려움이 있다는 한계를 극복하고자 영화에서 사용된 것이 자막이라는 사실과 관련하여 이 영화소설은 자막을 사용하고 있다.

영화는 동시에 위에 인용된 것과 같은 종류의 자막들에 의해, 영상만으로는 전달할 수 없는 이데올로기적인 가치를 획득한다. 사실 영상이 아무리 움직인다고 해도 스스로 '말한다'고 믿는 것은 환상이다. 영상은 사물들을 '보여주고', '주장'하지만, 영상을 제작한 사람의 가치판단의 상표를 쉽게 달 수 없다. 자막이 있으면, 지배적이고 일의적인 방식으로 영화의 수용에 영향을 미치는 것이 가능해진다. 자막이라는 방식은 이야기해 주는 사건에 대해 어떻게 생각해야 할지 해설해 주는 발자크 소설의 서술자의 방식과 흡사하다.[23]

앞서의 예문에 나온 자막은 전태일의 죽음에 대한 작자의 의미부여, 가치판단이 직접적으로 제시된 부분이다. 전태일의 분신과 그의

---

23) 앙드레 고드로·프랑수아 조스트, 『영화서술학』, 동문선, 2001, pp.105-106.

죽음이 가져온 사회적 파장을 자극적이고 동적인 영상으로 제시함으로써 독자들에게 정서적, 감각적 감응은 충분히 주었지만 그의 죽음이 갖는 의미에 대한 가치판단은 상당부분 오히려 그 자극적 영상 아래 감추어질 위험이 있어 작자는 자막이라는 형식을 빌어 전태일의 죽음은 암울한 시대의 희망으로 영원한 생명성을 갖는다는 주장을 펴고 있다. 한마디로 이 자막은 스스로 이데올로기적 기능을 갖는 것이다.

다음으로 이 시기 영화소설에 수용된 두드러진 영화기법은 장면에 등장하지 않은 인물의 목소리가 들리는 보이스 오버이다. 보이스 오프가 영화의 프레임 밖이지만 인접한 공간에 있는 인물의 목소리를 가리키는데 반해, 보이스 오버는 구두문장이 서술의 일부를 전달할 때 스크린에 보이는 영상과 동시에 제시되는 시공간과는 다른 시공간에 위치한 보이지 않는 발화자가 말할 때를 의미한다. 영화소설 『남자, 여자, 그리고 영화』에서는 남자(화자), 전태일, 전태일 어머니 이소선, 금희 누나의 목소리가 때에 따라 보이스 오버로 들려온다. 영화의 서술자 즉 화자의 목소리만 보이스 오버로 활용한 것이 아니라 영화소설 속 다양한 인물의 목소리를 활용할 만큼 적극적으로 보이스 오버를 수용하였다. 영화에서 보이스 오버는 구체적으로 한 인물의 육성이 그대로 흘러나온다는 점에서 분명한 육체성을 갖는다. 즉 시나리오 상의 문장은 발음되자마자 '구체화된다'. 이 문장은 분리된 육체로 되어 있는 어떤 몸에서 나오는 목소리를 들려준다. 때문에 문장을 시각적으로 읽을 때 형성되는 정서적 느낌보다는 더욱 진한 호소력을 갖게 된다. 또한 영상으로 그 장면이 연출하고

자 하는 특정의 의미와 분위기를 제시하면서도 동시에 그 영상 위로 보이스 오버의 목소리를 통해 그 의미와 분위기를 훨씬 정교하고 호소력 있게 만들 수 있다.

전태일 연보

(中略)

1970. 9. 16 바보회를 투쟁단체 성격의 삼동친목회로 재조직, 회장에 선출됨(공산군, 캄보디아 8개 대대 포위)

1970. 9~10 평화시장 근로조건 실태조사 설문지를 돌림(칠레 아옌데 사회주의 정권)

1970. 10 평화시장 피복제품상 종업원 근로조건 진정서를 노동청장 앞으로 제출

(中略)

1970. 10. 24 근로조건 시위 계획, 그러나 실패(대전서 김대중 대통령 후보 유세 스타트)

1970. 11. 13 근로기준법 화형식을 치르던 중 분신결행, 얼마 후 성모병원 영안실에서 사망(드골, 유언따라 간소한 장례식)

이렇게 약소한 참극이 있었던가. 그러나 음악은 ? … 〈그날이 오면〉. 가사도 없이. 언제부터? … 언제부터인지 모르게, 실제보다 훨씬 전부터 흐르듯 흐르는 것이 중요하다. 눈물처럼. 눈물이 샘솟아 가슴을 적시고 슬픔의 힘으로 되는 과정처럼. 그 사람의 생전 사진 조각들이 모여 사후의 생애를 총체적으로 이룩하는 과정처럼. 그리고 또 무엇이 흐르는가, 눈물의 음악의, 가사로? 전신이 불에 타서 뭉그러진 그, 비탄으로 몸이 꼿꼿한 그의 어머니, 그리고 하염없이 무너진 친구들의, 음성이다. 유언을 남기는 죽음의 고통이 길게, 잔인할 정도로 길게 이어지는 음성.

"어머니, 담대하세요. 마음을 굳게 가지세요. 그래야 내가 말을 하겠습니다… 어머니, 우리 어머니만은 나를 이해할 수 있지요? … 어머니, 저를 원망하십니까?"

그것을 끊어주려 점점 더 단호해지는 어머니의 음성.

"너를 이해한다, 어찌 원망하겠니?
"어머니, 제가 못다 이룬 일 어머니가 꼭 이루어 주십시오."
"아무 걱정마라. 내 목숨이 붙어 있는 한 기어코 내가 너의 뜻을 이룰께"
"정말 하실 수 있습니까?" "기필코 하고 말겠다"
"자네들…자네 부모님께 효도하고 조금 시간이 남으면 우리 어머님께도 날 대신해서 효도해 주게…우리가 하려던 일, 내가 죽고나서라도 꼭 이루어주게. 아무리 어렵더라도 절대로 포기해서는 안되네… 내말 분명히 듣고 잊지 말게… 내 죽음을 헛되이 말라… 알았나?" "…" "왜 대답하지 않는가!?"
"네 말대로 하겠다" (PP.52-58)

총23장 중 4장 〈그사람〉의 서두 부분인데 전태일의 어린시절의 여러 장면이 쇼트커트로 몽타주된 뒤 일순 검은 화면으로 바뀌고 자막처리된 전태일 연보가 화면에 흐른다. 그 화면에 겹쳐 민중가요 「그날이 오면」이 흐르고 다시 그것에 이어져 보이스 오버된 전태일의 음성, 어머니 이소선의 음성, 동료노동자의 음성이 흐른다. 자막을 통해 전태일의 불우하지만 불꽃 같은 삶 - 두 번의 가출, 견습공, 재단보조사, 노동자 모임 바보회 조직, 노동운동, 막노동, 투쟁단체 삼동회 조직, 분신 - 이 숨가쁘게 제시되고, 노동운동에서 분신까지 격해지는 삶의 여정에 맞춰 민중가요 「그날이 오면」은 관객의 격한 정서적 반응을 이끌어 내고 급기야 화상의 극심한 고통 속에서 시시각각 죽음으로 다가서는 전태일의 음성이 육성의 울림 그대로 울려 퍼진다. 다시 또 감정을 누르며 단호해지는, 그래서 더욱 비통한 어머니

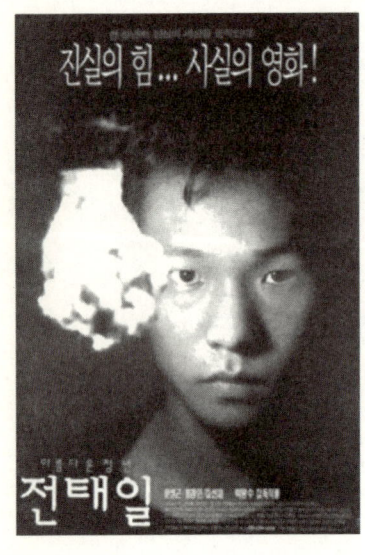

1996년작 박광수 감독, 홍경인 주연의 영화 「아름다운 청년 전태일」.

의 육성이 들리고 동료를 떠나보내는 살아남는 자들의 미안함과 슬픔이 배인 육성이 이어진다. 독자들은 문면으로만 읽지만 익숙하게 연상되는 스크린 상의 화면과 배우들의 목소리가 엮어내는 극장에서의 체험을 근접하게 상상해 내게 된다. 즉 자막, 배경음악, 보이스 오버 등이 가져오는 그 독특한 효과들을 독서과정에서도 자각적으로 느끼게 된다. 보이스 오버를 다양하게 활용하고 싶은 작자의 욕구는 곳곳에서 드러난다. 그 또 다른 경우를 보자.

우산이요, 우산. 지우산이요… 지하도 입구에 우산 파는 여자. 정지 흑백으로 화하면서 앙칼진 여자음성. 우산! 국제극장 앞이다. 비가 오고 있다. 어린 태일이 지우산을 팔고 있다.

(중략)

우산을 펴서 이리저리 살펴보는 여자. 이거 헌 우산이잖아. 푸, 곰팡이 냄새…진저리를 치는 여자. 그 앞에 어린 태일이 움츠려들면서도 항변한다. 아녜요. 제가 금방 받아왔는데…

여자, 화를 벌컥 내며 우산을 바닥에 내팽개친다. 아니긴! 그렇게 사니까 밤낮 그 모양이 그 꼴이지, 거지같은 놈!…내팽겨쳐진 우산이 바람에 펄럭인다. 그 위로 쏟아지는 비. 그 장면 줄어들면 무교

동이다. 화자가 청계천 길을 걷고 있다. 흑백이다. 그러는 동안 어린 태일의 음성.

그래요. 나는 태어날 때부터 거지예요. 댁은 태어날 때부터 그렇게 도도했구요.

내내 도도하십시오…

교만한 여자의 얼굴, 총천연색으로 화하면, 늙어 15년 후의 우산파는 여자. 줄어들면 1976년 가을 광화문 동아일보사 쪽 지하도 입구. 비가 내리고. 그 여자가 우산을 팔고 있다. 억척스러운, 그리고 세상을 증오하는 표정이다. 그러는 동안 화자음성.

- 그가 사랑을 알았던 것만은 아니다. 그리고 그 증오가, 먼저 이어졌다.(pp.195-196)

화면이 줄었다가 커지면서 장면전환이 이루어지는 아이리스 기법, 색조를 일순간에 바꾸며 장면전환을 이루어내는 화이트 아웃 - 컬러 페이드 기법도 눈에 띄지만 '어린 태일의 음성'에서 보듯 유년과 청년기 전태일 목소리를 구분하여 보이스 오버 하고 있고 - 어린아이의 음성으로 말함으로써 그가 느꼈을 분노와 슬픔을 더욱 절실하게 만들고 있고, 유년기부터 가슴 속 깊이 쌓이게 된 세상에 대한 증오심의 무게도 더하고 있다 - , 아울러 화자의 보이스 오버된 음성은 전태일의 삶을 추동시킨 것이, 또 그의 처절한 세상과의 싸움을 추동시킨 것이 불우한 노동자에 대한 사랑만이 아니라 냉혹한 세상에 대한 증오였음을 단정적으로 밝히는 이데올로기적 기능을 한다. 이 장면 역시 화면상으로는 삶이 전락한데 따라 세상에 대한 적개심을 갖게 된 한 여성을 보여주고, 그 화면에 겹쳐 전태일의 불우한 삶의 역정 속에 스머든 세상에 대한 증오심을 보이스 오버 함으로써, 화자의 단정적 기술을 한층 절실하고 신빙성있게 만들고 있다. 영화소설의 독자 역시 영화의 관객이 되어 그런 감응을 갖게 되는 것이다.

그런데 김정환의 『남자, 여자, 그리고 영화』가 영화기법에 대한 자각적 인식을 바탕으로 소설의 문면에서도 영화기법의 현란하고 기발한 효과를 그대로 누리려한 의도를 보이는 것은 사실이지만 한편으로는 그것에 대한 반성적 사유 역시 보이고 있어 주목된다. 즉 이 영화소설이 영화를 다시 책으로 쓰는 새로운 장르를 발전시킨 미국출판계의 현상이나 츠베렌츠의 주장처럼 제2의 현실인 영화를 마치 제1의 현실, 삶 자체로 생각하고 영화를 보고하고 묘사하는 소설 ─ 르포[24]와 다른 점은 작자가 문자매체가 갖는 특징에 맞게 깊이 있는 사유와 세밀한 묘사 등을 잘 살린 점에서도 찾을 수 있지만 한편으로는 영상매체 혹은 영화기법에 대한 균형 잡힌 사고에서도 찾을 수 있다.

"조용, 조용"

재판장이 다시 재판봉을 탁탁 두드렸지만, 그의 얼굴은 짐짓 근엄했을 뿐 맥이 없고 방청객들은 갈수록 격해졌다. 재판장도 땀을 흘리기 시작했다. 가족들이 검사에게 달겨들어 멱살을 거머쥐려 하자 정리가 우르르 달려들어 떼어내고 방청객들을 모두 밖으로 밀어내기 시작했다. 호루라기 소리. 경찰이 합세하고 형사들이 말리는 둥 저지하는 둥 하다가 어중간하게, 합세했다. 모두 뒤엉킨 채로 방청객들이 재판정 밖으로 밀려나 앞마당에 내팽겨쳐졌다. **흔들린다. 어지럽다. 세상이 뒤흔들리는 듯. 땅은 굳건하건만, 단지 몸이 뒤흔들리는 것이건만, 세계전체가 요동을 치듯 어지럽다. 그 현기증에 행여 속**

24) 요아힘 패히, 『영화와 문학에 대하여』, 민음사, 1997, p.268.

지 말기를. 단지, 카메라가 뒤흔들릴 뿐이다. 그 현기증에 스스로 취하지 말기를. (굵은 글씨 변환 - 필자)(pp.68-69)

1970년대 노동운동, 민주개혁운동을 둘러싸고 벌어졌던 권력과 노동자, 농민 혹은 진보세력간의 첨예한 대립이 극점을 이루던 법정의 모습을 그린 장면인데, 여기서 작자는 격한 몸싸움으로 치닫는 법정의 소란을 빠른 템포로 사실적으로 그리다가, 돌연 카메라의 존재를 부각시킴으로써 이것이 영화의 한 장면임을 즉 독자가 스크린 위의 장면을 연상하며 읽어야한다는 점을 부각시킨다. 이 점은 물론 작자가 이 영화소설 전편을 통하여 지속적으로 의도한 사실이라 별반 새로울 것이 없는데, 문제는 '행여 속지 말기를. 단지, 카메라가 뒤흔들릴 뿐이다. 그 현기증에 스스로 취하지 말기를.' 하는 부분이다. 지금까지 이 영화소설의 문면에서 작자가 의도적으로 카메라의 존재를 드러냄으로써 독자가 독서과정에서 스크린 위에 펼쳐지는 화면을 연상하고, 영화기법에 대해 자각하며 효과를 음미하도록 만드는 데 공을 들인 것과는 다르게, 작자는 이 장면에서 사용된 '들고 찍기'(hand - held camera) - 흔들리는 영상을 창조하기 위해 고정된 혹은 안정된 카메라의 움직임을 버리고 휴대용 카메라로 촬영하는 방식. 현장성과 즉흥성, 자유분망함을 강조하기 위해 의도적으로 사용됨 - 가 갖는 의미와 한계를 아울러 지적하고 있다. 즉 이 쇼트를 통해 1970년대의 세태가 요지경 속이었다는 것을 보여주는 한편으로 독자가 이런 카메라의 의도적 조작 - 좀 더 확대하여 말하면 작자의 의도적 조작 - 에 객관적 거리를 두고 반성적·비판적 시선 역시 갖기를 유도하고 있다. 일반적으로 문자매체인 소설과는 달리 영상매체인 영화를 감상하게 되는 경우 관객은 압도적 영상의 세례 때문에 또 그 영상의 빠른 흐름 때문에 독서에서와 같이 시간을 조절하며 반성적인 사유를 병행할 수 없다. 특히 앞서의 장면처럼 몸싸움이 벌어지는 자극적인 장면에선 한결 더 무자각적인 몰입이 심할 수밖에 없다. 작자는 이 영화소설에서 영화적 시각과 기법이 주는 매력이나 강점을 수용하면서도, 한편으로는 그것이 갖는 한계나 그늘을 아울러 지적하고 있다.

7부

오디오북과 문학

1. 오디오북의 대두

지금까지 시, 소설, 수필 등 문학의 주요 장르는 주로 서적이라는 형태로 만들어져 보급되었다. 종이위에 문자로 쓰여졌고, 수용자는 독자로서 시선만으로 텍스트 읽기에 몰두해왔다. 독서란 외부세계로 부터 고립된 독자의 공간에서 높은 집중도를 갖고 내면 속으로 잠행 하는 과정이었다. 사색적이고 추상적인 개념조차도 잘 다룰 수 있다 는 장점 때문에 문자매체에 의존한 창작과 감상은 계속되어져 왔다.

하지만 문자와 함께 동영상이나 소리의 복제 및 재현이 기술적으 로 무한히 가능해진 전자매체의 시대에, 더욱이 그 전자매체의 화려 한 현시능력에 익숙한 세대가 문화의 주소비계층으로 부상한 오늘 날 문학의 창작과 감상에서 소리와 동영상, 혹은 하이퍼링크적 기술 방식의 구사 등을 외면하는 것이 당연시될 수는 없다. 특히 이 중에 서 소리의 재현를 통한 문학활동은 인쇄술의 획기적인 발전과 더불 어 온 문자매체의 시대 이전에도 악기를 동반한 노래로 된 시의 창 작과 감상에서, 민족적·개인적 서사의 낭송자나 창자의 구연 속에서 대중의 기호물로서 존재해 왔다. 따라서 문학의 창작과 감상에서 소리를 개입시킨다는 것은 인간의 중요한 문학적 감각과 취향을 복원하는 셈이라고도 할 수 있겠는데, 그 한 예가 최근에 주목받고 있는 오디오북이라 하겠다.

오디오북이란 종이 위에 인쇄된 책 내용을 나레이터(북텔러)가 읽어서 음성형태로 들려주는 새로운 형태의 책을 말한다. 카세트 테이프나 콤팩트디스크를 통해 나레이터의 음성으로 시나 소설 등을 녹음해 듣는 것인데, 근래의 디지털기술의 급속한 발전과 함께 '듣는 책'의 개념이 일반화되면서 오디오북의 선진국이라 할 수 있는 미국에서는 오디오북이 전체 출판물 시장의 10%까지 차지하고 있다. 특히 최근에는 인터넷의 활발한 보급에 따라 인터넷 사이트에 접속해서 바로 듣기를 클릭하거나 다운로드해 듣는 방식까지도 성행하고 있다. 심지어는 다양한 장르의 디지털 파일을 일부만 다운받아 MP3로 언제 어디서나 들을 수도 있다.

우리의 경우도 카세트테이프나 콤팩트디스크로 제작된 오디오북만도 다수인데, 소설로는 신경숙의 '딸기밭', 조창인의 '가시고기', 황순원의 '소나기'[1] 등이, 시로는 안도현의 '그대에게 가고 싶다', 나팔꽃 동인의 '아무도 슬프지 않도록'[2]과 '제비꽃 편지'[3] 등이, 수필로는

---

1) 신경숙, 오디오북 『딸기밭』, 소리공화국, 2001.
    조창인, 오디오북 『가시고기』, 오디세이닷컴, 2002.
    황순원, 오디오북 『소나기』, 소리나무, 2003.
    특히 커뮤니케이션 토토에서는 『한국 단편소설 100선 오디오북』이라는 제명 아래 이해조의 『자유의 종』, 이효석의 『메밀꽃 필무렵』, 김동리의 『등신불』, 박완서의 『엄마의 말뚝』, 전상국의 『우상의 눈물』 등 한국 단편소설 100편을 성우의 낭송과 배경음악을 동원하여 원문 그대로 CD 80장 분량의

유홍준의 '나의 북한문화유산답사기'[4] 등이 있다. 오디오북에 대한 청자들의 반응은 상당한 것이어서 발매 초기에만 1만개 정도가 판매된 경우도 있었다. 오디오북에 대한 대중적 기호의 최근의 예는 한 라디오 방송 프로그램에서도 확인할 수 있다. 월-토요일 밤 10시부터 2시간 동안 방송되는 KBS 1FM의 '당신의 밤과 음악'에서 귀로 듣는 오디오북 코너를 마련하였는데, 코너명인 '오디오북 – 연애소설 읽는 밤'이 말해 주듯 클래식 음악과 함께 신경숙의 '풍금이 있던 자리', 황석영의 '오래된 정원', 슈테판 츠바이크의 '모르는 여인으로부터의 편지', 막스 뮐러의 '독일인의 사랑' 등이 전파를 탔다. 그런데 청취자들의 반응은 예상을 뛰어 넘는 것이어서 방송사는 애초의 계획을 수정해 2003년 11월에 다시 방송하였고 한걸음 더 나아가 한 달 4회씩 4개월, 1년 16회에 걸쳐 방송하기로 하였다. 매회 1시간 동안 소설을 낭송한다는 것인데 청자들이 지루해할 것이라는 혹은 음악적 수요로 FM을 듣는 계층에게 어울리지 않는다는 통념을 깨고 청취자의 높은 인기를 끌고 있다.[5]

분명 그간 문자매체로서만 당연시 해 온 시나 소설 등의 문학이 소리를 매개로 한 창작이나 감상도 충분히 가능하고 의미가 있다는

오디오북으로 제작하였다.

2) 나팔꽃 동인, 오디오북 『아무도 슬프지 않도록』, 현대문학북스, 2000.

3) 나팔꽃 동인, 오디오북 『제비꽃 편지』, 현대문학북스, 2001.

4) 유홍준, 오디오북 『나의 북한 문화유산답사기』, 오디세이닷컴, 2001.

5) 라디오 방송의 오디오북 코너가 성공한 데 힘입어 KBS는 『TV 문화지대』라는 프로그램을 신설하였는데 그 중 「낭독의 발견」 코너는 "지금까지 TV는 보여주기 영역에만 머물렀는데 이제는 '청각의 즐거움'도 주어야 한다"는 취지로 시, 소설의 낭독(시청자들의 청각에 주로 호소)에 주안점을 두었다.

것을 보여준 셈인데, 특히 영상매체의 위세 속에서 문자매체로서의 문학이 겪는 현재의 어려움을 감안해 본다면 문학의 소리매체로서의 창작과 감상 특히 오디오북의 가능성에 대한 진지한 모색은 중요하다 하겠다. 분명 소리를 매개로한 문학의 창작과 감상은 지금까지 다소간 외면되어 왔던 인간의 청각적 세계에 대한 기호나 취향을 부활하는 것이고, 그것은 결국 인간의 근원적 욕구나 감각이 뒷받침된 것이라는 점에서 앞날에 대한 밝은 전망을 가능하게 한다. 여기에서는 문학의 미래에 대한 폭넓은 가능성의 탐색이 중요하다는 인식하에 오디오북의 의미와 현실을 살펴보고자 한다.

2. 오디오북의 매력

시나 소설을, 문자로 읽는 시각에 의존해서가 아니라 육성과 음악으로 청취하게 되는 오디오북은 분명 문학의 수용자들에게 색다른 체험을 안겨 줄 것이다. 청취자라고 불려야 할 문학 수용자들은 이제 청각의 예민한 반응을 통해 문학의 재미와 아름다움을 느껴야 할 텐데 그것은 분명 이제까지의 독서와는 다른 감상태도를 통해서일 것이다. 그런 사실을 살펴보기 위해 앞서 언급했던 KBS 1FM의 '당신의 밤과 음악'과 관련하여 KBS 인터넷 사이트에 올랐던 청취자들의 글을 살펴보자.

* 오디오북 '피에트라 강가에서 나는 울었네'
작성일 : 2003/09/20 PM 02:07

수정일 : 2003/09/21 PM 10:03

작성자 : 데미안

벗들이여!

지난 밤 오디오북과 함께 들려오던 …나나무스꾸리의

"le souvenir"의 멜로디를 기억하는가.

"아베마리아"의 노래가 방안에 가득 울려 퍼지던 … 그래서

내안에 깊숙이 잠자던 신성(?)을 흔들어 깨우던 지난 밤의

오디오북 시간을 기억하는가

실로 오래만에 맛보는 … 〈영적인 사랑의 완벽한 승리〉이리라

* 네 권의 오디오북…

작성일 : 2003/09/09 AM 12:20

작성자 : 김수연(mine0111)

오디오북을 기다리면서 … 네권의 책을 서점에서 샀습니다.

오디오북은 저로 하여금 … 독서를 하게끔 하네요 …

읽고 듣는 것이 더 감미로운 것 같아서요 …

9월에 적어도 네권의 책을 읽겠네요… 감성이 앞서는 계절이니만큼 …

가끔은 혼자만의 시간을 즐기면서 … 좋은 시간 보내시길 바랍니다.

두 편의 글 모두 KBS 인터넷 사이트에 올라오는 '당신의 밤과 음악' 프로그램 관련 글 중 가장 많이 반복되는 내용의 글인데, 오디오북의 매력과 재미에 대해 말하고 있어 문학의 새로운 가능성에 대한 기대를 갖게 한다. 그런데 그와 함께 우리가 살펴보아야 할 점은 시나 소설을 음악의 선율과 함께 아울러 하나의 창작물로 수용하려 한다거나 원문을 구입해 보고 듣는 즉 시각과 청각을 동시에 동원하는 멀티미디어적 감상을 추구한다거나 하는 새로운 감상법을 동원한다

는 것이다. 즉 오디오북을 새로운 매체로 분명히 인식하면서, 그 새로운 매체에 맞게 가장 효과적인 감상방식을 나름대로 찾는다는 것을 보여준다. 설령 기존의 시나 소설 그리고 수필 등을 오디오북으로 만든 경우라도 문자를 낭송만을 통해 기계적으로 소리로 바꾸거나 혹은 그 소리만을 청각을 통해 수동적으로 따라가며 감상하지는 않는다는 것을 보여준다. 활자에서 소리로 시각에서 청각으로의 변화는 단순히 문학의 표현수단이 전이된 것이라고만 생각할 수 없다. 맥루한의 지적처럼 미디어란 인간의 감각이 확장된 것이어서6) 각각의 미디어는 각각의 상이한 인간의 지각과 감각에 대응된다는 점에서 문자매체로서의 인쇄문학과 소리매체로서의 오디오북은 근본적으로 다른 문학이라 할 수 있다. 좀 더 극적으로 표현한다면 설령 같은 문학적 콘텐츠를 한편으로는 인쇄된 문학물로 한편으로는 오디오북으로 만들었다 할지라도 둘은 제작의 과정에서 혹은 감상의 과정에서 전혀 다른 방식과 감응을 요구한다는 점에서 아득한 격차를 보인다. 이제 그 사실들을 구체적 작품을 통해 확인해 보자.

신경숙의 「딸기밭」은 1999년에 문예지에 발표된 중편소설인데, '내 생의 출입구에 부재의 이미지를 각인시켜 놓고 돌아오지 않는 아버지'와 '가난의 그늘' 속에서 결핍에 시달리던 처녀가, 그녀와의 사랑에 매달릴 수밖에 없는, 그래서 아버지와는 달리 한없는 안도감에 빠져드는 처연한 몰골의 '남자'와 세상의 걱정으로부터 완전히 벗어난 듯이 많은 것을 갖춘 여인 '유' 사이에서 겪는 방황과 아픔을

---

6) 마샬 맥루한, 『미디어의 이해 - 인간의 확장』, 박정규 역, 커뮤니케이션북스, 1997, p.43.

다루고 있다. 신경숙의 것으로
는 놀랍게도 성애적이고 육체
적인 욕망에 차 있으며 그 묘
사가 노골적이고 직설적이어서
이색적인데,[7] 처녀와 남자, 처
녀와 유 사이에 벌어지는 혼란

2001년에 발표된 오디오북 신경숙의 「딸기밭」

스럽고 애틋한 사랑과 갈등을 통해 삶의 불가지성, 슬픔의 참된 의
미를 파헤치는 秀作이다. 이 소설은 다시 2001년에 테이프와 CD에
담겨 2시간 분량의 오디오북으로 탄생한다.

그런데 서적에서 오디오북으로 즉 문자매체에서 소리매체로 변화
하는 과정에서 변형을 겪게 되며 그 변형의 크기만큼 소설의 성격,
문학감상방식의 변화를 가져온다. 『딸기밭』이 처음 발표된 서적이
라는 미디어는 맥루한의 지적처럼 가장 뜨겁고 닫혀진 미디어로서
높은 집중도를 요하고 묵독이라는 읽기 방법을 강제함으로써 내면
으로의 잠행을 요구한다. 외부세계로부터 고립된 친밀권 속에 틀어
박혀서 혼자 책을 탐독하고 꿈의 세계에 빠지는 그런 세계를 지배하
는 것은 침묵의 소리다. 하지만 전자매체 시대에 들어설수록 세상은
미디어 소리가 흘러 넘치는 곳으로 바뀌고 있으며 침묵의 소리가 지
배한 서적조차도 이제는 카세트테이프나 CD로 대표되는 오디오북
의 세계 즉 소리의 세계로도 탄생하고 있다. 오디오북의 세계(소리의
세계) 즉 청각의 세계는 시각의 세계에 비해 근본적으로 자유롭고

---

7) 김병익, 「존재의 괴리, 그 슬픈 아름다움」, 『딸기밭』, 문학과지성사, 2000,
p.296.

내밀한 세계이다. 눈으로 보지 않고 귀로 듣는 순간 청각적·시각적 감각이 하나로 작동하는 즉 공감각적 상상력이 보다 활발하게 꿈틀거리며,[8] 소리를 내는 대상이 바로 여기에 현존하는 듯한 육체성이 강하게 느껴진다. 먼 곳에 있는 그 모든 것들이 소리를 통해 지금 여기에 즉각적으로 현존하는 듯한 느낌을 불러오며 소리의 유연성을 타고 내면으로 속속들이 밀려온다. 특히 해설을 이끄는 나레이터와 대화부분에 흔히 동원되는 배우들의 육성은 곧 바로 소설 속 세계를 재현함에 있어 현존성이나 강렬한 내밀성을 일층 강화한다. 우리가 흔히 한 인물의 진실하고도 솔직한 내면의 고백이라는 느낌을 갖게 되는 또 그것이 매력이기도 한 소설 속 화자의 설명은 오디오북 속의 차분하고 때로 강렬한 나레이터의 육성 속에서 그 날개를 달게 된다. 아울러 등장인물의 대화부분도 성우들의 떨림있는 육성 속에서 눈앞에 드라마가 펼쳐지는 듯한 생생함을 불러일으킨다. 오디오북의 근본적인 매력은 여기에 있다. 『딸기밭』에서 아버지에 대한 내밀한 그리움과 원망을 그릴 때도, 처녀의 유에 대한 부러움과 적의의 혼란스러운 감정의 혼돈을 그릴 때도, 남자와의 접촉을 통해 느끼는 안락함과 모멸감의 감정적 떨림을 그릴 때도, 남자의 열등감과 사랑에 대한 집착을 그릴 때도, 유의 화사하지만 여린 이미지를 그릴 때도 나레이터와 등장인물들의 육성이 보여주는 극적 변주는 청자들에게 소설 속 세계의 육체성과 물질성을 내면적 친밀성으로 즉각적이고도 생생하게 재현해 낸다. 이런 사실을 보여주는 한 예를 들어보자.

---

8) 야마다 도요코, 『소리의 은하계』, 이창종 역, 아침, 2003, p.141.

그 남자는 처녀에게 무섭지 않느냐고 묻는다. 처녀는 대답하지 않는다. 처녀는 기다린다. 어머니는 그 순간에 처녀의 귀가를 기다리고 있었을 것이다. 이미 처녀의 행방을 찾아 어머니가 다녀볼 수 있는 곳은 다 찾아다녔을지도 모른다. 집앞 놀이터와 시장통과 몇시간전 처녀가 들어가 있던 공중전화 부스. 그 남자는 몹시 떨고 있다. **너무 떨고 있으므로 처녀가 불쑥** "난 무섭지 않아" **퉁명스럽게 내뱉는다.** 야산에서 새소리가 들린다. 그 남자의 떨림. 손을 뻗어 처녀의 얼굴을 만져 본다. 조심스러운 손길 속에는 여태 무엇도 거절할 기회조차 없었던 사람만이 지니는 간절함이 배어 있다. "너는 다른 사람을 사랑하는 것과 마찬가지로 나를 사랑한다"고 그 남자는 말한다. 하지만 자신은 선택의 여지가 없고 오로지 "너뿐이야"라고. 처녀는 그 남자를 쳐다본다. 자신을 안아 보라고 한다. 창고 안으로 들어와서 처음으로 하는 다정한 말이다. 남자는 떨고 있다. 처녀는 스스로 자신의 원피스를 벗어버린다. 손에 들려진 원피스를 흰 종이가 쌓여 있는 어두운 창고 바닥에 던져버린다. 그 남자의 떨고 있는 손을 끌어다가 원피스 안에 입고 있던 흰 속치마 끈에 대준다. 그 남자의 손이 스르륵 떨어져내린다. 그는 울고 있다. 고개를 들지도 못하고 있다. "아무래도 넌 나를 떠나려는 거야." **그 남자는 슬피 말한다.** 처녀는 자신이 그 남자를 갈망하고 있다고 말한다. 이것은 아무런 의미도 없는 거라고. 사랑하는 사람끼리는 누구나 하는 일일 뿐이라고. 남자는 눈물을 그치고, "나는 아무래도 못하겠어" 고개를 떨군다.[9]

이 장면은 처녀가 남자가 기거하는 창고로 찾아가 정사를 갖게 되는 장면인데, 아버지로부터 버림받았다는 상실감과 버려지는 것에 대한 두려움으로 혼란스러운 처녀의 감정과 언제나 갖추지 못한 자

9) 신경숙, 『딸기밭』, 문학과지성사, 2000, pp.68-69.

로서의 열등감과 소외감에 시달리는 남자의 불안한 심리를 그리고 있다. 그런데 이 장면은 오디오북으로 옮겨지면서 굵은 글자로 된 부분이 변형되고 있다. 활자로 된 소설에서는 흔히 등장인물의 대사 뒤에 그 인물의 표정이나 심리를 덧붙여 설명하는 것이 흔한 일이다. 아무리 대사를 기술적으로 쓴다 해도 활자 속에 갇히는 말의 생기를 전부 복원할 수는 없는 일이다. 하지만 오디오북에서 대사 부분을 성우의 생생한 육성으로 전달할 경우 인물의 감정과 표정까지도 생생하게 되살아나 굳이 인물의 표정이나 심리를 반복할 필요가 없다. 그래서 처녀의 돌연하고 단호한 태도나 남자의 자괴스런 심정을 덧붙여 설명할 필요가 없다. 그것은 이미 사족에 불과하다.

아울러 오디오북은 소설 속에서 격정과 평온이 교차하는 등의 극적이고 리드미컬한 장면을 그리는 데 가장 두드러진 강점을 보인다. 이 소설에서 가장 관능적이고 격정적인 장면은 처녀가 딸기밭에 함께 들어간 여인 유와 벌이는 다툼과 애정행위 부분이다. 눈이 부시도록 투명한 하늘 아래서 붉은 딸기를 따는 유의 완벽하게 아름다운 모습은 한편으로는 참을 수 없는 욕정을 부르기도 하고 한편으로는 살의를 느끼는 질투심을 부르기도 한다.

자신의 손길을 무심히 여기는 유의 목덜미를 처녀는 손아귀에 넣는다. 유의 흰 목덜미는 햇볕에 달구어져 있으며 젤리처럼 부드럽다. 목덜미를 감싸안은 두 손아귀에 서서히 힘을 가하자 유가 처녀의 눈을 들여다 본다. 아름다운 눈이다. 하늘이 비치도록 시린 눈이다. "아파" 유가 켁켁거리며 처녀를 바라본다. 아름답고 맑은 순한 눈 속에 이번엔 간절함이 실린다. 그뿐이다. 유에게 비애란 없다.

고통이란 없다. 결핍도 없다. 불가능도 없다. "많이 아파?" "응" 처녀
는 손목의 힘을 풀고 유를 끌어안는다. 그 통에 유의 바구니에 소복
소복 담겨져 있던 붉은 딸기들이 밭에 쏟아지며 으깨어진다. 유의
에어라인 스커트에 딸기의 붉은 물이 스친다. 처녀는 아직 고스란
히 바구니에 담겨져 있는 자신이 딴 딸기를 한줌 집어 유의 깨끗한
치마 위에 놓고 이겨버린다. 유는 저항하지 않고 치마에 번지는 붉
은 물을 물끄러미 보고 있다. 유의 살빛은 투명하다. 발육은 조화롭
다. 비틀리지 않았다. 억압받지 않는다. 처녀는 유의 밝은 귓불에
혀를 갖다댄다. 유의 흰 목덜미에 처녀의 손자국이 빨긋하다. 처녀
는 유의 목덜미에 나 있는 자신의 손자국을 따라 유를 애무한다. 유
의 천진함. 처녀가 유의 약간 벌어진 입 속에 혀를 밀어 넣을 때까
지도 유는 저항하지 않는다. 나직하다. 평화롭다. 적의가 없다. 처
녀가 유의 목구멍 깊숙이 혀를 집어 넣었을 때다. 돌연 유가 처녀를
밀어젖힌다. "누워!" 돌연 유가 명령한다. 단호하다. 지금까지의 무
저항은 "누워!" 그 명령어를 수행시키기 위한 것이었다는듯. "나를
죽이려 했지!" 유가 돌연 거칠어진다. 처녀를 덮치고 웃옷을 저지고
처녀의 젖가슴에 딸기를 쏟아붓는다. 유의 손길은 부드럽고 능란하
다. 감미롭고 완벽하다. 처녀는 눈을 감아 버린다. 뺨에서 배에서
허벅지에서 딸기가 으깨어지는 감촉이 유를 거부할 수 없게 한다.
유의 감미로운 손가락이, 입술이, 아무것도 남지 않는다. 어떠한 찌
꺼기도 엎치락뒤치락거리는 욕망 속으로 모든 것이 빠져 들어간다.
엷은 땀냄새도 딸기를 키운 흙냄새도 그 남자와의 행위 뒤에 남겨
지던 고독까지도. (pp.81-82)

나레이터인 성우의 능숙한 낭송은 무엇보다도 가성이 전혀 섞이
지 않은 그래서 기계적 조작이나 변형의 흔적이 전혀 없이 육성의
떨림 그 자체를 그대로 전달하려는 노력부터 시작되는데, 그 때문에

성우의 목소리는 귀만이 아니라 청자의 전감각과 내면에 액체처럼 속속들이 스며온다. 자연히 사건이 눈 앞에서 재현되는 것 같은, 화자와 함께 사건의 한복판에서 지켜보는 것 같은 현시성은 비교할 수 없을 만큼 고조된다. 아울러 유의 깨끗하고 아름다운 자태를 지켜보는 시선이 말하는 나레이터의 잔잔한 목소리를 지나, 유의 아름다운 외모와 천진한 여유에 대한 처녀의 증오심과 동경에 따른 동성애적 관능의 행동을 묘사하는 격정적인 톤, 그리고 그 절정부를 지나 다시 미묘한 회열의 정서 속으로 아득히 빠져드는 처녀의 심리를 그리는 감미로운 목소리까지 이어지는 그 능란하고 리드미컬한 나레이터의 낭송은 청자들의 마음을 뒤흔들어 놓는다. 여기에 더해 등장인물이 직접 말하는 대사부분은 증오나 두려움 같은 원초적 본능들을 생생하게 일깨우고 있다. 바로 이런 부분들이 인간의 육성을 통해 이야기를 전달하는 오디오북의 강점과 매력이 최고조로 빛을 발하는 부분이다.

3. 배경음악과 효과음

우리는 앞서 라디오 방송 프로그램에서 낭송되는 오디오북에 대한 청자들의 평을 인용해 보았는데, 많은 경우 오디오북 코너에서 낭송되는 시나 소설을 배경음악이나 효과음과 함께 아울러 감상하려는 의사를 갖고 있음을 볼 수 있었다. (한걸음 더 나아가 낭송된 시나 소설을 서적으로도 구입하여 보고 듣는 재미를 함께 아우르려는 즉 멀티미디어적 감상을 원한다는 것도 볼 수 있었다) 우리는 이미 이러한 경우를 1920, 30년대에 소설이나 영화, 연극을 소리로 바꾼 '유성기 음반극'에서 변사나 배우의 목소리뿐만 아니라, 오케스트라의 음악, 가수의 독창, 효과음을 다양하게 동원한 것에서 역사적으로도 확인할 수 있다.[10]

오디오북은 나레이터나 등장인물의 육성뿐만 아니라 소리매체의 강점을 한껏 살릴 수 있도록 배경음악과 효과음을 적절히 사용하고 있다. 그것들은 때로는 독립적으로 구사되기도 하지만 많은 경우 나레이터의 해설이나 등장인물의 대사부분과 함께 진행되기도 한다. 그래서 해설이나 대사의 의미나 정서를 보강하기도 하지만 한편으로는 그 자체가 강렬한 메시지를 전하기도 한다.

그 남자의 전화를 받고 하루가 지난 지금 나는 그 남자의 이야기가 하고 싶어졌다. 아니, 아주 오래전부터 나는 그 남자의 이야기를 하고 싶었던 것 같다. 현실 속에서 그 남자와 멀어진 후부터 외려 나의 내부에 차오르기 시작한 그 남자의 존재에 대해서. 그 남자에 대한 내 이야기를 귀 기울여 들어줄 누군가를 지금껏 찾고 있었다는 생각이 든다. 듣고 곧 잊어줄 대상을. 하지만 현재 진행되고 있는 나의 망각이 이제 곧 그 남자의 이야기도 갉아 먹을 것 같다.(a) 내 기억의 어느 갈피에 머물러 있는 그 남자의 이야기가 망각으로 훼손되기 바로 전의 순간이 지금 같다. 이 순간에도 진행되고 있는 나의 망각은 내 가슴에 머물고 있는 그에 대한 영상을 흐트러뜨릴 것이다. 내 얼굴의 윤곽을 이렇게 희미하게 흐트러뜨린 것처럼.(b)

가수는 노래했다.(c)

---

10) 강현구, 「유성기 음반 속의 영화적 서사」, 『한국문예비평연구』, 제13집, 2003. 12, p.83.

어디에도 붉은 꽃을 심지마라. 거리에도 산비탈에도 너희 집 마당
가에도. 살아남은 자들의 가슴엔 아직도 칸나보다 봉숭아보다 더욱
붉은 저 꽃들. 어디에도 붉은 꽃을 심지마라. 그 꽃들 베어진 날에
아, 빛나던 별들. 송정리 기지촌 너머 스러지던 햇살에 떠오르는 헬
리콥터 날개 노을도 찢고, 붉게 … 무엇을 보았니, 아들아 나는 깃
발없는 진압군을 보았소.(d) 무엇을 들었니, 딸들아 나는 탱크들의
행진소릴 들었소. 아, 우리들 오월은 아직 끝나지 않았고 그날 장군
들의 금빛 훈장은 하나도 회수되지 않았네. 어디에도 붉은 꽃을 심
지마라. 소년들의 무덤앞에 그 훈장을 묻기 전까지, 오 … 무엇을
보았…니.(e)

그 남자가 뭐라고 하든 지금의 나는 서서히 늙어가고 있음을 거
울 앞에서 목격한다. 겉으로 드러나 있는 눈 코 입 윤곽이 이미, 혹
은 지금 흐트러지고 있음을. 덧없음을. (f)

이 장면은 십이년 전에 헤어졌던 남자에게서 어느날 갑자기 가수
의 공연장에서 처녀를 보았다는 전화가 걸려오고 그 때문에 처녀가
그 남자와의 십이년 전의 기억과 공연장의 모습을 중첩하여 떠올리
는 장면이다. 나레이터의 차분한 어조로 처녀의 내면에 잠재해 있던
내밀한 생각이 토로되며 시작되는데, 이 부분(a)에 오디오북에서는
피아노 선율의 음악이 배경음악으로 깔려 내밀한 고백이 갖는 서정
적 분위기를 뒷받침하고 있다. 다음 순간 막연한 추측에서 두려움으
로 처녀의 생각이 전환됨에 따라 피아노 선율의 배경음악이 그치고,
차츰 망각의 늪으로 빠져드는 여인의 중년의 시기 혹은 십이년전의
애틋하고 혼돈스러운 젊은 날을, 가능할 때 말하고 싶다는 처녀의
마음을 나레이터는 고백조로 낭송한다. (b)의 부분이 끝나면 공연장

에서 들었던 노래가 전제되는데, 이것은 젊은날인 80년대로 회귀하는 처녀의 생각 혹은 추억을 자연스럽게 유도하는 역할을 한다. 바로 여기서 (b)가 끝남과 동시에 80년대를 상징하는 효과음이 들려온다. 80년대라는 역사적 시기를 대표하는, 또 동시대를 겪은 사람들에게 80년대의 질곡 같은 상징이 되어버린 광주항쟁의 소리 - 싸이렌, 헬리콥터, 군화발 소리, 민중가요 - 가 효과음으로 나타나 단번에 80년대적 상황을 제시한다. 헬리콥터에서 쏟아지는 기총소사, 착검을 한 군인들의 행렬, 그 앞에서 대치하는 군중들의 노랫소리라는 그 익숙한 장면이 소리로 먼 곳에서 차츰 청자의 내면까지 불쑥 다가서며 격렬한 정서적 체험을 불러 일으킨다. 바로 이어 (d)에서는 정태춘의 「5·18」이 정태춘의 노래 그대로 재현되는데, 그것은 청자가 공연장에 불려나간 상황 그 자체이다. (물론 오디오북에서는 사족 같이 되어버린 (c)는 당연히 낭송에서 삭제된다) 또 단독으로 재현되는 (d)부분과는 달리 (e)부분은 다음 문단인 (f) 부분에 배경음악처럼 겹쳐짐으로써 서서히 소진되어가는 처녀 자신 혹은 삶의 덧없음, 그리고 23살이었던 젊은 날과 80년대의 혼란스러움, 위태로움을 극적으로 고조시키고 있다. 활자매체의 득세에 따라 문학 속에서 멀어져 갔던 노래와 음악이 오디오북 속에서는 다시금 생생하게 부활하고 있는 셈이다.

육성, 음악, 효과음 등을 다양하고 입체적으로 동원해 전감각적인 반응을 유도하는 오디오북의 매력은 2003년 소리나무에서 제작된 오디오북 『소나기』에서 가장 잘 확인할 수 있다. 한국인의 유년의 정서를 가장 크게 지배하는 소설이라고 평가받는 황순원의 소설 『소나기』를 오디오북으로 제작한 것인데, 배경인 농촌마을의 자연성을 그대로 드러내기 위해 다양한 효과음이 동원되고 있으며, 유년의 천진하면서도 고운 심성을 극적으로 드러내기 위해 등장인물의 육성을 빈번하게 사용하고 있다. 즉 시냇물 소리, 풀벌레 소리, 벼락과 천둥소리, 소나기 소리, 개짖는 소리 등을 다채롭게 재현해 소리만으로도 농촌마을의 여유롭고 고적한 그래서 한없이 서정적인 풍광을 재현하고 있으며, 소년과 소녀의 순수하고 애틋한 또 비극적인 사랑을 절실하고 극적으로 그리기 위해 황순원이 이

2003년에 발표된 오디오북 황순원의 「소나기」.

미 그의 소설에서 소년과 소녀의 빈번한 대화를 통해 형성했던 극적 분위기를 대화의 더욱 빈번한 삽입이라는 개작을 통해 일층 강화하고 있다. 활자로 된 소설 속에서는 지문으로 처리되었던 많은 장면들이 등장인물들의 절실한 감정이 실린 육성을 통해 대사로 재현되며 극적 분위기를 일층 강화하는데, "소나기인가봐 저기 저 원두막으로 피하자", "잠깐 여기 있어 봐", "내일 이사인데 가볼까", "그동안 아팠어"처럼 소녀를 보호하고 싶은 소년의 간절한 마음씨, 소녀에 대한 깊은 그리움, 그리고 소년에 대한 믿음으로 오누이같이 의지하고 싶은 소녀의 심정 등이 한편의 드라마를 보듯 청각적, 시각적 이미지로 생생하게 각인되고 있다.

특히 시를 오디오북으로 제작할 경우에는 문학과 음악이 자연스럽고 조화롭게 만나는 경우가 만들어지는 셈인데, 그것은 단순히 음

악이 낭송되는 시의 의미를 보강하는 보조적인 의미의 배경음악이라기보다는 낭송되는 시와 음악의 선율을 합체된 하나의 구성물로서 인지하게 되는 점에서 복합구성이라 부를 만한 것이다. 낭송되는 시의 의미와 시의 운율, 고저가 음악의 멜로디, 리듬과 어우러지면서 그것들은 구분하여 느낄 수 없는 혼효된 하나의 예술적 구성물로서 나타난다. 오디오북 시를 감상하면서 어떻게 시와 음악을 분리하여 각각의 미와 의미를 구분할 수 있겠는가? 우리는 그러한 경우를 오디오북『그대에게 가고 싶다』[11]에 수록된 안도현의 시 한편을 통해 확인할 수 있다.

그대를 만나기 전에

그대를 만나기 전에
나는 비인 들판을 떠돌다 밤이면 눕는
바람이었는지도 몰라

그대를 만나기 전에
나는 긴 날을 혼자 서서 울던
풀잎이었는지도 몰라

그대를 만나기 전에
나는 집도 절도 없이 가난한
어둠이었는지도 몰라

그대를 만나기 전에

---

11) 안도현, 오디오북『그대에게 가고 싶다』, 오디세이닷컴, 2001.

나는 바람도 풀잎도 어둠도
그 아무것도 아니었는지 몰라

사랑을 하게 되면서 세상의 모든 것들이 달라 보이고 삶의 의미
조차 달라지는 경험을 노래한 이 시는 각 연의 형식도 동일하지만
각 연마다 같은 주제를 반복·변주하는 형식을 띠고 있다. 각 연의
첫 행과 마지막 행이 동일한 구절로 반복되면서 이미 음의 거듭된
반복이 주는 주술적 분위기를 통해 사랑의 이름으로 변하는 것들이
세상의 모든 사물과 세상사로 확장하는 느낌을 주고 있다. 때문에
동어반복적인 형식 자체가 주제가 되는 셈이다. 그런데 이 사실은
배경음악으로 깔린 피아노 곡에서도 그대로 드러나고 있다. 여성적
어조에 걸맞게 피아노의 고음으로 연주되는 음악은 동일한 멜로디
혹은 주제부가 거듭하여 반복·변주되는 형식을 띠고 있다. 때문에
시나 음악의 동일한 주제나 형식의 반복·변주는 이미 하나로 결합
되어 시만도 아니고 음악만도 아닌 제 3의 문학물, 즉 오디오북 시
로 감상되는 것이다.

4. 오디오북의 실태

오디오북의 미적 기술적 수준을 높이는 데에는 좋은 제작관여자,
설비, 시설 등과 함께 오디오북의 예술적·기술적 원리들에 대한 이
해와 활용이 중요하다. 이 중 음향장치, 조명장치, 녹음장치, 방음장
치 등 오디오북 생산에 있어서의 과학적·기술적 사실들과 관련된

하드웨어적 측면들을 제외하고 나레이터, 모니터, 리뷰어 등의 역할 및 자질과 그들의 작업을 통해 드러나는 예술적·문학적 사실들과 관련된 소프트웨어적 측면들을 살펴 보면 다음과 같다. 먼저 나레이터는 활자로 된 언어를 가능한 한 작자의 의도에 가깝게 구어로 된 언어로 바꿔주는 역할을 맡게 되는데, 무엇보다도 좋은 시각과 청각, 텍스트 언어에 대한 명확한 이해 및 구사능력, 녹음의 전과정 내내 일관된 나레이션 수행을 지속할 수 있는 능력, 사전이나 다른 참고자료를 활용할 수 있는 능력 등을 갖추어야 한다. 또한 그 책무로는 텍스트의 미적, 감성적, 지적 수준의 정확한 재현, 텍스트의 요구에 가장 적합한 나레이션 방식의 선택, 정확한 발음의 구사, 미숙하거나 과도한 표현방식 없이 적절하고 일관된 성격묘사 등을 들 수 있다. 나레이터는 소리만을 갖고도 청자가 마치 손에 책을 들고 보는 것 같은 생생한 느낌을 재현해 주어야 하는데 그러기 위해서는 무엇보다도 지속적으로 명료하고 효과적인 청음효과를 낼 수 있는 목소리와 효과적이고 다채로운 발화능력, 그리고 유창한 언어구사능력을 갖추어야 한다. 특히 나레이션 때에 단어와 구의 의미에 대한 천성적 민감함과 말의 느낌과 빛깔에 대한 미세한 인지능력을 보여줘야 한다. 아울러 청자들에게 텍스트의 정조, 템포, 감각 등을 제대로 전달할 수 있어야 한다. 이 밖에도 모니터는 깨끗하고 효과적인 음질의 생성을 위해 모든 기술적 작동들을 세밀하게 관찰해야 하며, 리뷰어는 계획된 절차대로 결함없이 녹음이 진행되는지 점검해야 한다.

그런데 현재 제작된 오디오북을 살펴보면 이러한 원칙들이 효과적으로 지켜지지 않는다는 느낌이 든다. 그런 사례들을 살펴보기로 한다. 먼저 2001년에 오디세이닷컴에서 제작된 오디오북 『그대에게 가고 싶다』를 보자. 이 오디오북은 안도현의 시집 『그대에게 가고 싶다』에서 22편의 시를 발췌하여 낭송시간 70분 분량으로 제작하였다. 남녀 두 성우를 나레이터로 하여 낭송하였는데 배경음악을 부분적으로 활용하였다. 그런데 두 나레이터는 시감상 혹은 시낭송에 대한 충분한 이해가 없어서인지 시의 아름다움이나 의미를 정확히 전달하는 데에 실패하고 있다. 「봄밤」에서는 음이 높낮이가 없이 산문을 읽는 듯한 밋밋한 낭송으로 일관했으며, 「그대를 만나기 전에」에서는 낮고 적은 소리가 그 정도가 지나쳐 청취가 안되는 부분이 있고, 「그대에게 가고 싶다」에서는 오디오북의 최대강점이라 할 수 있는 육성을 통한 절실한 감정의 토로가 사라진 채 무미건조한 낭송으로 내달았다. 특히 시낭송의 가장 기초라 할 수 있는 휴지에 대한 정확한 이행이 거의 없어 「밤기차를 타고」에서는 매행을 중간휴지 한번 없이 쫓기듯이 낭송하고 있으며, 심지어 「단풍」에서는 행말 휴지도 없이 낭송함으로써 시의 의미를 굴절시키기까지 한다.

　단풍

　보고 싶은 사람 때문에
　먼 산에 단풍
　물드는
　사랑

　주지하다시피 행말 휴지는 비교적 한 행의 중간휴지보다 길어 시의 의미는 한 문장이 아니라 한행 단위로 생성된다할 만큼 중요한 것인데, 시 「단풍」의 낭송에 있어 특히 2, 3행을 쉬임없이 연결해 읽고 있다. 이 시는 먼 산에 핀 단풍을 바라보고 있는 화자 가슴에 사랑하는 이가 문득 그러나 절실하게 떠오르고 그로 인해 내 가슴과 온 산에 님에 대한 그리움이 차고 넘치는 충만한 감정을 노래한 시이다. 때문에 작자는 '먼 산에 단풍'을 한 행으로 하여 여기서 먼 산의 단풍을 보는 화자의 모습과 붉게 물든 단풍으로 어우러진 산을 독자의 가슴에 분명하게 그려 놓고, 이윽고 다음 행의 '물드는'으로 넘어가게 함으로써 단풍에 스며드는 액체 특유의 촉촉하고 내밀한 느낌이 돌연하고 극적으로 다가오고 또 그것이 다음 행의 내 가슴에 똑같이 스며든 사랑과 자연스럽게 어우러지도록 한 것이다. 그런데 이 부분을 '먼산에 단풍 물드는'으로 합행한 듯이 낭송함으로써 앞서 말한 문학적 효과들을 다 놓치고 밋밋하고 건조한 느낌으로 빠져들게 하고 있다. 이밖에도 배경음악이 시와 어우러져 일으키는 교향악적 효과를 외면한 듯 시의 정조와 어울리지 않는 배경음악을 선택했다거나 26행이나 되는 비교적 장시인 「그대를 위하여」 같은 시를 전혀 배경음악없이 성우의 낭송만으로 이어감으로써 단조롭고 지루한 느낌을 주고 있다. 이것은 분명히 문자매체로 된 시와 낭송되는 그래서 소리로만 감상하게 되는 오디오북 속의 시의 효과에 대한 차이를 무시한 결과이다.

이에 반해 2001년 신경숙의 중편소설 『딸기밭』을 오디오북으로 만든 소리공화국의 2시간 분량의 『딸기밭』은 비록 딸기밭에서 등장 인물인 처녀와 유가 벌이는 애증과 애욕이 어우러진 극적 장면에서

두 사람의 목소리가 격정적이고 긴박한 상황과 어울리지 않게 평상적이고 유아스런 톤이라서 거슬리는 점이 있기는 하지만 나레이터의 낭송의 빠르기와 톤의 고저에 대한 적절한 변화, 능숙하고 다양한 음성적 변주 등이 작품감상의 재미와 생생함을 더해주고 있으며, 피아노 선율과 가요 혹은 각종의 효과음 등이 적절하게 어우러져 감각적이고 극적인 장면을 효과적으로 연출하고 있다. 음성매체로서의 오디오북의 장점을 잘 살린 또 다른 예는 유홍준의 오디오북『나의 북한 문화유산답사기』이다.[12] 1998년 1월 12일부터 7월 15일까지 중

2001년에 발표된 오디오북 유홍준의
『나의 북한 문화유산 답사기』

앙일보에 연재되었던 신문연재물을 개작해 2001년 책과 오디오북으로 제작하였다. 북한의 명승고적을 순람하며 보고 들었던 내용을 답사기 형식으로 썼는데, 유적에 대한 진지한 소개, 북한 사람들에 대한 애정어린 관찰, 작자의 솔직한 느낌 등이 잘 드러나고 있다. 물론 활자로 펴낸 책에는 전문사진작가가 찍은 북한의 명경을 담은 사진이 다수 들어가 있어 실감나는 감상이 이루어지는 것은 사실이지만, 오디오북의 경우도 흥미 있고 생생하게 답사를 하는 듯한 느낌을 주고 있다. 오디오북『나의 북한 문화유산답사기』가

2시간 30분 분량이고 각장을 나누는 부분에 10초 분량의 짧은 길이의 배경음악 외엔 나레이터의 낭송뿐이라 지루할 수 있을 것 같은데, 실제는 그런 느낌을 전혀 주지 않는다. 그 이유는 물론 유려한 문장

---

12) 유홍준, 오디오북『나의 북한 문화유산답사기』, 오딧세이닷컴, 2001.

과 이야기투의 문체, 그리고 흥미있는 일화로 이루어진 원문의 재미 때문이기도 하지만 오디오북의 성공의 관건이기도 한 나레이터의 역량에 기인하기도 한다. 주지하다시피 오디오북의 소통방식은 작자 - 독자로 이루어진 문자매체 즉 서적의 소통방식 보다는 작곡가 - 연주자 - 감상자로 이루어진, 그래서 연주자의 해석이 중요한 감상의 요소인 음악에 더 가까워 작자 - 나레이터 - 감상자의 형식을 띤다. 자연히 오디오북의 나레이터의 작품해석, 발화방식에 따라 감상자의 감상이 크게 영향을 받는다. 그 점에서 오디오북 『나의 북한 문화유산답사기』는 성공한 경우이다. 나레이터 이강식은 친근하면서도 청명한 육성으로 옆사람에게 말을 건네는 듯한 이야기투로 낭송하고 있는데, 이 때문에 청자가 편안하게 감상할 수 있도록 배려하고 있으며 북한의 유적과 사람들을 겸손하면서도 진지하게 설명해내는 답사기의 내용과 잘 어울리고 있다. 또한 삽입된 대화부분을 처리 할 때도 북한의 어투를 생생하게 살리는 등, 인물성격에 맞는 능숙한 언어연기를 펼치고 있다. 한마디로 나레이터의 중요성을 능숙한 낭송으로 여실히 증명해 보이고 있다.

그런데 이러한 오디오북의 수준을 높이기 위한 문학성의 제고나 기술적인 측면의 세심한 배려 외에 우리가 주목해야 할 사실이 있다. 그것은 오디오북이 가져온 문학의 새로운 가능성의 탐색과 관련된 문제로서 구체적으로는 엽편(꽁트)과 노래시를 사례로 들 수 있다. 오디오북 『TV동화 행복한 세상』과 시노래 모임 '나팔꽃'의 오디오북 『아무도 슬프지 않도록』, 『제비꽃 편지』를 통하여 엽편과 노래시의 오디오북으로서의 가능성을 살펴보기로 한다. 먼저 오디오북

오디오북 『TV동화 행복한 세상』은 총 24편의 엽편으로 구
성되어 있는데, 엽편의 본질적 특징이 오디오북에서 생래적
강점으로 드러나고 있다.

『TV동화 행복한 세상』은 CD 두 장에 총 24편의 엽편을 수록하였으며, 낭송시간은 한 편당 3~6분 정도로 구성되어 있다. 애니메이션으로 만들어진 KBS TV의 인기프로그램인 'TV동화 행복한 세상'을 오디오북으로 제작한 것인데, 같은 이름으로 서적, 연극으로 탈바꿈하기도 했다. 주로 부모와 자식간의 사랑, 부부간의 사랑 등 가족애를 소재로 한 엽편이 대부분인데, 「날마다 다리를 건너는 사람」처럼 채권자와 채무자 사이에 싹튼 인간적 신뢰를 다룬 엽편도 있다. 하지만 어느 경우나 주로 가난과 병고 속에서도 훈훈하게 지펴지는 따뜻한 인간애가 감동을 불러오고 있다. 아버지의 장애가 부끄러워 결혼식장에 큰아버지의 손을 잡고 입장한 딸이 아버지의 헌신적인 사랑에 참회하는 이야기나 남편이 실수로 산불을 내 물게 된 벌금을 남편 사후에 20년에 걸쳐 갚은 이야기 등 하나같이 이기적이고 경쟁적인 세태에 우리 스스로를 반성하며 뒤돌아보게 하는 정감 있고 감동적인 이야기들이다.

그런데 오디오북 『TV동화 행복한 세상』의 매력은 진솔하고 따뜻한 이야기의 힘과 나레이터(북텔러)의 능란하고 명료한 발화능력이나 언어구사능력에만 있는 것이 아니다. 이 오디오북은 한번의 청취만으로도 정서적 감동이 유발됨과 동시에 청취 후 제목만으로도 스토리가 연상될 만큼 이야기가 명료하게 인식되는데, 그것은 무엇보다도 엽편이라는 형식이 오디오북과 잘 맞아 떨어지기 때문이다. 주지하다시피 독서과정 전체를 통어하며 읽게 되는 - 그래서 깊이 있는 사유를 할 여유와 서적을 반복해서 볼 수 있는 환경 - 인쇄매체 즉 서적과는 달리 오디오북은 귀로만 듣게 되고, 일과적 흐름 속에서 필요한 부분만 떼어 반복해서 읽을 수 없기 때문에 깊이 있는 사유나 이야기의 지속적 기억이 어렵다. 반면에 엽편이 갖고 있는 근본적 속성 즉 극적 순간에 집중하여 그리는 압축적 구성법, 절정부의 예상치 못한 전환 등은 오디오북에서는 생래적인 강점으로 부각된다. 오디오북의 감상자는 고도로 압축된 절정부의 이야기를 어려움 없이 인지할 수 있고, 이야기의 극적 전환을 강렬한 인상을 갖고 느낄 수 있다. 일례로 「도시락 속의 머리카락」에서처럼 나는 도시락에 자주 머리카락이 떨어져 있는 급우의 도시락을 불쾌하게 생각하지만 그의 집을 방문하여 그의 어머니가 맹인이라는 사실을 알게 되면서, 또 맹인이면서도 매일 아들의 도시락을 정성스럽게 썬 사실을 알게 되면서 큰 충격과 감동에 싸인다. 도시락에 떨어진 머리카락을 두고 전개되는 그 짧고 집중된 이야기는 청자에게 명료한 인식으로, 또 그 돌연한 이야기의 전환은 강렬한 충격으로 다가온다. (「꼴찌하려는 달리기」에서는 감옥의 장기수들이 교도소 운동장에 벌어진 부모업고 달리기 대회에서 조금이라도 부모의 체온을 더 느끼고자 일부러 천천히 달리는 진풍경이 벌어지며, 「수술비 백원」에서는 가난한 집안의 어머니가 수술을 하게 되자 철없는 딸이 저금통에 든 동전을 수술비로 자신 있게 내놓고 이에 가슴 뭉클해진 의사가 너무 많다며 백원짜리 동전만 받는다) 이런 점은 나레이터의 육성이 가져오는 내밀하고 친밀한 정서적 접근과 함께 오디오북의 매력을 그 극점에서 확인하게 한다. 바로 이 점에서 그간 문학의 창작이나 감상의 장에서 다소간 소홀하게 다루어졌던 엽편은 오디오북 속에서 다시금 중요하고 가치있는 의미를 갖고 재생하고 있는 셈이다.

다음으로 오디오북이라는 매체를 통해 다시금 부각될 수 있는 문학의 새로운 가능성은 '노래시'에서 찾을 수 있다. 이미 앞에서 언급하였듯이 오디오북에서는 배경음악에 얹어 시를 낭송하는 것이 대부분이지만 이에서 한걸음 더 나아가 시에 곡을 붙여 노래를 만든 '노래시'도 주목받을 수 있다. 굳이 시가 본래 노래로 가창되는 것이 오랜 기간동안 보편적이었다는 역사적 사실을 들먹이지 않더라도, 노래가 시의 고상한 문학성을 노랫말에 담고 시는 노래의 선율이 갖는 음악성을 받아들이는 것이 자연스러운 것이라 할 수 있는데, 노래와 시가 멀어진 현재에는 오히려 특별하고 신선한 느낌을 준다. 이미

시와 노래가 어우러진 노래시는 오디오북을 만나 활발하게 창작되고 보급될 수 있는 좋은 기회를 맞게 되었다.

서정주의 '푸르른 날', 고은의 '가을편지', 정지용의 '향수' 등이 노래로 만들어져 '노래시'의 가능성은 충분히 확인되었는데, 대중들의 호응은 지속적이고도 열띤 것이었다. 주지하다시피 방송매체에선 가장 인기있는 노래로, 음악으로 부상했고 대중들도 신선한 느낌으로 즐겨 불렀다. 다른 건 차치하고서라도 수많은 대중들이 시 전편을 감동적인 느낌을 갖고 암송한다는 것이 우리의 문학적 저변을 확고히

구축하는 데 얼마나 기여할지는 쉽게 짐작할 수 있는 일이 아닌가? 또 노래시 '향수'를 통해서 대중들에게 시인 정지용이나 시 '향수'가 더욱 폭넓게 알려지고 문학적 아름다움을 일깨우는 데 기여한 것은 당연히 인정해야할 사실이다. 이미 '노래시'에 대한 대중들의 기호나 문학에의 기여는 충분히 검증된 셈이다. 시인의 시를 노랫말로 삼아 작곡된 노래시는 도종환, 하종오, 최영미 등의 시가 이건용 교수에 의해 작곡되어 가수 전경옥의 노래로 발표된 『혼자사랑 1, 2』와 김용택, 도종환, 안도현, 정호승의 시가 류형선 등에 의해 작곡되어 이수진 등의 노래로 발표된 『아무도 슬프지 않도록』, 『제비꽃편지』 등이 있다. 특히 후자 두 편의 오디오북은 시노래 동인 모임 '나팔꽃' 이 발표한 것인데, '나팔꽃'은 1999년 봄 시인 김용택, 안도현, 도종환, 정호승과 가수 혹은 작곡가인 유종화, 백창우, 김원중, 배경희 등이 모여 만든 시노래 모임인데, '시와 노래의 만남은 디지털 시대를 맞아 어려움을 겪는 시가 새롭게 존재의의를 찾으며 대중을 만나는 작업이며, 신세대의 문화홍수 속에서 노래다움을 잃고 있는 노래가 새로운 시정신으로 무장하여 서정성을 회복하는 일이다'라는 취지로 출발하였다. '나팔꽃'은 노래시 발표 콘서트와 함께 노래시 오디오북을 제작하였는데, 『아무도 슬프지 않도록』, 『제비꽃편지』가 그 결실이다. CD형태로 발표된 이 두 오디오북에는 노래시가 각각 12편, 14편이 실려 있다. 주로 사랑의 애틋함이나 자연의 아름다움, 삶의 소박한 진리를 일깨우는 시편들인데, 작곡가들의 後記에서 확인할 수 있듯이 작곡가들은 곡에서 시의 의미나 정조를 최대한으로 살리기 위해 노력하였다. 그 구체적 사례를 적시해 보면, 정호승

시·배경희 곡의 노래시 「슬픔으로 가는 길」에서는 시가 가진 슬픔의 정조를 잘 표현하기 위해 장조의 곡이면서도 Em(e마이너)를 자주 사용했고, 반복되는 화음순서와 리듬으로 시에서 그리고자 했던 인간이 가진 '슬픔의 보편성'을 강조했다. 또한 정호승 시·김현성 곡의 노래시 「술한잔」에서는 시가 말하는 삶의 힘겨움과 허탈함을 드러내기 위해 단조의 슬프고 애절한 멜로디를 택하였고 곡의 첫마디를 못갖춘마디로 하여 삶의 쓸쓸함을 표현하였다. 하지만 그러면서도 이 시가 좌절의 나락으로만 떨어지지 않고 그 모든 슬픔과 쓸쓸함을 아프지만 그런대로 받아들여 넘기려는 여유를 보인다는 점을 감안하여 곡의 중간은 밝은 곡조로 바뀌면서 삶의 소중함도 아울러 드러내려 했다.

이처럼 노래시는 시의 의미와 정조 그리고 곡의 화음과 리듬이 어우러지면서 빚어내는 그 특별한 문학적·음악적 효과 때문에 독특하고 각별한 매력을 갖는다. 언어의 상징성이 갖는 힘과 음악의 절대적 물질성이 갖는 아름다움이 어우러져 노래시의 의미나 효과를 증폭시키기도 하고 때로는 확장된 감각을 자극하는 특별한 반응을 유도한다. 그런 점에서 노래시는 문자매체로서의 시나 혹은 소리매체로서의 음악이 단독으로 불러오기 힘든 독특한 예술적 감흥과 느낌을 전달하는 것이며, 우리가 새롭게 주목해야 할 문학적 영역이라 말할 수 있는 것이다.

참고문헌

‖ 작품집 ‖

김말봉, 『찔레꽃』, 대일출판사, 1978.

김정환, 『남자, 여자, 그리고 영화』, 웅진북스, 2003.

나팔꽃 동인, 오디오북 『아무도 슬프지 않도록』, 현대문학북스, 2000.

나팔꽃 동인, 오디오북 『제비꽃편지』, 현대문학북스, 2001.

박계주, 『순애보』, 문학과현실사, 1988.

박루월, 『회심곡』, 영창서관, 1930.

박태원, 『박태원 작품집 : 이상의 비련』, 깊은샘, 1991.

신경숙, 『딸기밭』, 문학과지성사, 2000.

신경숙, 오디오북 『딸기밭』, 소리공화국, 2001.

심 훈, 「탈춤」, 『한국문학전집12』, 삼성당, 1988.

안도현, 오디오북 『그대에게 가고 싶다』, 오디세이닷컴, 2001.

안석영, 「愁雨」, 『안석영문선』, 관동출판사, 1985.

안종화, 「은하에 흐르는 정열」, 『한국시나리오선집1』, 집문당, 1982.

유한철, 『푸른하늘 은하수』, 중앙인쇄소, 1960.

유홍준, 오디오북 『나의 북한 문화유산답사기』, 오디세이닷컴, 2001.

이경손, 『백의인』, 영창서관, 1937.

이해조 외, 『한국 단편소설100선 오디오북』, 커뮤니케이션 토토, 2003.

조창인, 오디오북 『가시고기』, 오디세이닷컴, 2002.

최금동, 「愛戀頌」, 『한국시나리오선집 1』, 집문당, 1982.

최금동, 「鄕愁」, 매일신보, 1939. 9. 19-11. 3.

최독견, 『승방비곡』, 한국문학전집7, 민중서관, 1959.

하일지,『마노카비나의 추억』, 민음사, 2002.
황순원, 오디오북『소나기』, 소리나무, 2003.

‖ 논저 ‖

강옥희,「30년대 후반 대중소설의 출판」,『민족문학사연구』제13집, 1998.12.
강현구,「최독견의〈僧房悲曲〉에 나타난 영화의 영향」,『한국문예비평연구』제4집, 1999.6.
김경수,「한국 근대소설과 영화의 교섭양상 연구」,『서강어문』, 1999.12.
김기진,「카프문학시대」,『韓國文壇裏面史』, 깊은샘, 1983.
김남천,「문학·허구·기타」,『조선문학』, 1937.4.
김려실,『영화소설연구』, 연세대 석사학위논문, 2001.12.
김병익,「존재의 괴리, 그 슬픈 아름다움」,『딸기밭』, 문학과지성사, 2000.
김유영,「'아름다운 희생'을 보고」,〈조선일보〉, 1933년 6월 6~9일
김윤식,『이광수와 그의 시대』, 한길사, 1986.
김진송,『현대성의 형성:서울에 딴스홀을 허하라』, 현실문화연구, 1998.
김종원·정중원,『우리영화 100년』, 조선일보사, 2000.
나운규,「아리랑」,『조선시나리오선집1』, 집문당, 2003.
나운규,「'아리랑'을 만들 때 - 조선영화감독고심담」,『조선영화』, 1936.11.
노 만,『한국영화사』강의안 논집, 1964.
박태원,「창작여록 - 표현·묘사·기교」,〈조선중앙일보〉, 1934.12.31.
서광제,「'승방비곡' 비판」,『조선지광』, 1930년 6월호.
서광제,「영화의 원작문제 - 영화소설·기타에 관하여」,『조광』, 1937. 7.
서연호,『한국근대희곡사연구』, 고려대학교민족문화연구소, 1984.
서영채,「30년대 통속소설의 존재방식과 그 의미」,『민족문학사연구』4, 1993.
송명록,「影寫五十年의 銀幕事情」,『신동아』, 1971년 6월호.

신경균, 「최근 영화계의 신경향」, 『조광』, 1936.11.

안종화, 『韓國映畵側面秘史』, 현대미학사, 1998.

유현목, 『한국영화발달사』, 한진출판사, 1980.

이경기, 『영화예술용어사전』, 다인미디어, 1999.

이영일, 「한국영화, 그 시대적 고찰(2)」, 『영화』, 1978년 7~8호.

이영재, 「초창기 한국 시나리오문학연구」, 연세대 석사학위논문, 1989.

이원조, 「신문소설분화론」, 『조광』, 1938.2

이종명, 「5일부터 게재할 영화소설 〈유랑〉 - 작가의 말」, 〈중외일보〉,
        1928.1.4.

이중거, 『한국영화사연구』, 중앙대논문집, 1973.

이효인, 『한국영화사강의1』, 이론과실천, 1994.

임 화, 『문학의 논리』, 학예사, 1940.

조희문, 『나운규』, 한길사, 1997.

조희문, 「영화의 대중화와 辯士의 역할 연구」, 『디자인연구』, 1993.

최동현·김만수, 『일제강점기 유성기 음반 속의 극·영화』, 태학사, 1998.

최승일, 「극장만담」, 『별건곤』, 1927.3.

최영수, 「만추가두풍경」, 『여성』, 1937.11.

최원식, 「장한몽과 위안으로서의 문학」, 『한국문학의 현단계』, 창작과비
        평사, 1982.

하 소, 「영화가 백면상」, 『조광』, 1937.12

한국영화학교수협의회 편, 『영화란 무엇인가』, 지식산업사, 1990.

홍정선, 「한국대중소설의 흐름」, 『한신대논문집2』, 1985.

A. 고드르·F. 조스트, 『영화서술학』, 송지연 역, 동문선, 2001.

버나드 F. 딕, 『영화의 해부』, 김시무 역, 시각과언어, 1994.

다니엘 아루혼, 『영화언어의 문법』, 최하원 역, 집문당, 2002.

프랑시스 바누아, 『영화와 문학의 서술학』, 송지연 역, 동문선, 2003.

Gery Vena, How to Read and Write about Drama, Macmillan, 1988.

Jack C. Elis, 『세계영화사』, 변재란 역, 이론과실천, 1988.

마샬 맥루한,『미디어의 이해 - 인간의 확장』, 박정규 역, 커뮤니케이션북
　　　스, 1997.
사토오 다다오,『일본영화 이야기』, 유현목 역, 1993.
스티븐 C 얼리,『미국영화사』, 이용관 역, 애건사, 1986.
야마다 도요코,『소리의 은하계』, 이창종 역, 아침, 2003.
요아힘 패히,『영화와 문학에 대하여』, 임정택 역, 민음사, 1997.
요모타 이누히코,『일본영화의 이해』, 박전열 역, 현암사, 2002.

찾아보기

대중문화와 문학

Mass Culture and Literature

2004년 2월 22일 인쇄
2004년 2월 28일 발행

저 지 · 강현구
발행인 · 김흥국
필 름 · ING
인 쇄 · 한성인쇄
제 책 · 반도제책사
발행처 · 도서출판 **보고사**
등 록 · 1990년 12월(제6-0429)
주 소 · 서울시 성북구 보문동 7가 11번지
전 화 · 922-5120~1(편집), 922-2246(영업)
팩 스 · 922-6990
메 일 · kanapub3@chol.com

www.bogosabooks.co.kr

ISBN 89-8433- 227-5(93810)
ⓒ 강현구, 2004

파본은 본사나 구입처에서 교환하여 드립니다.

정가 12,000원